feelings
* emotional eBooks

Über die Autorin:
Marion Stieglitz wurde 1981 in Cham im Bayerischen Wald geboren. Nach ihrem Studium der Neueren deutschen Literatur in München zog sie ins sonnige Offenburg an der französischen Grenze. Dort arbeitet sie als Redakteurin für verschiedene Wohn- und Gartenzeitschriften. Neben dem Schreiben mag sie Kino, Eiscreme und Reisen – am liebsten zu idyllischen Orten mit einem besonderen Flair. An solchen Plätzen kann sie stundenlang bei einer Tasse Kaffee sitzen und den Zauber der schönen Welt bestaunen.

Marion Stieglitz

Annas (fast) perfekte Hochzeit

Roman

feelings
* emotional eBooks

Bitte besuchen Sie uns im Internet:
www.facebook.de/feelings.ebooks

FSC
www.fsc.org
MIX
Papier aus verantwortungsvollen Quellen
FSC® C083411

Redaktion: Stefanie Stocker
Covergestaltung: ZERO Werbeagentur, München
Coverabbildung: © FinePic®, München
Druck und Bindung: CPI books GmbH, Leck
ISBN 978-3-426-21652-1

Vorspann:
17. September:
»Am Ende wird alles gut. Wenn es nicht gut ist, ist es nicht das Ende.«

Oscar Wilde

Fassungslos starrte Anna auf das Blatt, riss es aus dem Kalender und warf es zerknüllt durch die Luft. Am liebsten hätte sie diesen blöden Spruch mitsamt dem ganzen Kalender aus dem Fenster gefeuert – oder noch besser: ihn in tausend kleine Stücke zerschnippelt. Aber zu derart dramatischen Aktionen war sie nicht in der Lage. Sie war zu erschöpft. Außerdem war der Kalender ein Geschenk von Katja und sie hatte ihr damals nur eine Freude machen wollen. Sie hatte beim Kauf nicht ahnen können, wie sich die Dinge entwickeln würden. In ihrer typisch warmherzigen Art hatte Katja sie angestrahlt, als sie ihr den Kalender überreicht hatte. »Ein Jahr in Sprüchen« stand auf dem Deckblatt, darunter »52 Wochen – 52 kluge Gedanken«.

Und für den heutigen Tag bescherte er ihr tatsächlich Oscar Wildes idiotische Weisheit: »Am Ende wird alles gut. Wenn es nicht gut ist, ist es nicht das Ende.« Anna hätte Oscar Wilde jetzt gerne persönlich angerufen, um ihm zu sagen, dass er solche dummen Zeilen nicht hätte zu Papier bringen dürfen, solange er keine Ahnung davon hatte, was Menschen alles durchstehen müssen. Und sie hätte ihm dann gleich auch noch erklärt, dass die Idee vom ewigen Happy End vielleicht im verstaubten Dichterhirn des vorletzten Jahrhunderts ein behagliches Plätzchen besaß, aber genau dort verflixt noch mal auch ruhig hätte bleiben können. Still und wohlverwahrt. Ohne Chance, jemanden noch im 21. Jahrhundert mit seinem aufgesetzten Optimismus zu belästigen.

»Der Kalender soll dich durch dieses aufregende Jahr begleiten«, hatte Katja ihr damals erklärt. »Aufregend« – das Wort spukte Anna jetzt wie ein schlechter Drink im Kopf herum. Aufregend ist es immerhin geworden, aber anders, als sie es sich je hätte vorstellen können. Das Jahr ihrer Hochzeit mit der perfekten Party, die sie sich seit Teenagerzeiten ausgemalt hatte. Oder um genauer zu sein, noch früher: Damals war sie sieben Jahre alt und trottete von einem endlos langen Schultag nach Hause, als sie im Schaufenster eines Elektroladens einen Fernseher erblickte, der ihr junges Leben für immer verändern sollte. In flimmernden Bildern war eine Dokumentation über königliche Hochzeiten zu sehen. Lady Di rauschte vorbei – umschmeichelt von einer gewaltigen, weißen Kleiderwolke winkte sie scheu in die Kamera. Danach kam Königin Silvia in einer hochgeschlossenen Robe wie aus einem Ritterfilm. Und irgendwann tauchte plötzlich die strahlende Sarah Ferguson auf, die neben Prinz Andrew in goldverzierter Uniform in einer Kutsche durch die Menschenmenge fuhr. Die Braut präsentierte sich eingehüllt in ein besticktes Seidenkleid mit gewaltig breit geformten Ärmeln. Ein schimmerndes Diadem und ein spitzenbesetzter Schleier waren auf die rote Dauerwelle platziert worden. Damals war Anna ein Stein vom Herzen gefallen. Voll tiefer Erleichterung stellte sie fest, dass auch jemand mit roten Haaren einen Bräutigam kennenlernen konnte. Würde dann nicht auch sie selbst, deren sommersprossiges Gesicht eine dichte Fülle orange-roter Löckchen umrahmte, irgendwann einmal ein wunderschönes weißes Kleid und einen Schleier tragen?

Lange hatte sie daran gezweifelt. Vor allem, nachdem sie in all den Klatschmagazinen ihrer Mutter geblättert hatte und nie eine rothaarige Braut entdecken konnte. Doch nun konnte Anna endlich die berechtigte Hoffnung hegen, irgendwann selbst eine Märchenbraut zu sein. Während ihr Kindheitstraum noch aus Kutschen, Seidentaft und himmelhohen Sahnetorten bestand, nahm er im Laufe der Zeit konkretere Formen an. Als sie mit etwa 16 Jahren feststellte, wie schön der Sommer ist, wenn man ihn fast ausschließlich im Bikini verbringt, plante sie ihre Hochzeit als große Strandparty. In Studentenzeiten verlegte sie das Fest gedanklich lieber vom Strand in einen angesagten Club und später nahm der Tag ihres Lebens die Form einer Landpartie an, wie man sie aus amerikanischen Filmen kannte: ein großes weißes Zelt, Lampions in den Bäumen, dezente Swing-Musik. An ihrer Seite ein strahlender Bräutigam, dessen Gesicht sich im Laufe der Jahre ebenso veränderte wie das Fest selbst.

Der uniformierte Prinz Andrew wurde bald zum Nachbarsjungen, dann zu Pierce Brosnan – beide hatten davon selbstverständlich nicht die geringste Ahnung. Später zu ihrer Jugendliebe Simon, anschließend zum verheirateten Uni-Dozenten, mit dem sie eine kurze Affäre hatte. Und irgendwann wurde der Fantasie-Bräutigam schließlich zu Bernd. Ihre Hochzeit war ein fast komplettes Puzzle, bei dem nur noch ein Teil fehlte: das Gesicht ihres Bräutigams. Bernd passte perfekt. Wie für das Puzzle gemacht. Nur am heutigen Tag schien das alles endlos lange her zu sein. Gestern hatte sich ihr Leben auf den Kopf gestellt – auf eine Weise, wie sie es sich nie hätte ausmalen können. Dabei hatte das Jahr im Januar doch so wunderbar begonnen …

Romananfang:

1. Januar: »Die größte Klugheit einer klugen Frau besteht darin, ihre Klugheit nicht zu zeigen.«

Virginia Woolf

Katja ging nicht einfach durch die Tür – sie stürmte hindurch. Wie immer, wenn sie einen Raum betrat, hatte es etwas von einem theaterreifen Bühnenauftritt. Sie flötete ein langes »Hallööchen« in die Luft und schleuderte ihren Mantel schwungvoll über den Garderobenständer. Dabei geriet das schwarze Gestell aus Metall für einige Sekunden beträchtlich ins Wanken. Katja war mitreißend – und zwar im wahrsten Sinne des Wortes. Es schien manchmal so, als ob sie ihren fülligen Körper mit den breiten Hüften nicht immer ganz unter Kontrolle hatte. Ihre gelegentliche Ungeschicklichkeit in grobmotorischen Dingen machte Katja mit einer umso virtuoseren Fingerfertigkeit wett. Anna hätte sicherlich daran gezweifelt, ob die filigran geformten Tortendekore und das hauchzarte Papierfaltwerk tatsächlich von ihrer Freundin stammen könnten, hätte sie diese nicht schon öfter bei ihren zauberhaften Bastelkünsten beobachtet. Ihre kurzen, spitz zulaufenden Finger konnten in einer sekundenschnellen Choreografie wahre Meisterwerke hervorbringen. Eines davon hielt Katja in den Händen, als sie Anna stürmisch in die Arme fiel und dabei die zarte Kostbarkeit fast schon wieder unter ihrem Strickpulli zerdrückte. Anna konnte das schmale Paket verziert mit zwei gefalteten Tauben noch im letzten Augenblick aus der Umarmung retten.

»Herzlichen Glückwunsch, meine Süße!«, sagte Katja, »zum neuen Jahr und du weißt schon.«

Anna wusste. Katja war die Erste gewesen, die sie durch eine SMS in knappen Worten darüber informiert hatte. Und sie hatte Katja noch für den gleichen Tag zu sich nach Hause eingeladen, um ihrer Freundin alle Details des aufregenden Ereignisses zu berichten.

Endlich, nach fünf Jahren und vor wenigen Stunden hatte Bernd ihr einen Antrag gemacht. Für Anna war es keine Überraschung gewesen. Es war sogar so wenig überraschend, dass sie den überraschten Gesichtsausdruck für den entscheidenden Moment zuvor sicherheitshalber vor dem Spiegel der Toilette einstudiert hatte. Schon Wochen vorher hatte Bernd ihr erklärt, sie solle sich für diesen Silvesterabend einmal nichts vornehmen. Sie hatte ihn heimlich beobachtet, wie er ihre Ringe im Badezimmer anprobierte. Er schien sichtlich zufrieden, dass sie genau am kleinen Finger passten. Und mehrfach hatte er sich mit den Worten »Ich muss noch was erledigen« von der Fernsehcouch davongeschlichen. Anna war klug genug, nicht weiter nachzubohren. Womöglich hätten ihn ihre Fragen verunsichert und an seinem Plan zweifeln lassen. Ihr war klar, dass sich hinter seiner Geheimniskrämerei die Vorbereitungen auf einen Heiratsantrag verbergen mussten. Es blieb nur ein Rätsel offen: Wie würde er es anstellen?

Am Silvestertag war Anna auf alles gefasst. Ob er womöglich schon das Frühstück nutzen würde, um die Sache schnell hinter sich zu bringen? Es würde immerhin zu seinem geradlinigen Charakter passen. »Unangenehmes soll man nicht aufschieben«, war sein gern zitiertes Lebensmotto. Deshalb schnitt Anna das auf ihrem Teller bereitliegende Brötchen besonders vorsichtig auf. Sie wünschte es sich natürlich nicht, aber sie hielt es auch nicht für ganz ausgeschlossen, dass Bernd den Ring zuvor in das weiche Innere des Brötchens geschoben haben könnte. Doch beim Schneiden durch das Gebäck gab es keinerlei Widerstand. Anna war erleichtert, als ihr die beiden Hälften eine unberührte Fläche offenbarten. Auch den Kaffee trank sie ganz vorsichtig mit nur leicht geöffnetem Mund, aber nichts Schweres, Hartes stieß an ihre Lippen. Bernd verbarg sich also stillschweigend hinter der Zeitung, weil er tatsächlich las und nicht, um sich im entscheidenden Moment unauffällig zu verhalten.

»Was hast du denn für heute Abend geplant?«, fragte Anna schließlich so lässig wie möglich. Bernd sollte nicht mitbekommen, dass sie vor Neugierde fast platzte.

»Ich dachte mir, wir gehen ins Ballett«, raunte eine Stimme hinter der Zeitung hervor.

Fast hätte sich Anna an ihrem Kaffee verschluckt. Normalerweise tat Bernd keinen Fuß in einen Raum, in dem er – wie er fand – auf engen Stühlen, in Dunkelheit und neben müffelnden Sitznachbarn für teures Geld zum Stillschweigen verdonnert war.

»Zieh dir also was Schönes an«, sagte Bernd. Er blickte kurz hinter der Zeitung hervor und grinste unverschämt gut gelaunt. Und dann versank er wieder in der Lektüre.

Nach einer Weile, in der Anna ihn heimlich beobachtete, stand er plötzlich auf und faltete umständlich die Zeitung zusammen. »Ich muss gleich noch wohin«, sagte er und verabschiedete sich von Anna mit einem Küsschen.

Anna blieb am Tisch zurück und warf einen Blick auf ihren Teller. Ihr Frühstücksbrötchen war noch kaum angebissen. Sie war heute eindeutig zu nervös für Alltägliches wie Nahrungsaufnahme.

Am Nachmittag hatte Anna ausreichend Zeit, sich um ihre Garderobe zu kümmern. Sie konnte sich einfach nicht entscheiden, welches Outfit für diesen besonderen Abend passend sein könnte. Erst fiel die Wahl auf das dunkelgrüne Kleid, dann auf den blauen Overall, auf ihre Lieblingsjeans mit Cordsakko und dann auf das kurze rote Kleid, von Katja getauft als »Erdbeere-will-vernascht-werden-Kostüm«. Und schließlich wählte sie doch das dunkelgrüne Kleid vom Anfang aus. Es war schick genug für das Theater und ausreichend verführerisch für die wohl wichtigste Verabredung ihres Lebens.

Anna saß schon längst abfahrbereit vor dem Fernseher, als Bernd sich in aller Ruhe umzog und beide endlich als eine der letzten Besucher durch den Eingang des Opernhauses eilten. Während Bernd die Mäntel an der Garderobe abgab, wollte sich Anna vom Spurt ins Theater lieber gleich auf den Plätzen erholen. Beglückt stellte sie fest, dass Bernd bei der Wahl der Tickets nicht aufs Geld geachtet hatte. Sie saßen in einem der kleinen, rot ausgepolsterten Balkone, auf dem genau Platz für zwei zierliche Sessel war. Anna setzte sich, ließ den Blick durch den Saal schweifen und vernahm das erste und dann zweite Läuten. Gleich würde die Vorstellung beginnen, aber der Platz neben ihr war immer noch leer. Wo blieb Bernd? An der Garderobe war doch gar keine riesige Schlange mehr gewesen. Warum ließ er sie also so lange alleine hier sitzen?

Endlich öffnete sich die schmale Tür und Anna war unendlich froh, als Bernd neben ihr Platz nahm und eine unverständliche Entschuldigung flüsterte. Das Schlimmste, was Anna sich insgeheim immer ausgemalt hatte, war ein öffentlicher Heiratsantrag, wie man ihn aus dem Fernsehen kannte: Der

Vorhang geht auf und statt des zu erwartenden Spektakels tritt ein Mann etwas ungelenk auf die Bühne. Nachdem er einige nervöse Sätze in ein quietschendes Mikro stammelt, richten sich alle Augen des Saals auf die erhoffte Braut, die extra in einen Lichtkegel getaucht wird, damit sie auch für jeden zu erkennen ist. Anna wurde ganz schlecht bei dem Gedanken daran. Sie war so beschäftigt, die Bilder aus dem Kopf zu bekommen, dass die »Nussknacker«-Aufführung ohne Annas Aufmerksamkeit begann. Als sich die Tänzerinnen in ihren federnden Röckchen am Ende des ersten Aktes unter großem Applaus von der Bühne verabschiedeten, wurde Anna bewusst, wie wenig sie das Ballett bislang hatte genießen können. Sie ärgerte sich. Anna war entschlossen, ihren überflüssigen Vorahnungen endlich keinen Raum mehr zu schenken, um sich damit nicht den ganzen Silvesterabend zu verderben. Als Bernd sie in der Pause zielgerichtet zu einem der Bistrotische mit einem »Reserviert«-Schild führte, wo eine gekühlte Sektflasche bereitstand, füllte Anna sich schnell ein Glas und trank einen großen Schluck.

»Sollen wir nicht anstoßen?«, fragte Bernd etwas irritiert.

»Entschuldige, ich musste dringend was trinken«, sagte Anna und nahm gleich noch einen Schluck, um sich noch eine Ausrede zu überlegen. »Die Luft ist so stickig.«

»Echt? Ich finde es diesmal gar nicht so muffig wie sonst.«

»Vielleicht bin ich auch nur nervös«, sagte Anna und bereute es im gleichen Augenblick, da nun unweigerlich eine Frage folgen würde.

Und tatsächlich blickte Bernd sie erstaunt an. »Warum bist du nervös? Ist doch nur Silvester.«

Anna spürte, wie ihre Wangen rot wurden. Sie trank in einem Schluck das Glas leer und blickte sich nach der Toilette um. »Ich muss kurz wohin«, sagte sie noch und eilte davon.

Als Anna den hell gefliesten Raum betrat, empfing sie eine Duftwolke aus Haarspray und süßem Parfum. Hastig drängelte sie sich an Frauen vorbei, die am Spiegel standen und ihren Lippenstift nachzogen. Am hinteren Ende war noch eine Kabine frei. Anna schlüpfte durch die Tür, verschloss sie rasch und setzte sich auf den heruntergeklappten Toilettendeckel.

Dort tat sie nicht anderes, als tief durchzuatmen. Und dabei kam ihr ein Artikel aus einer Frauenzeitschrift in den Sinn, den sie kürzlich entdeckt hatte. Er handelte von Stressbewältigung in Krisensituationen und davon, in wichtigen Situationen nicht die Nerven zu verlieren. Anna hatte gelesen, dass man sich einfach selbst zur Vernunft rufen musste, wenn niemand anderes Vernünftiges parat war. Genau das musste sie jetzt tun – vernünftig sein! Besonnenheit war doch sonst eigentlich ihr leichtestes Spiel. Sie würde ab sofort endlich aufhören, sich konsequent lächerlich zu machen. Einen Heiratsantrag zu bekommen war doch wirklich nichts, was ausgerechnet sie aus der Bahn werfen durfte. Sie hatte immer auf diesen Tag hingehofft, und jetzt sollte sie ihn einfach nur genießen. Wenn einer aufgeregt sein durfte, dann war es Bernd. Aber ihr zukünftiger Verlobter hatte seine Gefühlte eindeutig besser unter Kontrolle. Und das musste ihr nun endlich auch gelingen! Anna atmete tief ein und aus. Dann stand sie auf, zupfte ihr Kleid zurecht und drückte auf die Toilettenspülung. Niemand sollte mitbekommen, dass sie nur hierher geflohen war, um ihre überstrapazierten Nerven zu beruhigen. Ab jetzt würde sie sich souverän verhalten. Nicht wie ein verstörter Teenager, sondern wie eine erwachsene Frau, die bald die alles entscheidende Frage gestellt bekommen sollte. Und dann würde sie anmutig und souverän nicken, als sei es das Selbstverständlichste auf der Welt, wenn jemand sie heiraten wollte.

Anna ging zurück zu Bernd und achtete von nun an sorgfältig darauf, keine romantische Situation mehr mit ihrem sonderbaren Benehmen zu ruinieren. Als das Ballettensemble zum letzten Applaus auf die Bühne trat, raunte Bernd ihr zu, dass er gleich noch eine Überraschung für sie parat habe. Anna widerstand der Versuchung, weiter nachzuhaken. Sie lächelte ihn einfach nur an und ließ sich wenig später in ein kleines Bistro entführen. Bernd hatte auch dort extra einen Tisch serviert – in einer lauschigen Nische mit dunkler Holzvertäfelung. Es war der einzige Tisch, auf dem ein Strauß roter Rosen stand.

Als Anna sich gerade setzen wollte, drängelte sich Bernd zwischen sie und den Stuhl.

»Halt! Warte noch! Ich hab da erst noch was«, rief er und kramte umständlich erst in der linken und dann in der rechten Hosentasche.

Anna blieb einfach reglos stehen und war völlig damit beschäftigt, ruhig weiterzuatmen und nicht wieder die Nerven zu verlieren. Gleich würde es so weit sein. Gleich würde sie die große Frage gestellt bekommen, und dann würde sie so tun, als ob sie nichts davon geahnt hätte. Ihre Hände zitterten und ihr Herz pochte wie verrückt.

Bernd grinste sie jetzt schelmisch an und hob eine geballte Faust aus der Tasche. Seine Finger verbargen einen kleinen Gegenstand.

»Endlich hab ich's!«, rief er.

Plötzlich entzündete sich vor Annas Augen eine Flamme.

»Hab für heute extra dieses Feuerzeug mitgenommen. Ich weiß doch, wie du dich immer ärgerst, wenn die Kellner nicht gleich die Kerze anzünden«, sagte Bernd und ließ im gleichen Moment das Windlicht erleuchten, das auf dem Tisch stand.

»Äh – danke«, stammelte Anna. Sie starrte abwechselnd auf die Flamme und auf das schwarze Feuerzeug und nickte. »Wirklich toll, so eine brennende Kerze! Wie aufmerksam von dir.«

Dann setzte sie sich und faltete langsam die Stoffserviette auseinander, die vor ihr auf dem Tisch lag. Das Aufklappen des festen, gestärkten Stoffs beruhigte sie. Bernd durfte ihr die Anspannung nicht anmerken. Er wollte sie einfach nur auf die Folter spannen und den perfekten Moment abwarten. Sie müsste sich nur noch ein wenig gedulden. Also schenkte sie ihm weiterhin ihre volle Aufmerksamkeit und lächelte ihn verliebt an, als er wieder mal von jener Silvesterparty erzählte, bei der er mit seinen Jugendfreunden alle alten Schulzeugnisse mit Feuerwerkskörpern in Staub aufgelöst hatte. Anna tat nur so, als ob sie sich amüsierte. In Wirklichkeit war sie in ständiger Erwartungshaltung und versuchte trotzdem irgendwie locker zu bleiben. Aber es passierte nichts. Rein gar nichts. Der Kellner präsentierte nach dem Dessert unter der Silberglocke nur die Rechnung und keinen Ring. Und auch später – um Mitternacht – als sie auf einer Brücke zwischen Hunderten feiernden Menschen standen, wartete sie vergeblich auf den eigentlichen Höhepunkt des Abends. Doch zum glitzernden Regen unzähliger Raketen bekam sie nur ein Küsschen und kalte Füße, aber nicht die alles entscheidende Frage gestellt.

Als sie eine kleine Ewigkeit später in den frühesten Stunden des neuen Jahres mit dem Taxi nach Hause fuhren, konnte Anna ihre Enttäuschung kaum verbergen. Sie schaute aus dem Fenster und schwieg, während Bernd dem Fahrer vorschwärmte, welch einen einzigartigen Silvesterabend sie gerade verbracht hatten. Alles habe reibungslos geklappt, dank seiner Planung, plapperte Bernd. Anna verdrehte die Augen, während irgendwo in der Ferne noch eine Rakete den Himmel erleuchtete – obwohl es doch wirklich keinen Grund zu feiern gab! Wer war überhaupt auf die Schnapsidee gekommen, den Jahreswechsel zu feiern? Wozu sollte man das neue Jahr willkommen heißen, wenn einen nichts Aufregenderes erwartete als ein unvermeidlicher Kater von zu viel süßem Sekt?

Wieder zurück zu Hause zog sich Bernd umgehend seinen Flanell-Pyjama an – ein untrügerisches Zeichen dafür, dass Anna keinen Sex erwarten durfte, wonach ihr gerade ohnehin nicht der Sinn stand. Bald schon vernahm sie ein leises Schnarchen, was Anna nicht weiter verwunderte. Bernd konnte immer sofort einschlafen. Egal, ob sie gerade gestritten hatten, ob seine Lieblingsfußballmannschaft die Meisterschaft verloren oder gewonnen hatte oder ob ihm am nächsten Tag eine schwierige Gehaltsverhandlung bevorstand – Bernd schlief tief und fest. Anna stand währenddessen im Bad und starrte fassungslos in den Spiegel. Wie dumm kam sie sich jetzt vor in ihrem grünen Cocktailkleid, das sie sorgfältig für diese Verabredung ausgewählt hatte. Mit ihrer Hochsteckfrisur, die sich schon zur Hälfte wieder gelöst hatte und unelegant in kupferroten Strähnen in ihr Gesicht fiel. Wie naiv erschien es ihr, sich so sicher über den Ausgang dieses Abends gefühlt zu haben. Ihr war schwindlig vom vielen Sekt und von der Anspannung, die sie der Tag gekostet hatte. Anna zog das grüne Kleid aus und warf es achtlos auf den Boden. Sie streifte sich ihren Bademantel über und schnappte sich ein Wattepad, das sie so lange mit Make-up-Entferner beträufelte, bis es wie ein Schwamm durchtränkt war. Damit wischte sie sich in fahrigen Bewegungen über ihre Augenlider und Lippen. Dann betrachtete sie mit einem Anflug aus Selbsthass und Frustration ihre Augenfältchen im Vergrößerungsspiegel, wo sie ihr auf einmal wie tiefe Furchen erschienen. Schließlich griff sie seufzend nach der Zahnbürste und füllte den Zahnputzbecher mit Wasser. Fast hätte sie nicht bemerkt, dass auf seiner Oberfläche plötzlich ein gelbes Kunststoff-Ei nach oben schwamm. Eines von denen, die üblicherweise von zwei schokoladigen Hälften einer Kinder Überraschung umschlossen werden. Anna fischte das Ei heraus und entdeckte darin einen Zettel. Sie las ihn mit zitternden Händen.

Liebe Anna,
möchtest du mich heiraten?

PS: Wenn ja, darfst du mich gerne aufwecken.

PPS: Ist mir die Überraschung gelungen?

Katja klatschte in die Hände, nachdem Anna ihr in aller Ausführlichkeit von dem Silvester-Abend erzählt hatte und dabei selbst ihre wenig rühmliche Rolle nicht aussparte. Katja war eine so gute Freundin, ihr konnte sie alles erzählen.

»Was für eine Geschichte! So viel Kreativität hätte ich Bernd nicht zugetraut«, sagte Katja in begeistertem Ton.

»Ich ehrlich gesagt auch nicht«, antwortete Anna. »Ich dachte immer, dass ich ihn total durchschaue. Es war absolut kein Antrag, wie ich ihn je erwartet hätte.«

Anna erzählte ihrer Freundin, wie sie nach der Entdeckung des Zettels erst mal in die Küche gegangen war, um sich einen Schluck von Bernds kubanischem Rum einzuschenken. Während der Alkohol seinen brennenden Geschmack entfaltete, hatte sie ausgiebig Zeit, um zum wiederholten Male innerhalb der letzten 24 Stunden verblüfft zu sein. Bernd hatte sie eindeutig ausgetrickst. Sie musste den Antrag erst verdauen, bevor langsam so ein Gefühl wie Freude aufkam.

»Wie hat er denn reagiert, als du ihn aufgeweckt hast?«, fragte Katja, die bei jeder Geschichte besonders aufs Ende gespannt war. Sie las bei Büchern deswegen meist erst das letzte Kapitel und dann den Anfang. Alles andere fand sie zu nervenaufreibend.

»Er hat tief und fest geschlafen. Ich musste ihn kräftig wachrütteln«, sagte Anna. »Aber er wirkte nicht sehr überrascht. Er hat gelächelt, mich in den Arm genommen und ist dann gleich wieder eingeschlafen.«

»Und habt ihr bereits einen Termin?«

»Nein. Das wird jetzt ein richtiger Stress. Viele Lokale sind bestimmt schon ausgebucht. Obwohl dieses Jahr erst ein paar Stunden alt ist, sind wir ziemlich spät dran.«

»Ach, mach dir keine Sorgen. Das Jahr ist noch zu jung, um schon die Hoffnung aufzugeben«, sagte Katja und strahlte. »Und sollen wir nicht endlich mal anstoßen? Hast du noch was anderes außer Rum zu Hause?«

Katjas Optimismus war wieder mal ansteckend und ließ Anna alle Grübelei vergessen. Als sie gerade aufstehen wollte, um in der Küche nach einer Flasche Sekt zu suchen, fiel ihr das Paket wieder ein, das die Freundin ihr zuvor überreicht hatte. Es lag noch immer auf dem Sofatisch.

»Darf ich das eigentlich aufmachen?«, fragte sie.

»Na selbstverständlich, meine Liebe«, antwortete Katja.

Vorsichtig löste Anna den Klebefilm ab und faltete verschiedene Lagen hellblaues Seidenpapier auseinander. Nach der letzten Schicht kam ein Wandkalender zum Vorschein. Er war in großen silbergrauen Buchstaben mit den Worten »52 Wochen – 52 kluge Gedanken« bedruckt.

»Der Kalender soll dich durch dieses aufregende Jahr begleiten«, erklärte Katja. »Ich wollte ihn dir sowieso schenken. Aber nach den tollen Ereignissen am Silvesterabend passt er umso besser.«

Anna blätterte auf die erste Seite und musste grinsen, als sie den Spruch las. »Die größte Klugheit einer klugen Frau besteht darin, ihre Klugheit nicht zu zeigen.« Nun, sie war vielleicht weniger klug, als sie es selbst gedacht hatte. Sie hatte sich eindeutig an der Nase herumführen lassen. Aber was zählte, war das Ergebnis. Und auch wenn Bernd noch keinen Verlobungsring für sie ausgesucht hatte, glitzerte in ihrer Vorstellung schon ein Ring an ihrer Hand. Alles in allem hätte das Jahr also nicht glanzvoller beginnen können …

8. Januar: »Es gibt nichts Tröstlicheres als ein behagliches Zuhause.«

Jane Austen

Nach den Feiertagen bot der Laden beinah ebenso viel Arbeit wie in den Wochen zuvor. All die restlichen Kugeln, Sterne und Tannenbäumchen, die Anna vor dem Advent in vielen Überstunden gruppiert hatte, mussten jetzt in Kisten verpackt werden, um für die Frühjahrskollektion Platz zu schaffen. Seit sechs Jahren führte Anna ihr eigenes Geschäft »Vintage Salon«. Gleich als sie den hohen Raum mit seiner Stuckverzierung und den bis zur Decke reichenden Regalwänden aus geschnitztem Holz zum ersten Mal gesehen hatte, war sie begeistert gewesen. Der vormalige Besitzer hatte dort in dritter Generation eine Apotheke geführt. Da seine Tochter einen anderen Beruf erlernt hatte, freute er sich, dass Anna die historische Einrichtung in ihrem Ladenkonzept übernehmen wollte. Statt mit Kopfschmerztabletten und Heilsalben füllte sie das Mobiliar mit Liebhaberstücken und Kuriositäten, wie man sie in dieser Zusammenstellung sonst in München kaum finden konnte: Französische Bistrostühle, Seidenschals, emaillierte Spiegel, Windlichter aus Dänemark, antike Schmuckkästchen und Duftkerzen, die so natürlich nach Jasmin und Veilchen rochen, als hielte man die Nase in einen frisch gepflückten Strauß.

Anna mochte die Zeit nach den Festtagen. Während sich draußen vor der Ladentür nasskaltes Winterwetter ausbreitete, war es ihre liebste Übung, in ihrem Geschäft schon den Frühling willkommen zu heißen. Nach den gold-rot-silberfarbenen Adventswochen folgte jetzt die Saison der sanften Pastelltöne: zartes Mint, helles Violett und Cremefarben wie jene von Vanilleeis und Sahnebaiser. Im Schaufenster stellte Anna eine große Vase mit Mandelbaumzweigen auf, deren pralle Knospen auf eine baldige Blüte hoffen ließen. Mit dünnen Fäden band sie noch einzelne Federn an die Zweige. Anna hatte ein Faible für diese verspielten Details. Viele ihrer Kunden kamen deshalb so oft in den Laden, weil sie sehen wollten, was Anna sich wieder hatte einfallen lassen. Auch Katja hatte sie auf diese Weise vor drei Jahren kennengelernt. Sie war damals mehrfach vor dem Schaufenster auf und abgelaufen, bis sie schließlich schwungvoll die Türe geöffnet hatte, um Anna zu erklären, dass sie am liebsten gleich bei ihr einziehen wolle. Nach diesem Auftritt wurde Katja zunächst Annas treue Kundin und bald ihre engste Freundin.

Anna befestigte die letzte Feder an einem der Zweige und öffnete probehalber die Ladentür. Durch den Luftzug begannen die Federn leicht zu tanzen – genauso wie geplant. Sie blieb noch eine Weile stehen und betrachtete zufrieden ihre Auslage. Neben dem Strauch hatte sie einen Nachttisch und eine Kollektion bemalter Porzellantassen arrangiert. In den nächsten Tagen wollte sie die Gefäße mit Tulpen und Hyazinthen füllen. So würde nach und nach eine Blumenwiese im Schaufenster wachsen. Wenn es um die Dekoration ihres Geschäfts ging, kamen Anna die Ideen nur so zugeflogen.

»Haben Sie schon wieder geöffnet?«, riss sie eine Stimme aus ihren Gedanken.

Anna drehte sich um und erkannte eine ihrer Stammkundinnen. Es verging kaum ein Monat, in dem Frau Kursell nicht in ihrem Laden vorbeikam. Sie wohnte nur ein paar Straßen entfernt. Anna begrüßte sie herzlich, öffnete die Tür und nahm ihr den Mantel ab, der vom Regen nass war. Darunter trug Frau Kursell ein Wollkostüm, das genauso gepflegt war wie ihre kurzen, silberfarbenen Locken. Anna kam es so vor, als ob sie sich immer extra hübsch zurechtmachte, um bei ihr einkaufen zu gehen.

»Ich hatte gar keine Winterpause – aber das brauche ich nicht. Der Laden ist für mich ja keine echte Arbeit, sondern meine Leidenschaft«, erklärte Anna, während sie den Mantel an der Garderobe aufhing.

Damit hatte sie nicht ganz die Wahrheit gesagt. Es stimmte, dass sie sich keinen schöneren Beruf vorstellen konnte. Sie hatte ihr Jurastudium kurz vor dem Examen abgebrochen, weil sie lieber ihrem Herzenswunsch folgen wollte. Der Laden hatte zwar viele Stammkunden, aber er warf nicht allzu viel Gewinn ab. Anna konnte sich keine Ferien leisten. Selbst eine feste Angestellte war zu teuer für sie. Über solche Dinge sprach sie aber nicht vor ihrer Kundschaft. Die Besucher sollten sich schließlich im »Vintage Salon« wohlfühlen und den Kopf freibekommen von Alltagsproblemen. Außerdem wusste Anna, dass Frau Kursell es selbst nicht leicht hatte. Sie lebte von einer schmalen Rente und kaufte meistens nur Kleinigkeiten, die sie mit viel Bedacht auswählte.

»Wenn ich noch mal jung wäre, würde ich auch so einen Laden aufmachen. Für mich ist es hier immer wie ein kleiner Urlaub. Man kann ständig was entdecken«, schwärmte Frau Kursell und lächelte Anna über eines der Regale hinweg an.

»Das freut mich! Ich gebe mir viel Mühe, meinen Kunden immer neue Schätze anzubieten. Mein Freund nennt mich nur noch Trüffelschweinchen«, sagte Anna lachend.

»Genau so ein Schmuckkästchen hatte ich auch in meiner

Jugend«, sagte Frau Kursell und hob eine kleine Holzkiste mit Silberbeschlag nach oben. »Ihr Freund kann stolz auf Sie sein.«

Anna musste kurz nachdenken, ehe sie antwortete. Ob Bernd stolz auf ihren Laden war? Er bewunderte Annas fantasievolles Talent, aber die Kosten-Nutzen-Bilanz des Ladens fiel nun mal nicht so aus, dass ein Ingenieur wie er den ganzen Aufwand verstehen konnte.

»Ich glaube, so ein Geschäft ist doch eher Frauensache. Männer können unsere Begeisterung für die besonderen Kleinigkeiten des Lebens meistens nicht so ganz nachvollziehen. Aber Bernd freut sich, wenn ich mich freue. Er heiratet ja schließlich bald hier ein. Wir haben uns an Silvester verlobt«, sagte Anna. Es fühlte sich immer noch ein bisschen komisch an, endlich von ihrer eigenen Hochzeit zu berichten. Aber es war zugleich ein aufregendes Gefühl.

»Herzlichen Glückwunsch!« Frau Kursell hatte sich mittlerweile eine Seife ausgesucht und legte sie auf Annas Verkaufstresen ab. »Dann haben Sie ja ganz schön was vor sich. Meine Enkelin hat im vergangenen Jahr geheiratet. Es gab gar kein anderes Gesprächsthema mehr«, sagte sie und suchte in der Handtasche nach ihrem Geldbeutel.

Anna schüttelte kurz den Kopf. »Kein Problem! Das schaff ich schon. Meine Hochzeit ist so gut wie geplant.«

Sie hatte in den letzten Tagen bereits damit begonnen nach einem passenden Lokal zu suchen. Anna war zuversichtlich, dass ihr alles gelingen würde. Anders als andere Bräute musste sie immerhin gar nicht darüber nachdenken, was sie wollte. Sie hatte die vergangenen Jahre genug Zeit damit verbracht, sich ihre Traumhochzeit in allen Details auszumalen.

Beschwingt griff Anna nach der Seife, die vor ihr auf dem

Tresen lag. Sie duftete nach Rosen und Vanille. »Soll ich das als Geschenk einpacken?«

Frau Kursell schüttelte verlegen den Kopf. »Das müssen Sie nicht. Sie ist ja nur für mich.«

»Nur für Sie? Was soll das denn heißen? Man sollte sich öfters selbst beschenken«, entgegnete Anna und schnitt ein Stück von der Geschenkpapierrolle ab, die sie hinter sich aufgespannt hatte. Sie war geübt im Einpacken und wickelte das oval geformte Stück rasch in das silberfarbene Papier.

»Solange Sie die Seife nicht verwenden, legen Sie das Päckchen einfach in den Kleiderschrank. Dann beduftet die Seife Ihre Garderobe«, sagte sie und überreichte ihrer Kundin das kleine Paket.

Frau Kursell betrachtete das Päckchen andächtig, steckte es behutsam in ihre Handtasche und ging zur Ladentür. Dort drehte sie sich nochmals um und lächelte. »Sie haben mir eine große Freude gemacht. Danke!«

Anna winkte ihr zum Abschied. Dann knüllte sie den Rest des Geschenkpapiers zusammen und legte den eben verdienten Fünf-Euro-Schein in die Kasse. Es war die erste Einnahme des heutigen Tages. Insgeheim war Anna froh darüber, dass Bernd gerade nicht hier war. Er würde nie verstehen, warum sie sich so viel Mühe mit ihren Kunden machte, wenn dabei nur so ein kleiner Gewinn heraussprang. Aber sie würde ihm schon noch beweisen, warum ihr Laden ein Erfolgsprojekt war – trotz oder gerade wegen der Hochzeitsvorbereitungen.

15. Januar: »Die Liebe lebt von liebenswürdigen Kleinigkeiten.«

Theodor Fontane

Am heutigen Abend radelte Anna nach Ladenschluss schnell zum indischen Imbiss. Sie bestellte fast die halbe Vorspeisenkarte und ließ sich alles zum Mitnehmen verpacken. Anna wollte abends zusammen mit Bernd gemütlich essen und einige Dinge zur Vorbereitung ihrer Hochzeitsfeier besprechen. In den letzten beiden Wochen hatte sie beinah jede freie Minute genutzt, um ein Restaurant zu finden, das für dieses Jahr noch nicht ausgebucht war. Mehrmals hatte man sie am Telefon lachend abgewiesen: Übernächstes Jahr gäbe es noch Termine, aber diese Saison sei schon längst voll. Sie könne sich natürlich auf die Warteliste setzen lassen, falls eines der Paare doch noch abspränge. Auf so ein Angebot wollte sich Anna aber nicht einlassen. Sie fand die Vorstellung, das eigene Fest von einer Last-Minute-Trennung eines anderen Paares abhängig zu machen, ziemlich makaber.

Anna parkte ihr Fahrrad vor dem zitronengelben Mietshaus, wo sie seit vier Jahren mit Bernd wohnte, und lief hoch in den zweiten Stock. In ihrer Küche verteilte sie alle Speisen in verschiedenen kleinen Schüsseln, sodass der Tisch bald reich mit Möhren-Mango-Salat, Kichererbsenbällchen, Shrimps in Currysoße und gelben Linsen gefüllt war. In der Mitte arrangierte sie noch eine Schale voller Wasser, auf dessen Oberfläche sie Schwimmkerzen und Rosenblüten verteilte. Anna konnte nicht gut kochen, aber sie hatte ein Händchen dafür, jeden beliebigen Snack appetitlich anzurichten. Aus Plastikbehältern aß Anna nur in Notsituationen. Selbst Chips oder Lakritze füllte sie erst in ein Porzellangefäß, bevor sie davon naschte.

Bernd lächelte, als er bald darauf nach Hause kam und das vorbereitete Menü sah. Er liebte es, sich direkt nach der Arbeit an den Tisch zu setzen. Den grauen Mantel und seine Ledertasche ließ er dabei immer rechts und links neben seinem Stuhl fallen. Er arbeitete bei einem großen Automobilhersteller und betreute den Bereich Motorakustik. Als »Mozart der Autoindustrie« hatte Bernd sich ihr beim ersten Date vorgestellt und ihr näher erläutert, dass er sich um alle Geräusche kümmerte, die ein Auto von sich gab: vom Zuschlagen einer Tür bis zum Ton der Hupe. Anna fand das zunächst sehr spannend, auch wenn sie sich nicht viel aus Autos machte. So sehr sie sich aber in den gemeinsamen Jahren mit Bernd anstrengte – einen allzu großen Unterschied konnte sie zwischen den Geräuschen von einem Audi, einem Mercedes oder einem BMW einfach nicht heraushören. Bernd hingegen musste sich nicht umdrehen, um das von hinten nahende Fahrzeug typgenau vorauszusagen. Außerdem schaltete er bei seinem eigenen Auto die Türverriegelung gerne mehrfach hintereinander ein und aus. Ihn begeisterte das sanft klackende Geräusch, das er selbst entwickelt hatte.

Musste Bernd sich im Büro fortwährend auf Töne aller Art konzentrieren, so brauchte er zum Feierabend erst mal eine Weile seine Ruhe. Anna wusste das längst. Beide füllten sich die würzigen Gerichte auf ihre Teller und aßen schweigend. Schließlich räusperte sich Anna. Sie kündigte damit an, dass sie noch einiges besprechen wollte. Bernd blickte sie an und hob die linke Augenbraue. Anna wusste, was das zu bedeuten hatte: Er war bereit, zuzuhören.

»Hast du dir den Link angeschaut, den ich dir gemailt habe? Das Restaurant hätte genau im September noch einen Termin frei«, sagte Anna.

Bernd schluckte noch ein Kichererbsenbällchen herunter, bevor er antwortete. »Tut mir leid, Schatz. Hab ich ganz vergessen. Aber war das nicht das Lokal, wo wir letztes Jahr den tollen Abend hatten? Also zumindest bis das Gewitter losbrach?«

Anna nickte und freute sich, dass er sich gleich an diesen Tag erinnern konnte. Sie hatten damals im August einen Ausflug mit ihren Fahrrädern gemacht und einen See entdeckt. Er war so unwirklich schön wie auf einem der alten Ölgemälde, die man gelegentlich auf dem Trödelmarkt finden konnte: Berge im Hintergrund, Pappeln und Weiden das Ufer säumend, ein hölzerner Steg. Da es einer dieser endlos heißen Tage war, zogen Bernd und Anna spontan ihre Kleider aus und sprangen splitternackt ins Wasser. Später saßen sie in einem Lokal am Ufer und tranken Melonenbowle. Sie war klebrig-süß und schmeckte nach Sommer. Es war ein perfekter Tag – so wie Anna sich ihn für ihre Hochzeit wünschte.

Anna schob den letzten Rest Linsensalat auf ihren Löffel. »Könntest du dir dieses Restaurant denn für unser Fest vorstellen?«, fragte sie hoffnungsvoll.

»Natürlich. Wenn du das möchtest«, antwortete Bernd, ohne zu zögern.

»Aber du sollst es doch auch wollen. Es ist immerhin unsere gemeinsame Feier.«

»Ja, klar. Aber mir ist der Ort einfach nicht so wichtig wie dir«, sagte Bernd. »Weißt du was? Ich rufe da morgen mal an und frage, was der Spaß kosten würde. Wenn sie ein gutes Angebot machen, können wir gerne gleich zuschlagen. Mir ist es ganz recht, wenn wir nicht mehr länger suchen müssen.«

Anna war das ebenso recht, wenn auch aus einem anderen Grund: Sie konnte sich kaum einen besseren Ort als dieses Restaurant mit seiner roten Klinkerfassade und der großen Terrasse ausmalen. Bernd hingegen wollte mit der Suche nach einem Lokal scheinbar keine unnötige Zeit verschwenden.

»Wie findest du die Vorstellung, dass wir im September heiraten?«, fragte Anna, nachdem sie die Teller abgeräumt hatte und beiden Rotwein nachschenkte.

»September ist gut. Da gibt es keine großen Fußballturniere und die meisten Kollegen mit Kindern sind aus dem Sommerurlaub zurück. September ist perfekt, Schatz!« Bernd lächelte sie an, als er antwortete.

Außerdem gibt es im September den tollsten Abendhimmel. Nachts ist die Luft endlich so frisch, dass man gut schlafen kann, und die Bäume sind ein kleines bisschen bunt, aber niemals kahl. Das dachte sich Anna aber nur. Wozu weitere Argumente anführen, wenn der andere schon überzeugt ist?

»Und was hältst du davon, wenn wir bei der Trauung im Standesamt nicht nur Ja sagen? Ich meine, natürlich schon auf jeden Fall auch Ja. Aber dann noch ein bisschen mehr.«

Bernd runzelte die Stirn. »Ja vielleicht. Ja gerne. Ja, wenn's sein muss. So was in dieser Richtung?«

»Ich meine ein paar Sätze, warum wir heiraten wollen. Was wir am anderen besonders mögen. Etwas Persönliches eben.«

Bernd hob seine linke Augenbraue nach oben und warf Anna einen skeptischen Blick zu. »Ist das nicht etwas kitschig?«

Anna hatte mit seinem Einwand bereits gerechnet und sich eine passende Antwort zurechtgelegt. »Heiraten ist immer kitschig. Und wenn ich das einmal in meinem Leben mache, will ich das volle Programm. Oder möchtest du mir vielleicht einen Grund dafür geben, irgendwann nochmal zu heiraten?«

Bernd schien überzeugt. Er protestierte nicht weiter. »Wie du meinst«, sagte er. »Ich hätte übrigens Lust, mal wieder unseren Film zu sehen.«

Anna fand die Idee großartig. Ungefähr einmal im Jahr schauten sie zusammen »Forrest Gump« an. Ziemlich am Anfang ihrer Beziehung hatten sie bei der Frage nach ihren Lieblingsfilmen eine ganze Weile nach einer Überschneidung suchen müssen. Bernd begeisterte sich natürlich für alle Filme, in denen viele Autos vorkamen. Anna hatte nicht einen davon gesehen. Sie liebte französische Filme und alle, die in verwinkelten Dörfern spielten. Wenn sie mit Katja wieder einen »Chocolat«-Abend machte, stellten sie sich ein ganzes Tablett voller Pralinen und Törtchen bereit. Sobald Juliette Binoche im Film ihr unwiderstehliches Süßwarenparadies betrat, mussten sich Anna und Katja nicht nur mit dem optischen Genuss des Films zufriedengeben.

»Forrest Gump« spielte zwar nicht in Frankreich, aber Anna mochte den Film trotzdem sehr. Alleine die Szene, wenn die kleine Feder zum Klang der Musik vom Himmel genau vor die Füße von Tom Hanks herunterschwebte, konnte sie nicht oft genug sehen. Bernd indes fieberte dem Moment entgegen, wenn Tom Hanks beim hochoffiziellen Staatsempfang im Weißen Haus nach zu viel Dr-Pepper-Cola auf Präsident John F. Kennedy trifft und ihm beim Händeschütteln offenbart: »Ich muss pinkeln.«

Bernd musste dann immer den Film unterbrechen, um zu lachen. Anna fand diese Szene zwar nicht so außergewöhnlich witzig, aber sie mochte es, wenn Bernd so richtig losprusten musste. Er hatte dann nichts mehr von dem angespannten Ingenieur, der ihr abends begegnete, wenn er von der Arbeit kam. Sobald er lachte, schüttelte er den Kopf so stark nach links und rechts, dass sein brauner Kurzhaarschnitt bald in alle Richtungen zeigte. Er erinnerte sie dann an den Bernd auf seinen Jugendfotos, die er in einer Schachtel auf dem Dachboden aufbewahrte. Anna würde zu gerne mal in eine Zeitmaschine steigen, um ihren Freund im Teenageralter zu treffen. Schon oft hatte sie gehört, ihr Bernd sei früher die treibende Kraft aller Abenteuer gewesen, die er mit seinen Freunden erlebt hatte. Selbst die Reise nach Marokko ganz ohne Geld war seine Idee gewesen. Drei Wochen waren er und seine Kumpels damals angeblich getrampt und schließlich als blinde Passagiere in einem Frachtschiff mitgefahren, um ihr Ziel zu erreichen. Bernd berichtete selbst oft darüber und es schien ihn nicht zu stören, dass sein jetziges Leben so gar nichts mehr mit früher zu tun hatte.

Es war so, als habe Bernd seine Jugendzeit wie einen Anzug abgelegt, der aus der Mode gekommen war. Er zog ihn heute höchstens noch zum Spaß an, um sich darüber zu amüsieren, wie komisch man sich doch damals gekleidet hatte. Ob Anna sich in den früheren Bernd überhaupt verliebt hätte? Sie schätzte seine bedachte Art und seine Fähigkeit, für alle Probleme sofort eine Lösung parat zu haben und dabei nie aus der Ruhe zu kommen. Aber manchmal wünschte sie sich doch, dass er seine Welt nicht immer nur in Richtig und Falsch aufteilte, sondern auch all die unzähligen Möglichkeiten dazwischen sah. Konnte sich manches, das zunächst richtig erschien, später nicht doch als Fehler entpuppen? Und umgekehrt?

Für heute Abend gab es aber definitiv Richtig und Falsch. Es fühlte sich sehr richtig an, nebeneinander auf dem Sofa gekuschelt ihren Lieblingsfilm anzuschauen, Annas Kopf an Bernds Schulter.

22. Januar: »Das Leben ist zu kurz, um Animositäten zu pflegen und sich auf das Schlechte zu konzentrieren.«

Charlotte Brontë

Lädst du eigentlich deine beiden Eltern ein?«, fragte Katja. Sie traf damit genau jenes Thema, das Anna schon einige schlaflose Nächte bereitet hatte.

Ihre Freundin hatte sie mal wieder im Laden besucht. Sie hatten es sich in der Sitzecke mit frisch aufgebrühtem Pfefferminztee und den allerletzten Plätzchenresten von Weihnachten gemütlich gemacht. Katja arbeitete als Englischlehrerin in einer Fremdsprachenschule. Die meisten Kurse führte sie abends durch, sodass sie tagsüber oft Zeit hatte, Anna zu treffen. Katja hatte längere Zeit in Amerika gelebt und dort ihren jetzigen Ehemann kennengelernt. Er war ihr zuliebe nach Deutschland gezogen, denn Katja hatte von den schnurgerade verlaufenden Straßen und den riesengroßen Einkaufszentren genug. In München zogen sie umgehend in eine verwinkelte Altbauwohnung mit Balkon. Außerdem mied Katja alle Geschäfte, die größer waren als ihr eigenes Wohnzimmer. Auch deshalb mochte sie Annas gemütlichen Laden so sehr. Katjas Ehemann Dave teilte viele ihrer schrulligen Vorlieben und begleitete sie regelmäßig. In Annas Augen waren sie ein ziemlich perfektes Paar. Zu den etwas zu vielen Pfunden, die beide gleichermaßen auf die Waage brachten, hatten sie ein doppelt so großes Herz wie andere Menschen. Was Anna von ihren eigenen Eltern nicht unbedingt behaupten konnte.

»Die Frage treibt mich schon seit Wochen um. Ich hab keine Ahnung, wie ich das mit meinen Eltern machen soll. Sie haben sich seit der Scheidung nicht mehr gesehen«, sagte Anna und griff nach einem Zimtstern. Statt ihn zu essen, brach sie nur einen Zacken nach dem anderen ab, bis ein krummer Kekskreis übrig blieb. Sie seufzte. »Meine Mutter hasst meinen Vater. Und vor allem hasst sie Melanie.«

»Ist ja auch kein Wunder! Wenn sich auf einmal so ein junges Ding in ihr Leben drängt und ihr den Ehemann wegschnappt«, erwiderte Katja.

Anna nickte stumm, ehe sie weitersprach. »Melanie ist sicher kein Engel in der Geschichte. Aber irgendwie hatte ich immer gedacht, dass sich mit der Zeit die Wogen glätten würden. Immerhin ist das alles zwanzig Jahre her.«

Kürzlich beim Aufräumen war ihr ein altes Fotoalbum in die Hände geraten. Jede Seite davon dicht beklebt mit Aufnahmen von ihren Eltern, als sie noch jung und verliebt waren. Schon kurz darauf wurde Annas Mutter zum ersten und einzigen Mal schwanger. Während ihr Vater an seiner Karriere als Zahnarzt feilte, kümmerte sich seine Frau um Kind und Haushalt und saß nebenbei als Empfangsdame in seiner Praxis. Zumindest so lange, bis ihr Vater mit seiner blutjungen Assistentin Melanie eine Affäre begann.

»Wenn in einer dieser Seifenopern im Fernsehen solche Sachen passieren, dann ist es nach ein paar Folgen vorbei und alle werden irgendwann wieder glücklich. Aber mich verfolgt diese Geschichte mein ganzes Leben lang. Du kannst dir echt nicht vorstellen, was das für ein Drama war! Meine Mutter ist mit mir damals völlig überstürzt von Hamburg nach München gezogen – eben so weit weg wie möglich von meinem Vater. Dann gab's einen ewigen Scheidungskrieg. Seit damals ist meine Mutter nicht mehr die Alte. Sie ist so streng geworden. Gegen sich, gegen alle anderen und gegen mich natürlich auch«, sagte Anna und deutete mit der Hand durch den Raum. »Den Laden hier zum Beispiel findet sie Unsinn. Es war für sie unbegreiflich, warum ich dafür mein Jurastudium abgebrochen habe. Meine Mutter meinte, ich hätte Sachertorte haben können und hab mich mit Keksen zufriedengegeben.« Anna steckte sich demonstrativ die Zimtsternkrümel in den Mund. Kauend sprach sie weiter. »Aber ich mag nun mal keine Sachertorte. Sie ist viel zu süß und schokoladig. Ich mag Kekse. Vor allem die von dir.«

Katja hob die Keksschachtel an. »Zimtsterne kann ich dir so viele backen, wie du magst. Aber wohl leider keine neuen Eltern.« Dann grinste sie, wie sie es immer tat, wenn sie einen Plan ausheckte. Ihre blauen Augen leuchteten mit ihrem pinken Strickkleid um die Wette. Katja liebte bunte Farben. Je mehr, desto besser, und am besten so bunt gemixt wie ein Tutti-Frutti-Eisbecher. Zum pinken Kleid trug sie heute orangefarbene Creolen, die unter ihrer blonden Mähne hervorblitzten. »Aber wenn beide kommen, stellen Dave und ich uns einfach den ganzen Tag wie eine Wand dazwischen. So entdecken sie sich gegenseitig niemals.«

Anna musste bei der Vorstellung von Katja und Dave als lebender Mauer laut auflachen. Der Gedanke, wie sie sich Schulter an Schulter mit ihren fülligen Körpern zwischen ihre Mutter und ihren Vater schieben, war zu komisch. Aber dann fiel ihr noch etwas ein und ihr war plötzlich nicht mehr nach Lachen zumute.

»Es gibt da aber leider noch ein riesiges Problem namens Tibor. Von dem weiß meine Mutter noch gar nichts«, stammelte sie.

Katja verschluckte sich fast an ihrem Tee. »Ach herrje! Du hast ihr noch nie von deinem neuen Halbbruder erzählt?«

Anna schüttelte verlegen den Kopf. Da ihre Mutter zu allen Verwandten und Bekannten ihres Ex-Manns den Kontakt abgebrochen hatte, hatte es Anna bislang keine große Mühe bereitet, sämtliche Neuigkeiten vor ihr zu verheimlichen. Sie wusste also nicht, dass ihr Vater die Karriere seiner neuen Frau förderte, wie er es bei Annas Mutter niemals getan hatte. Nachdem Melanie ihr eigenes Studium der Zahnmedizin beendet hatte, wurde sie Teilhaberin der Praxis. Wenig später kam Tibor auf die Welt.

»Ich hab dir doch gesagt, sie hasst meinen Vater. Deswegen habe ich alle Gespräche über ihn vermieden. Ich konnte mir die ewigen Vorwürfe nicht mehr anhören«, sagte Anna und seufzte. »Und jetzt rächt es sich natürlich ganz böse.«

»Lass dir von deinen Eltern nicht die Vorfreude verderben. Das wird schon alles. Vielleicht machst du dir zu viele Gedanken«, sagte Katja und legte ihren Arm auf Annas Schulter.

Anna hätte jetzt gerne einfach genickt und das Gesprächsthema gewechselt. Aber sie wusste, dass ihre Freundin nicht recht hatte. Ihre Mutter mit Melanie und Tibor an einem Ort – das konnte sie sich nicht vorstellen. Verzweifelt grübelte sie, welche Möglichkeiten es gäbe, ein Aufeinandertreffen der drei zu verhindern.

»Vielleicht kann ich ja auf die Einladung schreiben: Lieber Papa, du bist herzlich zur Hochzeit eingeladen. Und das DU unterstreiche ich ganz dick?«, schlug Anna vor.

»Ich weiß nicht, ob er das versteht. Ich glaube, du müsstest deine Wünsche wohl etwas konkreter äußern«, sagte Katja. Dann grinste sie wieder. »Vielleicht reimst du lieber. Das klingt immer ein bisschen netter: Lieber Papi, sei so fein, komm zur

Hochzeit doch allein«, formulierte sie und Anna dichtete weiter. »Und lass Frau und Kind daheim.«

Beide mussten lachen. Anna tat es gut, das unangenehme Thema unbeschwert mit ihrer Freundin zu besprechen, auch wenn dadurch die Probleme nicht kleiner wurden. Aber für den Moment wurden sie etwas leichter.

»Am besten, du rufst deinen Dad einfach mal an und erklärst ihm alles in Ruhe. Dann lässt er freiwillig seinen Anhang zu Hause.« Katjas Vorschlag klang vernünftig, aber sie kannte ihren Vater nicht. Er war der Ansicht, dass er Annas Mutter mit seiner Unterhaltszahlung genug Geld gab, damit sie sich endlich mit seinem neuen Leben abfinden sollte. Es blieb ihr wohl nichts anderes übrig, als ihre Mutter möglichst schonend auf Melanie und Tibor vorzubereiten.

»Stimmt schon. Ich muss das irgendwie klären, sonst wird meine Traumhochzeit das reinste Chaos«, sagte Anna. »Aber bevor ich es wieder vergesse. Möchtest du eigentlich meine Trauzeugin sein? Ich verspreche dir, ich bin ab sofort keine anstrengende Braut mehr.«

Katja lachte. »Endlich fragst du mich. Das wurde ja auch höchste Zeit! Und keine Angst, Süße. Ich liebe Drama! Vor allem liebe ich Drama bei Hochzeiten. Da gibt es ja zum Glück sowieso immer ein Happy End.«

29. Januar: »Das Geheimnis des Könnens liegt im Wollen.«

Giuseppe Mazzini

Wer auch immer wohl Giuseppe Mazzini war, er hatte wohl recht, dachte Anna. Es war Sonntagnachmittag. Trotz einer dicken Schneeschicht, die sich über Nacht wie ein weißer Flokati-Teppich auf alle Straßen gelegt hatte, war Bernd zum Joggen unterwegs. Anna trug immer noch ihren Schlafanzug und Wollstrümpfe. Bei den eisigen Temperaturen wollte sie nicht nach draußen. Auf dem Weg zur Badewanne war ihr Blick auf Katjas Kalender gefallen, den sie an einer Wand ihres Wohnzimmers platziert hatte.

Anna las den Kalenderspruch mehrmals hintereinander: »Das Geheimnis des Könnens liegt im Wollen.« Dann seufzte sie. Es war höchste Zeit, endlich etwas Dringendes zu erledigen. Davon, ihre Mutter anrufen zu wollen, konnte keine Rede sein. Aber es musste eben sein. Es war besser, die Sache rasch hinter sich zu bringen, als sie noch länger vor sich herzuschieben. Sie wollte ihrer Mutter endlich vom Nachwuchs ihres Vaters mit Melanie berichten. Anna überlegte, wie sie das Thema am geschicktesten ansprechen könnte. Als sie ihr neulich am Telefon von der Verlobung berichtet hatte, ergab sich keine passende Gelegenheit. Ihre Mutter hatte sie so lange mit Fragen zum Fest durchlöchert, dass Anna richtig erschöpft war, als sie endlich auflegte. Wahrscheinlich gab es auch einfach keine perfekten Gelegenheiten für schlechte Nachrichten. Sie müsste die Bombe einfach irgendwann platzen lassen: »Ich muss dir was sagen, was ich schon längst hätte sagen sollen. Ich habe seit drei Jahren einen neuen Halbbruder.« Oder so. Vielleicht etwas diplomatischer.

Anna griff zum Telefonhörer und wählte die Nummer. Sie vertraute darauf, spontan die richtigen Worte zu finden. Um sich von ihrer Nervosität abzulenken, drehte sie während des Klingelns das Kalenderblatt um. Auf der Rückseite stand jeweils ein kleiner Text zu dem Verfasser des Spruchs: »Giuseppe Mazzini (1805–1872) war ein italienischer Freiheitskämpfer, dessen revolutionäre Ideen zur Unabhängigkeit seines Heimatlandes beitrugen.« Wahrscheinlich hätte sich dieser Herr Mazzini nicht im Geringsten vorstellen können, dass seine revolutionären Ideen irgendwann zu einem folgenschweren Mutter-Tochter-Telefonat führen sollten, dachte Anna. Aber dazu kam es erst mal auch nicht. Sie ließ es fast zehn Mal klingeln, doch am anderen Ende der Leitung meldete sich niemand. Einmal entschlossen, wollte Anna so schnell nicht aufgeben und versuchte die Mobilfunknummer. Diesmal hatte sie Glück.

»Ich befinde mich gerade auf einer Massageliege im Wellnessbereich. Gibt es was Dringendes?«, begrüßte sie ihre Mutter ohne Umschweife.

Anna hatte sich längst daran gewöhnt, kein »Hallo« oder »Wie geht's?« von ihr zur hören. Ihre Mutter kam am liebsten gleich zur Sache. Anna vernahm im Hintergrund ein plätscherndes Geräusch und irgendeine exotische Musik. Da fiel ihr erst wieder ein, dass ihre Mutter ihr von dem Ausflug mit einer Freundin in ein Südtiroler Ayurveda-Hotel erzählt hatte. Sie hatte sich ziemlich auf diese Reise gefreut. Sollte Anna ihr jetzt wirklich ihren Urlaub verderben?

»Ach, nichts so Wichtiges. Besser wir telefonieren nächste

Woche, wenn du zurück bist«, antwortete Anna und verabschiedete sich kurz, ehe sie wieder auflegte.

Erst fühlte sie sich erleichtert, weil sie dem unangenehmen Gespräch vorerst entkommen war. Aber dann ärgerte sie sich auch: Schon wieder hatte sie die Angelegenheit nicht hinter sich gebracht. Nächste Woche also endlich! Anna kramte in ihrer Kommode nach einem Stift und kritzelte ein paar Worte auf einen Zettel: »Denk an Giuseppe Mazzini!!« Dann ging sie ins Schlafzimmer und legte das Stück Papier auf ihr Nachtkästchen. Der Zettel sollte sie jeden Morgen daran erinnern, dass es von nun an keine Ausreden mehr geben durfte.

5. Februar: »Um klarzusehen, genügt ein Wechsel der Blickrichtung.«

Antoine de Saint-Exupéry

Es war jedes Jahr das Gleiche. Wenn Anna glaubte, die Erkältungswelle habe sie endlich mal verschont, dann hatten es sich die Viren längst unbemerkt in ihrem Körper bequem gemacht. Allem heißen Ingwertee zum Trotz. Anna lag mit Fieber im Bett. Sie hatte Bernd gebeten, ein Schild an der Ladentür anzubringen: »Vorübergehend aus Krankheitsgründen geschlossen.« Ihre Aushilfe Ute, die gelegentlich einsprang, war im Skiurlaub in den Alpen. Ihre Mutter wollte sie auf keinen Fall fragen und Katja war mit Dave zu dessen Eltern nach Texas gereist. Gewaltige Einnahmeverluste musste Anna allerdings nicht befürchten. Januar und Februar waren meist verkaufsschwache Monate. So einladend Anna ihre Schaufenster in den letzten Wochen auch dekoriert hatte und so sehr sie mit Schätzen in frühlingshaften Farben lockte – nur wenige Kunden waren vorbeigekommen. Das winterliche Schmuddelwetter trieb die Leute nur für die allernötigsten Einkäufe in die Innenstadt.

Zum Rumliegen verdonnert, wollte Anna die Zeit wenigstens einigermaßen sinnvoll nutzen. Aber zum Telefonieren mit ihrer Mutter hatte sie keine Nerven. Ihre Nase war angeschwollen und der Kopf pochte vor Schmerzen. Ihr Arzt hatte ihr verordnet, dass sie sich nicht anstrengen durfte. Das aufgeschobene Telefonat mit ihrer Mutter würde sie eindeutig zu sehr anstrengen. Sie konnte sich darum erst kümmern, wenn es ihr besser ginge. Giuseppe Mazzinis Erinnerungszettel hatte Anna erst mal zwischen die Seiten einer Hochzeits-Zeitschrift geschoben, die neben ihrem Bett lag. Sich krank zu fühlen und noch dazu ein furchtbar schlechtes Gewissen zu haben war gerade einfach zu viel für ihre angespannten Nerven. Anna platzierte stattdessen ihren Laptop auf der bunt geblümten Bettdecke und stöberte im Internet nach Anregungen für ihre große Party. Dabei entdeckte sie ein Diskussionsforum, in dem sich zukünftige und ehemalige Bräute über den schönsten Tag im Leben austauschten. Mit zunehmender Beunruhigung klickte Anna sich durch die verschiedenen Beiträge. Sie war auf eine Diskussion mit der Überschrift »Pleiten, Pech und Pannen« gestoßen.

»Bei unserem Juwelier gab es kurz vor der Hochzeit einen Einbruch. Der Dieb hat auch unsere Ringe mitgenommen. Die Versicherung ist zwar dafür aufgekommen, aber wir waren trotzdem sehr traurig. Habe jetzt immer das Gefühl, einen Ersatzring am Finger zu tragen«, las Anna verwundert. Bislang hatte sie sich nur vorstellen können, dass schusselige Ehemänner den Ring verlegten. Aber ein Diebstahl? Sie schüttelte den Kopf und scrollte weiter. »Mein Florist hat mich kurz vor der Trauung übers Ohr gehauen. Er hat für die bestellten Blumengestecke einfach einen viel höheren Preis als die vereinbarte Summe verlangt. Ich musste zähneknirschend zahlen, weil ich so schnell keinen Ersatz bekommen hätte. Könnte ich heute nochmals heiraten, würde ich Kunststoffblumen kaufen. Oder das Grünzeug einfach gleich ganz weglassen.«

Anna staunte. Nie wäre sie auf die Idee gekommen, dass ein Blumenhändler sich als Gauner entpuppen könnte. Wer ständig von Rosenduft umgeben war, durfte ihrer Meinung nach doch gar keine so fiesen Pläne schmieden. Aber vielleicht hatte das alles auch nur irgendwer erfunden, der nie Blumen geschenkt bekam und aus Rache allen anderen die Freude daran verderben wollte.

Als Anna den nächsten Beitrag las, wurde ihr mit jedem Satz flauer im Magen. »Hey Mädels. Vergesst nicht, vor der Hochzeit eure Geburtsurkunden zu suchen und die Daten zu überprüfen. Bei meinem Schatz war seit seiner Geburt ein falsches Datum eingetragen. Er wäre angeblich eine Woche früher geboren als es in dem Dokument stand. Das musste extra per Gerichtsverfahren geändert werden. Fast wäre deswegen das Fest geplatzt.«

Aufgeregt klappte Anna den Laptop erst mal wieder zu. Sie hatte nicht die geringste Ahnung, wo ihre Geburtsurkunde überhaupt war. Geschweige denn, ob dort auch ihr wirklicher Geburtstag, der 20.12.1984, eingetragen war. Ob ihre Mutter die Urkunde womöglich verbrannt hatte, mitsamt den anderen Erinnerungen, die sie mit ihrem Ex-Mann verband? Immerhin stand darauf neben Annas Namen auch der ihrer Eltern: Robert und Luise Martens. Anna hatte so starke Kopfschmerzen und fühlte sich zu elend – sie konnte sich unmöglich gleich auf die Suche nach diesen Dokumenten machen. Stattdessen notierte sie einen Hinweis auf ihrer »Was-ich-für-die-Hochzeit-noch-alles-erledigen-muss-Liste«. Der Zettel lag seit Wochen immer griffbereit in Annas Nähe. Sie entschloss sich dazu, einen Punkt herauszusuchen, dessen Ausführung ihr einigermaßen unkompliziert erschien.

Außer der Buchung des Restaurants war bislang noch nichts geregelt. Ringe musste sie natürlich zusammen mit Bernd aussuchen. Für die Einladungen war es noch zu früh und die Tortenverkostung war online und noch dazu mit verstopfter Nase einfach unmöglich. Aber vielleicht könnte sie sich nach Brautschuhen umschauen? Ihr hatte bislang schließlich noch jeder Schuh in Größe 38 gepasst. Zwar hatte sie auch noch kein Kleid, aber sie wollte unbedingt in klassischem Weiß heiraten. Irgendwelche passenden Schuhe zu finden dürfte da nicht zu schwierig sein. Also klappte sie ihren Laptop wieder auf und klickte sich durch Onlineshops und deren Angebote an cremeweißen, perlweißen, roséweißen und elfenbeinweißen Schuhen. Einer sah aus wie der andere und keiner war richtig überzeugend. Entweder sie waren zu hoch und schon bei ihrem Anblick drückte Anna die Ferse. Oder sie wirkten so langweilig und unförmig, dass Anna sie nur anziehen würde, wenn das Kleid sie so sicher verbarg wie ein heimliches Bauch-weg-Höschen. Aber ausgerechnet an ihrer Hochzeit ein Paar Schuhe zu tragen, die keiner sehen sollte, gefiel Anna gar nicht. In irgendeinem Geschäft musste es doch bestimmt auch hübsche und bequeme Schuhe geben.

Da kam ihr plötzlich eine Idee. Vielleicht könnte sie in ihrem eigenen Laden ein kleines Sortiment an Hochzeitsutensilien anbieten? Ein paar wirklich geschmackvolle Schuhe, einige Einladungskarten, eine Auswahl an originellen Gastgeschenken und romantischer Tischdekoration. Sicher gab es viele andere zukünftige Bräute wie sie, die vom Überangebot im Internet erschlagen wurden und sich über eine kleine, feine Vorauswahl freuen würden. Eine Kollektion, die man anfassen und anprobieren kann. Annas Herz klopfte. Bei der Suche nach Hochzeitsangeboten für den Laden konnte sie sich auch für ihr eigenes Fest umschauen. So könnte sie den Verkauf ankurbeln, ohne neben ihren Hochzeitsvorbereitungen ein ganz neues Projekt starten zu müssen. Also zwei Fliegen mit einer Klappe schlagen. Selbst ihren rational denkenden Verlobten müsste dieser Plan überzeugen.

Anna durchforstete so konzentriert, wie es ihr fiebriger Kopf erlaubte, sämtliche Hochzeitsblogs, die sie finden konnte. Nach zwei Stunden intensiver Suche lehnte sie sich zufrieden zurück. Ihre Wangen waren rot und das nicht nur von der Erkältung. Eben noch hatte sie ihrer Freundin eine kurze Mail geschrieben:

Betreff: Hochzeitsmesse
Gesendet am 05.02.2017, 17:23 Uhr

Hallo Katja,
könntest du mich nach deiner Rückkehr aus den USA auf eine Hochzeitsmesse begleiten? Ich brauche dringend deine Unterstützung. Genaueres schreibe ich dir morgen … Hab einen verrückten Plan für meinen Vintage Salon. Aber bin grade leider zu k. o., um noch irgendeinen sinnvollen Satz zu tippen ;-)
Liebe Grüße!
Anna

12. Februar: »Es gibt Augenblicke, da gelingt uns alles. Kein Grund zu erschrecken, das geht vorüber.«

Jules Renard

Bernd saß neben Anna an dem Ort, an dem er sich am wohlsten fühlte: auf dem Fahrersitz seines Autos. Beide waren unterwegs zu Annas Vater, der seinen sechzigsten Geburtstag feierte. Anna hatte zeitweise schon gehofft, ihre Erkältung von vergangener Woche würde sich so lange hinziehen, dass sie den Besuch ohne schlechtes Gewissen ausfallen lassen könnte. Zugleich war sie aber auch froh, nach einigen beschwerlichen Tagen wieder fit auf den Beinen zu sein. Beim vielen Nachdenken über das Aufeinandertreffen ihrer Eltern bei ihrer Hochzeit war die leise Hoffnung entstanden, alles könnte unproblematisch ablaufen. Vielleicht würde ihr Vater doch alleine anreisen und er und ihre Mutter könnten die Gelegenheit nutzen, um so was wie Frieden zu schließen. Oder sich zumindest souverän zu ignorieren.

Mit dem Besuch bei ihrem Vater wollte Anna die Stimmung vorfühlen. Anders als mit ihrer Mutter konnte sie mit ihm relativ offen über ihre Sorgen sprechen. Er fiel ihr nicht ständig ins Wort und hörte zu, wenn sie etwas zu sagen hatte. Sie hatte eigentlich immer eine gute Beziehung zu ihm gehabt. Eigentlich konnte sie sogar ein bisschen verstehen, warum die Ehe ihrer Eltern gescheitert war. Ihr Vater war lebensfroh und unternehmungslustig, während für ihre Mutter das Glas immer halb leer war. Warum ihr Vater sich allerdings für Melanie begeistern konnte, blieb ihr ein Rätsel. Anna mochte sie nicht und sie mochte erst recht nicht, wie sie ihren Vater verändert hatte. Manchmal erkannte sie ihn nicht wieder. Mittlerweile färbte er sich seine grauen Haare schwarz, um jünger zu wirken. Außerdem hatte er kürzlich davon erzählt, er wolle sich ein Tattoo mit dem Abbild von Melanie und Tibor auf sein Schulterblatt stechen lassen. Anna hoffte, dass sie dieses Bild nie zu Gesicht bekommen würde. Insgeheim grübelte sie, ob ihr Vater sich überhaupt noch an sein Versprechen erinnern würde, das er früher mal gemacht hatte: Sollte seine Tochter jemals heiraten, wollte er ihr eine Märchenhochzeit ausrichten. Das war natürlich lange bevor er seiner neuen Frau eine Hochzeit spendiert hatte, die mit ihrem verschwenderischen Luxus schon fast royales Ausmaß angenommen hatte. Anna wäre mit weit weniger glücklich. In Anbetracht der neuen Pläne zu ihrem Laden schien ihr jede finanzielle Unterstützung wie ein wertvolles Geschenk.

»Freust du dich auf dein Geschwisterchen und die liebe Stiefmutter?«, fragte Bernd und riss Anna aus ihren Gedanken.

Sie hatten gerade die erste Raststätte besucht und sich zwei Becher Kaffee für die weitere Fahrt mitgenommen. Er war bitter und verbrannte Anna beim Trinken die Zunge.

»Und wie«, antwortete Anna genervt.

Bernd fand Annas Vater und dessen Privatleben höchst unterhaltsam. Seine eigenen Eltern, die seit Jahrzehnten eine außergewöhnlich langweilige Ehe führten, boten im Vergleich zu ihrer Familie kaum Gesprächsstoff.

»Also, ich freue mich!«, sagte Bernd grinsend. »Bei deinem Papa ist es wie im Fernsehen. Der reiche, verliebte Herr Doktor und seine wunderschöne junge Frau.«

»Aha, du findest sie also wunderschön?«, raunte Anna.

Bernd grinste noch immer. »Schön ist sie, Schatz. Aber langweilig-schön. Du bist aufregend-schön. Deine roten Haare, die Sommersprossen, der kleine Knick in der Nase …«

»Welcher Knick?« Anna klappte sofort den Spiegel über ihrem Sitzplatz runter. »Wo ist da bitte ein Knick?«

Bernd lachte. »Ach Schatz, das war ein Spaß. Deine Nase hat keinen Knick. Aber sie hat Charakter. Mir gefällt, dass ihre Spitze ein bisschen nach oben geht. Sie will hoch hinaus – so wie du. Sie hat bestimmt auch immer irgendwelche Pläne auf Lager, wenn sie grade mal nicht gegen eine Erkältung ankämpft.«

Er stupste kurz mit dem Zeigefinger der rechten Hand auf ihre Nase, bevor er wieder mit beiden Händen das Lenkrad umfasste. Anna blickte noch immer kritisch auf ihr Spiegelbild, als Bernd weitersprach. »Aber im Ernst. Ich wundere mich, warum du doch noch so relativ normal bist bei diesen Eltern. Das erstaunt mich echt. Es wäre ja gar nicht ungewöhnlich, wenn du auch einen kleinen Knacks hättest.«

Nun klappte Anna gereizt den Spiegel hoch. »Was soll das denn jetzt heißen? Relativ normal? Das klingt nach ein bisschen verrückt, aber zumindest nicht ganz so schlimm wie der Rest der Familie.«

Trotz Annas wütendem Ton blieb Bernd gelassen. »Was regst du dich denn gleich so auf? Ich wollte dir doch eigentlich nur ein Kompliment machen. Deinen sensiblen Charakter hast du ja wirklich auch nicht von deinen Eltern geerbt. Von deiner Mutter nicht und von deinem Vater schon gar nicht.«

Anna war wütend. Sie hatte sich sehr gefreut, dass Bernd sie zu diesem Besuch begleiten wollte. Aber sie brauchte ihn als moralische Stütze und nicht als nervigen Psychoanalytiker.

»Vielleicht reg ich mich auf, weil ich ganz schön angespannt bin. Meine Eltern sind für mich nämlich kein witziger Fernsehfilm, sondern das echte Leben. Und da ist es gar nicht so wahnsinnig komisch, wenn der eigene Vater ein Kind hat, von dem die Mutter nichts weiß. Seit Wochen mache ich mir Gedanken, wie es wird, wenn meine Eltern sich bei der Hochzeit wiedersehen. Anstatt doofe Witze zu machen, könntest du dich vielleicht ausnahmsweise mal in meine Situation hineinversetzen. Oder einfach mal die Klappe halten!« Anna spürte, dass eine Träne ihre Wange herabkullerte. Sie wendete ihren Blick rasch zum Fenster und wischte sie weg.

»Hab verstanden«, Bernd klang geknickt. »Das war dumm von mir. Oft hab ich wohl einfach keine Ahnung, was in deinem Kopf vorgeht. Aber du hast recht: Ich sollte besser mal die Klappe halten.«

Bei dieser Ankündigung blieb es. Sie fuhren die nächsten Stunden schweigend die Autobahn entlang in Richtung Norden.

Als sie gegen Mittag an der Stadtvilla in Blankenese ankamen, gingen sie langsam auf die Haustür zu. Dabei griff Bernd nach Annas Hand. Die Berührung tat ihr gut. Dieses große Anwesen mit dem Wintergarten, einem Erker und einem parkähnlichen Garten war Anna immer noch fremd. Das Haus ihrer Kindheit hatten ihre Eltern nach der Scheidung verkauft. Im neuen Domizil ihres Vaters fühlte sie sich wie ein Eindringling. Sie war nur selten zu Besuch. Hand in Hand standen Bernd und sie eine Weile lange reglos vor der mächtigen roten Eingangstür. Schließlich klingelte Bernd. Erst passierte nichts. Als sich nach einigen Sekunden die Tür öffnete, stand niemand dahinter – zumindest niemand auf Annas Augenhöhe.

»Habt ihr mir was mitgebracht?«, erklang eine fordernde Stimme von unten.

Tibor stand da. Sein Gesicht mit trotzigem Gesichtsausdruck umrahmten glänzend braune Locken. Genau solche, wie Melanie sie hatte. Anna stellte überrascht fest, dass ihr kleiner Halbbruder mittlerweile relativ sicher auf zwei Beinen stehen und Sätze bilden konnte, die durchaus Sinn machten. Leider. Anna hatte noch im letzten Augenblick ein Geschenk für ihren Vater gekauft: Tickets für ein Tennisturnier – seinen Lieblingssport. An Tibor hatte sie nicht gedacht.

»Ich hab dir deine Schwester mitgebracht. Ist das nicht Geschenk genug?«, rettete Bernd sie aus dieser Situation.

Er zwinkerte Tibor zu und strich über seine Haare. Dann ging Bernd rasch an ihm vorbei ins Haus, Anna noch immer an der Hand haltend. Tibor blickte ihnen verdutzt hinterher. Mit einer gewissen Erleichterung bemerkte Anna, dass ihm diese Bruder-Schwester-Sache scheinbar genauso seltsam erschien wie ihr selbst.

»Da seid ihr ja endlich!«, rief Annas Vater, als er durch die weitläufige Diele auf sie zueilte.

Er trug wie immer strahlend weiße Kleidung. Anna konnte sich gar nicht erinnern, an ihm mal eine andere Farbe gesehen zu haben. In der Arbeit war es eine weiße, eng anliegend geschnittene Hose samt Polohemd, die er sich extra in mehrfacher Ausführung von einer italienischen Firma schicken ließ. In der Freizeit trug er weiße Jeans zu weißen Hemden oder wie heute einen weißen Cashmere-Pullover. Anna vermutete, dass er deswegen so gerne Tennis spielte, weil sein Faible für helle Kleidung bei dieser Sportart überhaupt kein Problem war. Durch seine sommerlich braune Haut leuchtete die weiße Garderobe umso mehr. Anna hatte ihre Sommersprossen ausschließlich von ihrer Mutter geerbt. Bei früheren Familienurlauben in Italien hatten sie beide sich immer wie zwei lichtscheue Vampire unter den Schirm zurückgezogen, während ihr Vater sich endlose Sonnenbäder gegönnt hatte.

Das Geburtstagskind führte sie zum gedeckten Tisch. Anna musste keine Sekunde lang nachdenken, wer bei der Dekoration seine Hände im Spiel gehabt hatte. Melanies Vorliebe für alles, was glitzerte, leuchtete ihr schon von Weitem entgegen. Silberne und goldene Teller füllten die Tafel. In der Mitte thronte eine Vase voller blauer Rosen verziert mit aufgesprühten Glanzpartikeln. Wie kann man nur so einen schlechten Geschmack haben, dachte Anna. Im gleichen Augenblick kam Melanie auf sie zugelaufen. Sie trug wie immer einen ihrer Hausanzüge. Anna kannte diese Kleidungsstücke nur aus Modekatalogen: seidige Kombinationen aus Hose und Jacke. Die teure Version von Annas ausgewaschenem Jogginganzug. Für heute hatte Melanie eine Variante in Silber gewählt. Ihre langen braunen Haare bändigte ein Haarband in exakt dem gleichen Farbton.

»Gefällt dir meine Tischdeko? Du bist ja immerhin die Spezialistin …«, flötete Melanie. Sie lächelte Anna so entwaffnend freundlich an, dass sie nicht anders konnte, als zu schwindeln.

»Äh, ja sehr toll. Sehr glamourös auf jeden Fall!«, sagte Anna. Sie war eine katastrophale Schauspielerin und beendete das Gespräch schnell, indem sie sich ihrem Vater zuwandte. »Sind wir denn die einzigen Gäste?«

Er füllte gerade Sekt in die bereitstehenden Gläser. »Die große Party ist nächste Woche. Ihr habt mich heute exklusiv.«

Vielleicht wollte er die Überbleibsel seiner alten Familie beim großen Fest auch einfach nicht dabeihaben, spekulierte Anna. Und dann ärgerte sie sich zugleich, dass sie sich nicht von ihren negativen Gedanken lösen konnte. Immerhin schienen beide sich mit der Einladung wirklich Mühe gemacht zu haben. Melanie verteilte schon den ersten Gang auf jedem Platz: irgendeine würzig duftende Gulaschsuppe. Sie war im Vergleich zu Anna eine ausgezeichnete Köchin. Trotz ihrer schlanken Figur kochte sie vor allem deftiges Essen. Ihre Familie stammte ursprünglich aus Ungarn. Seit ihr Vater mit ihr zusammen war, spannten sich seine Hemden straffer und straffer über seinen Bauch.

Alle nahmen an der Tafel Platz und löffelten die Suppe. Nur Tibor hatte anderes im Sinn. Er verteilte die rot-braune Flüssigkeit rechts und links von seinem Teller. Anna blickte erst zu Melanie und dann zu ihrem Vater. Entweder sie merkten nichts von der Kleckserei oder sie taten so, als würden sie nichts bemerken. So leerte Tibor seine Suppe weiter in aller Ruhe über dem weißen Tischtuch aus.

»Was machen eure Hochzeitsvorbereitungen?«, fragte Annas Vater nach einer Weile.

»Oh, die nehmen größere Ausmaße an als gedacht, nicht wahr, Anna?«, mischte sich Bernd ein und warf ihr einen auffordernden Blick zu.

Gezwungenermaßen erzählte Anna nun von ihrem Vorhaben, ein Hochzeitssortiment in ihrem Laden aufzunehmen. Eigentlich hätte sie ihre Pläne lieber noch für sich behalten. Anders als ihre Mutter hatte ihr Vater den Entschluss, ein Geschäft zu eröffnen und das Studium zu beenden, immer unterstützt. Aber sie redete nicht gerne über Dinge, die noch nicht richtig ausgereift waren.

»Da kann Melanie dich ja beraten. Sie hat einen ausgezeichneten Geschmack. Bei unserer Hochzeit wurden ihre Kunstwerke aus Blumen von allen bewundert«, sagte ihr Vater und schenkte seiner Frau einen verliebten Blick.

Sie warf ihm eine Kusshand zu. »Sei nicht so bescheiden. Wir haben das zusammen gemacht«, hauchte sie.

Anna wusste es besser. Melanie hatte nichts selbst gemacht, sondern die turmhohen Gestecke aus Lilien und Orchideen nur in Auftrag gegeben. Anna hatte nie zuvor eine so aufwendige Tischdekoration gesehen. Ein ganzes Team aus Floristen musste sie angefertigt haben. Die gewaltigen Blütentürme versperrten die Sicht auf die anderen Gäste und verströmten einen so intensiven Geruch, dass ihr damals schwindelig wurde.

»Äh, ja. Gute Idee«, sagte Anna. Sie lächelte in die Runde und rührte in ihrer Suppe, um den nächsten Satz möglichst beiläufig wirken zu lassen. »Wenn diese Hochzeitssachen nur nicht so verflixt teuer wären …«

Sie hoffte, ihr Vater würde die Anspielung verstehen und an sein altes Versprechen denken. Das Versprechen von der Märchenhochzeit, die er seiner Tochter spendieren wollte. Tibor durchkreuzte allerdings ihre Pläne. Die Suppe rund um seinen Teller zu verteilen schien ihn zu langweilen. Zumal die Eltern keine Notiz davon nahmen. Also spritzte er einen vollen Löffel über den Tisch und traf zielgenau auf den Pulli von Annas Vater. Dieser blickte wortlos auf den orange-braunen Fleck und dann auf Tibor und dann wieder auf den Fleck. Anna erinnerte sich, dass seine weiße Kleidung früher eine Art verbotene Zone war, die es niemals mit ungewaschenen Kinderhänden zu berühren galt. Wie oft war er in die Luft gegangen, wenn sie durch Unachtsamkeit einen Fleck hinterließ. Und heute? Er begann zu lachen.

»Unser kleiner Picasso, immer am Klecksen«, kicherte er. »Vielleicht sollte ich den Pulli schon mal aufheben als frühes Meisterwerk des Künstlers.«

Anna kochte innerlich. Und diesmal versuchte sie gar nicht

erst, die Wut zu bekämpfen. Sie hatte auch keine Lust mehr, das Gespräch noch mal auf die finanzielle Situation zu lenken. Es schien sinnlos. Seit ihr Vater wieder geheiratet hatte, erkannte sie ihn nicht wieder. Selbstverständlich war sie zu stolz, ihn direkt nach dem Geld zu fragen.

»Übrigens. Ich heirate Anna nur, wenn ich nicht alleine auf den Kosten sitzen bleibe. Sonst gebe ich sie hier wieder zurück«, mischte sich Bernd auf einmal ein.

Anna fühlte, wie sie rot wurde. Sie fixierte ihre Suppenschüssel, so als ob sie aus den Resten der rot-braunen Flüssigkeit ihre Zukunft lesen könnte. In Wirklichkeit war es ihr einfach nur zu peinlich aufzusehen und ihrem Vater und vor allem Melanie in die Augen zu blicken. Manchmal hasste sie Bernds blöde Scherze. Er hätte sich diesen Spruch sparen können.

»Aber hallo! Wenn meine einzige Tochter heiratet, dann lass ich mich doch nicht lumpen«, sagte ihr Vater und stieß mit seinem Fuß unter dem Tisch unsanft gegen Annas Stiefelette, sodass sie den Blick automatisch wieder in die Runde richten musste.

Sie glaubte zu erkennen, wie Melanie ihr einen mitleidigen Blick zuwarf. Und Tibor fixierte sie mit seinen großen Augen als hielte er sie für einen Geist, den man nur lange genug betrachten musste, damit er sich endlich wieder in Luft auflöste.

Ihr Vater ergriff nun sein Glas und deutete damit schwungvoll in ihre Richtung. »Aber sag mal, Anna, kommt deine Mutter eigentlich auch? Dann lernt sie endlich auch Melanie und Tibor kennen!«

Anna ließ ihren Löffel sinken und seufzte. Der Tag hatte sie bislang zu viel Anspannung gekostet. Sie hatte sich vorher jedes Wort genau überlegt, wie sie ihren Vater fragen würde, ob er vielleicht alleine zu der Hochzeit anreisen könnte. Aber ihr Plan schien ihr jetzt selbst völlig absurd. Er würde niemals auf seine neue Familie verzichten.

Annas Stimme zitterte, als sie antwortete. »Papa, bitte tu mir doch einen großen Gefallen und sei nett zu ihr. Zumindest an diesem einen Tag. Bitte vertragt euch einfach!«

»Anna, du siehst doch. Ich bin der friedlichste Mensch auf der Welt. Nicht einmal Suppe auf meinem Cashmere-Pulli bringt mich aus der Ruhe. Wie könnte mich da deine Mutter noch aus der Fassung bringen?«, sagte ihr Vater und grinste.

Wirklich überzeugen konnte er Anna nicht. Aber zumindest blieb ihr ein kleiner Funken Hoffnung. Wenn sie viel Glück hatte, würden sich ihre Eltern bei ihrer Hochzeit vielleicht wie einigermaßen normale Menschen verhalten.

19. Februar:
»Der Pessimist klagt über den Wind, der Optimist hofft, dass der Wind sich dreht, der Realist setzt die Segel!«

Adolphus William Ward

Betreff: RE: Hochzeitsmesse
Gesendet am 19.02.2017, 00:50 Uhr

Hallo Anna,
sorry, dass ich jetzt erst auf deine Mail antworte. Bei Daves Leuten ist immer so viel los – ich komme da zu nix. Wir werden rumgereicht wie ein Wanderpokal, den jeder gerne mal in seinem Wohnzimmer haben will. Du hast keine Vorstellung, wie groß Daves Familie ist. Gestern waren wir bei einer Cousine von Dave, die mit ihrem Mann eine Nabelschweinfarm betreut! Jetzt weiß ich, dass Nabelschweine wie kleine Wildschweine aussehen, die auf Stöckelschuhen gehen. Sie haben ungewöhnliche Hufe, die an Stilettos erinnern. Und sie duften auch noch nach Moschus. Dave hält aber nichts von meiner Idee, eines davon als Haustier mit eingebautem Raumduft mitzubringen. Der Transport nach Deutschland wäre wohl auch irgendwie zu kompliziert.
Aber zu deinem Vorschlag: Ich finde die Idee mit der Hochzeitskollektion super! Hier in den USA gibt es ja an jeder Ecke einen netten Laden, wo man Hochzeitskrimskrams kaufen kann. Ich kenne so viele Leute, die demnächst heiraten. Oder welche, die jemanden kennen, der heiratet. Meine ganzen Sprachkurse sind voll davon. Ich werde auf jeden Fall viel

Werbung machen können. Und auf meine erste Hochzeitsmesse freue ich mich schon total. Hab dir ja schon erzählt, dass mein großer Tag damals komplett von anderen Leuten organisiert wurde. Daves Schwester arbeitet doch als Wedding-Planerin und sie hat darauf bestanden, alles bis ins kleinste Detail zu erledigen. Mich hat sie die Tage davor in ein Wellnesshotel geschickt, damit ich mich auch bestimmt nicht einmische. Es wurde dann eine echt sensationell durchgestylte »american wedding« auf einer texanischen Ranch. Die Gäste saßen auf Strohballen. Wir trugen Cowboyhüte und es gab jede Menge Steaks, Mais und Ananas vom Grill. Außerdem hat jeder Gast so ein super-süßes Täschchen bekommen mit kleinen Überraschungen. Da war ein Samentütchen drinnen für eine Wildblumenwiese und Keksstempel mit der Aufschrift »Yes«. Ich werde mich bei ihr mal nach dem Hersteller erkundigen. Vielleicht gibt es die auch in Deutschland.
Gleich muss ich los, weil wir noch zum Bowlen müssen. Ja, du hast richtig gelesen: BOWLEN. Das machen hier alle, und zwar ständig. Solange wir das nicht auch noch in München zelebrieren müssen, lasse ich es einmal im Jahr über mich ergehen.
Aber vergiss nicht, mir auch noch vom Besuch bei deinem Vater zu schreiben!!
Dave ruft …
Küsschen!!

Katja

Betreff: RE: RE: Hochzeitsmesse
Gesendet am 19.02.2017, 21:34 Uhr

Hallo Katja,
ich freue mich so, von dir zu hören. Hab mir schon ein bisschen Sorgen gemacht, warum du dich so lange nicht meldest. Ich hab auch befürchtet, du fändest meine Hochzeitsidee zu verrückt. So verrückt, dass du gar nicht wusstest, wie du es mir erklären solltest. Aber zum Glück habe ich mir da mal wieder unnötige Sorgen gemacht! Bernd war von der Idee leider weniger begeistert als du. Seiner Meinung nach bestellen heute eh alle nur noch über Onlineshops. Er sieht keinen Sinn darin, warum sich die Kunden in meinem Laden mit einer kleineren Auswahl zufriedengeben sollten, wenn sie im Netz viel mehr finden können. Aber nach seiner Logik bräuchte es eh gar keine richtigen Geschäfte mehr. Es gibt ja alles im Internet. Mit ihm darüber zu diskutieren bringt auch nichts.
Zum Besuch bei meinem Vater gibt es folgendes Positives zu berichten:
- Mein Vater hat mir versprochen, dass er sich mit meiner Mutter auf der Hochzeit verträgt und immer freundlich zu ihr ist. Ich konnte ihn aber nicht wie geplant davon überzeugen, alleine zu kommen. Ehrlich gesagt hab ich es auch gar nicht versucht. Die Idee schien mir auf einmal völlig sinnlos. Er würde niemals ohne seine Melanie auf der Hochzeit aufkreuzen. Jetzt muss ich also doch meiner Mutter endlich von Tibor erzählen. Ich hab es schon viiiel zu lange aufgeschoben :-(
- Außerdem wurde das leidige Geld-Thema (auch dank Bernds Mangel an Feingefühl) angesprochen und mein Vater möchte unser Fest finanziell ein bisschen unterstützen, was für mich wirklich eine große Erleichterung bedeutet!!

Siehst du, keiner kann behaupten, ich würde nicht auch die positiven Seiten meiner Familie anerkennen. Aber das wäre es leider auch schon mit den guten Nachrichten.
Was leider nicht so richtig geklappt hat, war mein Versuch, Melanie zu mögen. Ich kann das einfach nicht!! So ganz genau kann ich dir aber auch gar nicht sagen, warum ich sie nicht mag. Abgesehen von ihrem sensationell fürchterlichen Geschmack in allem, was Deko anbelangt, bemüht sie sich um Freundlichkeit. Aber ich habe immer das Gefühl, dass es unecht ist. Und am meisten ärgert mich sowieso, wie sie mit meinem Vater zusammen die »Happy Family« gibt. Im ganzen Haus hängen Fotos von ihnen. Sie hat mir auch gleich ein Buch mit den Abzügen mitgegeben. So furchtbar künstliche Studioaufnahmen, aufgenommen vor einer Schlosskulisse aus Styropor. So etwas hätte mein Vater früher niemals mit sich machen lassen. Und mir diese Fotos auch noch mitzugeben! Soll ich sie mir vielleicht jeden Tag ansehen als Motivation? Damit ich immer weiß, wie echtes Glück ausschaut?
Immerhin ist mein Halbbruder Tibor nicht gerade das perfekte Kind zum einzigartigen Familienglück. Er tanzt den beiden ziemlich auf der Nase herum. Aber das zählt ja wiederum eher zu den positiven Nachrichten. Ich weiß, jetzt bin ich ganz schön schadenfroh, nicht wahr? Manchmal braucht man das einfach ;-)
Ich freue mich sehr auf nächste Woche!

Liebe Grüße!!
Anna

PS: Ich vermisse dich! Sehr!!

26. Februar: »Ohne Frauen geht es nicht, das hat sogar Gott einsehen müssen.«

Eleonora Duse

Anna und Katja waren heute nicht die Einzigen mit dem gleichen Ziel. Am Eingang der Hochzeitsmesse hatten sich bereits meterlange Schlangen gebildet. Die Messe fand in einer der großen Hallen im Münchener Osten statt. Allein der Vorraum, in dem sich die Kassen befanden, glich einem Kinosaal. Anna stellte fest, dass die meisten Besucher paarweise anstanden. Sie hielten Händchen und tauschten verliebte Blicke aus. Zum Glück hatte Anna ihre Freundin dabei. Allein wäre sie sich unter all den Pärchen ziemlich komisch vorgekommen.

Als beide endlich ihre Tickets in der Hand hielten und die noch größere Haupthalle betraten, mussten sie sich erst mal orientieren. Nach allen Seiten hin eröffneten sich ihnen mit roten Teppichen ausgelegte Wege durch die scheinbar endlosen Reihen an Verkaufsständen. Da Anna schon oft auf Messen gewesen war, widerstand sie der Versuchung, sich ziellos mitten ins Getümmel zu werfen.

»Wir müssen mit Plan vorgehen. Erst zur Seite und dann eine Reihe nach der anderen, bis wir alle durch haben«, sagte sie und hakte sich mit einer schnellen Armbewegung bei Katja ein.

Ihre Freundin war sichtbar überfordert vom Angebot und von den vielen Menschen. Anna wusste, dass Katja diese riesigen Hallen eigentlich nicht mochte. Doch zum Glück herrschte in den äußeren Reihen weit weniger Trubel als im

Eingangsbereich. So konnten beide gemütlich von einem Stand zum anderen schlendern. Zuerst entdeckten sie einen Fotografen, der sich auf erotische Shootings spezialisiert hatte.

»Wer hängt sich denn so was auf? Deine Stiefmutter Melanie vielleicht?«, fragte Katja, als sie sich die Aufnahmen von halb nackten Paaren im schummrigen Licht ansahen.

»Setz mir bitte keine so schrecklichen Gedanken in den Kopf«, protestierte Anna und zog ihre Freundin rasch zum nächsten Stand.

Dort waren Hochzeitstorten ausgestellt, wie Anna sie noch nie gesehen hatte. »Mörderisch tolle Überraschungen« war an der Wand des kleinen Zelts zu lesen. Davor türmten sich einige mehrstöckige Torten, die mit kleinen Braut- und Bräutigamfiguren geschmückt waren. Statt wie üblicherweise friedlich nebeneinander auf der obersten Etage der Torten zu thronen, hielten die Figuren jeweils eine Pistole in der Hand. Um sie herum lagen niedergestreckte Miniatur-Hochzeitsgäste in Blutlachen aus rotem Marzipan. Anna betrachtete die Torten angewidert. Sie zweifelte langsam daran, ob sie auf der Messe noch irgendwas finden würde, was für ihren Laden passend sein könnte.

Tatsächlich dauerte es noch eine ganze Weile, bis die beiden nach zahllosen Ständen für Flitterwochen, Wedding Planner und Hochzeitsvideos endlich einige interessante Angebote entdeckten. Da Anna die Sortimente von Tischdekorationen und Gastgeschenken aber keine Minute lang in Ruhe betrachten konnte, ohne von den Inhabern angesprochen zu werden, hatte sie mit Katja schnell die perfekte Aufgabenteilung gefunden. Während Anna in aller Ruhe stöberte und sich Notizen machte, verwickelte ihre Freundin die Händler in abenteuerliche Gespräche. Einmal erzählte sie, dass sie in der Sauna heiraten wolle und deswegen hitzebeständige Lampions suche. Ein andermal berichtete sie von ihrer geplanten Zeremonie in einem U-Boot und erkundigte sich, ob die Blumen auch bei Unterdruck ihre Frische behielten. Während Katja dabei völlig ernst blieb, musste Anna still in sich hineinkichern.

»Wie kommst du nur auf solche Ideen?«, flüsterte sie ihrer Freundin zu, als sie gerade für einen Moment ungestört waren.

»Als Lehrerin muss man doch den ganzen Tag irgendwas erzählen. Aber findest du nicht viel erstaunlicher, warum niemand überrascht ist über meine angeblichen Hochzeitspläne? Eine Hochzeit in der Sauna ist scheinbar gar nichts Außergewöhnliches. Ich frage mich, wer so was macht? In der Sauna zu heiraten ist doch Unsinn«, sagte sie und unterstrich ihre Worte mit vehementem Kopfschütteln. »Es muss doch irgendeinen Ort geben, wo nicht geheiratet wird. Ich hoffe, ich werde es heute noch herausfinden.«

So ließen sich beide weiter durch die Halle treiben. Annas Notizbuch wurde voller und voller und Katja erzählte von ihrer angeblichen Hochzeit in der Eishalle, im Gewächshaus oder in der Gondel einer Skipiste und bekam jeweils kompetente Beratung.

Irgendwann gab sie sich geschlagen. »Es gibt nichts, was es nicht gibt. Ich bin echt platt«, stöhnte sie.

Anna musste lachen. »Dabei hast du dir wirklich viel Mühe gegeben. Aber ich bin jetzt auch müde. Ich hab auch genug tolle Sachen für mein Geschäft gefunden. Es wird Zeit, dass wir eine Pause machen. Ich lade dich ein! Hoffentlich gibt es hier noch was anderes zu essen als Hochzeitstorten.«

Anna und Katja machten sich auf die Suche nach Imbissständen. In einem Bistro am Ende der Halle wurden sie schließlich fündig. Rund um eine große Bühne gab es verschiedene Angebote. Sie entschieden sich für einen Stand mit italienischen Spezialitäten und balancierten Teller voller Tramezzini und Mozzarella-Salat zu einem der letzten freien Tische.

Viele der Besucher sahen jetzt weit müder aus als noch vor einigen Stunden in der Warteschlange der Kasse. Anna beobachtete sogar Paare bei hitzigen Diskussionen. Manche sprachen so laut, dass sie einige Wortfetzen mitbekam. Es ging um Streitigkeiten, wie all die Wünsche überhaupt zu finanzieren wären. Ob man eher auf die Anwesenheit der gesamten Verwandtschaft oder eine fünfstöckige Torte verzichten könnte. Anna würde mit Bernd sicher noch ganz ähnliche Diskussionen führen. Er hatte keine Ahnung davon, wie teuer Hochzeitsfotografen oder Hochzeitslimousinen eigentlich waren. Womöglich hätte er sich seinen Antrag nochmals gründlich überlegt, wenn er jemals auf einer dieser Hochzeitsmessen gewesen wäre.

Als aus den Lautsprechern plötzlich »All you need is love« von den Beatles ertönte, bemerkte Anna, dass die Bühne nicht mehr länger leer war. Eine etwas zu stark geschminkte Moderatorin war dort zu sehen. Sie trug ein dunkelblaues Cocktailkleid und hielt ein Mikrofon in der Hand.

»Herzlich willkommen, liebe Messebesucher. Bevor jetzt gleich die große Modenschau beginnt, verlosen wir noch die beiden heiß begehrten Plätze für unsere Gastmodels«, verkündete sie und fischte aus einer gläsernen Schale, die neben ihr stand, mit spitzen Fingern einen Zettel heraus.

»Na, wer sind denn die Glücklichen?« So langsam und theatralisch wie möglich faltete sie das Papier auf. »Anna Martens und Katja Miller.«

Anna verschluckte sich vor Schreck fast am letzten Bissen

ihres Tramezzino. Hatte sie gerade wirklich ihren Namen gehört?

Doch im gleichen Moment riss Katja schon den Arm nach oben. »Wir sind das!«, rief sie und sprang auf.

Mit einem flauen Gefühl im Magen stellte Anna fest, wie sich alle Gesichter zu ihnen umdrehten.

»Na husch, husch. Hinter die Bühne. Es geht gleich los«, flötete die Moderatorin in ihr Mikro.

»Wie konnte das passieren?«, flüsterte Anna ihrer Freundin zu, die sich kurz wieder hingesetzt hatte, um nach ihrer Tasche unter dem Stuhl zu kramen.

»Während du beschäftigt warst, hab ich an allen Gewinnspielen teilgenommen, die es hier gab. Hey, das wird lustig«, sagte Katja und strahlte.

Sie wirkte so begeistert, dass Anna es nicht übers Herz brachte, ihrem spontanen Fluchtreflex zu folgen und aus dem Saal zu stürmen. Nachdem Katja sie so geduldig durch die gesamte Messehalle begleitet hatte, war sie ihr etwas schuldig. Auch wenn sie sich völlig überrumpelt fühlte. Die Moderatorin war in der Zwischenzeit herbeigeeilt, hakte Anna und Katja unter und führte sie mit schnellem Schritt in den Umkleideraum hinter der Bühne. Umgeben von Kleiderständern und Frauen, die sich in weiße Gewänder einschnüren ließen, wurden sie von einer älteren, kleinen Dame in Empfang genommen. Sie hatte einige Maßbänder um ihren Hals geschwungen und trug einen streng nach hinten gekämmten Haarknoten, aus dem ein Bleistift wie ein Pfeil herausragte.

»Ich bin Olga, und wen haben wir da? Schmale Elfe und große Madame«, sagte sie mit einem merkwürdigen Akzent, den Anna nicht richtig zuordnen konnte. Mit zusammengekniffenen Augen musterte sie Anna und Katja einige Sekunden lang von allen Seiten. »Du trägst rosa Meerjungfrau und du griechische Göttin.« Dabei deutete sie erst mit ausgestrecktem Zeigefinger auf Anna und dann auf Katja.

»Griechische Göttin hört sich ja schon mal vielversprechend an«, raunte Katja ihrer Freundin zu.

»Rosa Meerjungfrau klingt nach einem Seefahrer, der zu viele Drogen genommen hat«, flüsterte Anna.

Bevor ihnen Zeit zu rätseln blieb, was sich hinter den geheimnisvollen Kostümnamen verbarg, streckte Olga ihnen schon zwei Kleider entgegen.

Sie ließ keinerlei Zweifel offen, was sie damit anstellen sollten. »Anziehen, die Damen! Dort hinten!«

Anna wäre noch immer am liebsten durch den Notausgang verschwunden, den sie in einem Eck erspäht hatte. Aber das konnte sie Katja einfach nicht antun. Besser eine Ohnmacht vorspielen? Plötzliche Übelkeit? Dafür fehlte ihr das schauspielerische Talent. Also ließ sie sich von Olga widerstandslos in eine Ecke führen und in ein Meer aus rosafarbenen Stofflagen einhüllen. An der Taille schnürte Olga das Kleid so eng ein, dass Anna kurz die Luft wegblieb.

»So ist es perfekt! Du kannst auf die Bühne. Los!«, sagte sie und machte eine hastige Handbewegung, als ob sie eine Mücke verscheuchen wollte.

Nun mal schön langsam, dachte sich Anna. Ich gehe nirgendwohin, bevor ich einen Blick in den Spiegel werfen darf. Und wo war eigentlich Katja? – Ein lautes Glucksen erübrigte die Frage.

»Wie siehst du denn aus?«, rief ihr eine vertraute Stimme aus dem anderen Ende des Raumes zu.

Als Anna ihre Freundin erblickte, erschrak sie. Katja trug eine Art römische Toga, die mit einem silberfarbenen Gürtel an der Taille zusammengehalten wurde. Auf dem Kopf thronte ein silbernes Diadem aus glitzernden Lorbeerblättern. Ihr eigensinniger Aufzug glich eher einem Faschingskostüm als einem Brautkleid. Beunruhigt suchte Anna nun selbst einen Spiegel und gab einen kleinen Schrei von sich, als sie sich darin erblickte. Vor ihr stand Arielle die Meerjungfrau, die sich Cinderellas Kleid gemopst hatte, um daraus irgendwas zu nähen, was wie eine Flosse aussah. Ihr Kleid schimmerte wie ein Opal in Rosa, Silber und Weiß. War es bis zu den Knien hauteng wie ein Strumpf, öffnete es sich nach unten in eine Schleppe, die seitlich über den Boden glitt.

»So gehe ich nicht raus«, sagte sie zu Katja, die sich mittlerweile neben sie vor den Spiegel gestellt hatte und sich vor Lachen krümmte.

»Erklär das mal unserem Oberfeldmarschall«, brachte sie noch kichernd hervor, ehe Olga schon herbeieilte.

»Was gibt es zu gackern?«, fragte sie in strengem Ton. »Habt ihr noch nie Hochzeitskleider getragen?«

»Ich schon«, sagte Katja. »Aber nicht so eines. Sind die Kleider wirklich ernst gemeint?« Sie musste immer noch kichern.

Zwischen Olgas Augenbrauen bildete sich eine tiefe Falte. »Das sind meine Showkleider. Sie sind beide von mir handgenäht.« Wieder sah es so aus, als ob sie eine Mücke verscheuchen wollte, als sie weitersprach. »Und jetzt Schluss mit dem Gegacker und rauf auf die Bühne!«

Anna und Katja schauten sich an. Anna wusste, dass sie jetzt zwei Möglichkeiten hatten: Im letzten Moment noch fliehen oder sich geschlagen geben. Da Olga sie schon in die Richtung des Vorhangs bugsierte, hinter dem sich der Laufsteg verbarg, erübrigte sich die Entscheidung.

»Immerhin kennt uns hier eh niemand«, versuchte Katja ihre Freundin zu motivieren.

Anna nickte verzweifelt und dachte nur daran, wie gerne sie jetzt einfach im Erdboden versinken würde.

Im Nachhinein hatte sie keine Ahnung, wie sie den Auftritt auf dem Laufsteg hinter sich gebracht hatte. In ihrer Erinnerung bestanden die wenigen Minuten nur aus blitzenden Kameras, Applaus, Gejohle und ihrem emsigen Versuch, nicht über die Schleppe zu stolpern. Als beide kurz nach ihrem Auftritt die Messehallen verließen, wusste Anna mit absoluter Sicherheit, welches Kleid sie auf ihrer Hochzeit nie im Leben tragen würde. Jetzt musste sie nur noch aus all den Tausenden übrigen Kleidern, die es sonst noch auf der Welt gab, das Richtige auswählen. Es war höchste Zeit, sich darüber Gedanken zu machen!

5. März: »Träume dir dein Leben schön und mach aus diesen Träumen eine Realität.«

Marie Curie

Anna war heute wieder früh aufgewacht. Es war kurz nach 6 Uhr und noch dunkel draußen. Bernd schlief tief und schnarchte leise. Sie selbst konnte seit Wochen nicht mehr richtig schlafen. Oder waren es nicht eher Monate? Erst die Aufregungen wegen des Antrags, dann die Planung ihrer Hochzeit und jetzt die neue Geschäftsidee. Sich weiter unruhig im Bett rumzuwälzen brachte ihr nichts. Es gab so viel zu erledigen. Anna schlich auf Zehenspitzen aus dem Schlafzimmer in die Küche, um sich einen Kaffee aufzubrühen. Gestern Abend hatten Bernd und sie mal wieder Sex gehabt, aber eigentlich war Anna dabei nicht bei der Sache gewesen. Die Bestellungen für die Hochzeitskollektion gingen ihr selbst dann noch durch den Kopf, als Bernd zum Höhepunkt kam. Sie war sogar so zerstreut, dass sie vergas, einen Orgasmus vorzutäuschen – was Bernd in seiner Ekstase zum Glück nicht weiter störte.

Nachdem der dampfende Kaffee in einem dünnen Rinnsal in die Tasse getropft war, klappte sie ihren Laptop auf. Sie wollte heute unbedingt die Bestellung abschicken. Mehrfach hatte Anna während der vergangenen Tage hin und herüberlegt , wie viel sie von den neuen Hochzeitsprodukten für den Laden kaufen sollte. Würde sie nur eine kleine Bestellung aufgeben, ging sie kein großes Risiko ein, falls der Plan fehlschlug und sie auf den Waren sitzen bleiben musste. Für ihren Kontostand wäre das ohnehin eine Wohltat. Der Umsatz des Ladens war in den letzten Wochen so schlecht – er deckte grade mal die Mietausgaben ab. Anna lebte derzeit von ihren Ersparnissen. Diesen Zustand wollte sie möglichst schnell beenden. Die Zusage ihres Vaters, sie bei der Bezahlung der Hochzeitsfeier zu unterstützen, bot zwar eine gewisse Erleichterung. Aber eigentlich wollte Anna nicht auf großzügige Geldgeschenke angewiesen sein. Sie wollte ihr großes Fest auch selbst finanzieren können. Anna wünschte sich, ihr Laden würde endlich einmal so viel Gewinn abwerfen, dass sie sorglos davon leben könnte. Sie wollte weder von ihrem Vater noch von ihrem zukünftigen Ehemann abhängig sein. Aber dafür blieb ihr wohl nichts anderes übrig, als einen radikalen Schritt zu wagen. Um ihrem Geschäft neuen Schwung zu verleihen, musste sie ein Risiko eingehen und ein möglichst vielseitiges Sortiment an Hochzeitsartikeln anbieten. Und das alles in ausreichend hoher Stückzahl, damit sie nicht schon gleich wieder ausverkauft war, falls die Idee bei den Kunden Anklang finden sollte.

Anna hatte gestern schon eine Mail mit einer ziemlich teuren Bestellung aufgesetzt. Sie enthielt eine Liste von Ringkissen, Platzkarten, Lampions, Wimpelketten, herzförmigen Windlichtern, kleinen Bonbonnieren und Blumensamentüten als Gastgeschenke, außerdem noch Etageren, Konfettikanonen gefüllt mit Papierschmetterlingen und »Just married«-Schilder für das Brautauto. Alles zusammen für rund 2400 Euro. Anna las die Mail immer wieder durch und prüfte die Zahlen und Artikelnummern.

Dann fiel ihr Blick auf den Kalenderspruch dieser Woche: »Träume dir dein Leben schön und mach aus diesen Träumen eine Realität.« Viele Menschen hatten Anna schon als »Träumerin« bezeichnet – ihre Lehrer damals, ihre Eltern und sogar Bernd. Sie hatte sich nie ernsthaft daran gestört. Immerhin wäre es viel schlimmer, wenn man gar keine Träume mehr hätte. Aber sie wollte auch nicht zur Gruppe jener Menschen gehören, die nur in ihrem Fantasiereich lebten und an denen die echte Welt wie ein Schnellzug vorbeiraste. Aus ihren Träumen mussten auch Taten folgen. Bevor sie weiter nachdenken konnte, klickte Anna auf »Senden«.

Dann widmete sie sich einer weiteren E-Mail aus dem Ordner »Entwürfe«, die noch darauf wartete, abgeschickt zu werden. Sie enthielt eine Auflistung von Handtaschen und Brautschuhen. Anna hatte die Kollektion einer dänischen Firma auf der Hochzeitsmesse entdeckt. Schlichte und elegante Täschchen, Pumps und Sandaletten, die Anna auch außerhalb ihrer Hochzeit tragen würde. Sie sahen hochwertig aus, waren aber leider auch nicht ganz billig. Anna trank den letzten Schluck Kaffee, seufzte und schickte schließlich auch diese Bestellung los. Es war noch nicht mal 7 Uhr morgens und sie war um ein kleines Vermögen ärmer.

Am prasselnden Geräusch der Dusche bemerkte sie, dass auch Bernd mittlerweile aufgestanden war. Anna nahm den Laptop vom Esstisch und stellte die leere Tasse unter die verchromte Kaffeemaschine. Dann verteilte sie Brot, Käse, Marmelade und Nutella auf dem Tisch. Bernd mochte am liebsten sein »Kinderfrühstück«, wie Anna es immer nannte: Ein Brot dick mit Schokoladencreme beschmiert, obendrauf noch ein Klecks Konfitüre.

»Na Schatz, warst du schon wieder fleißig?«, fragte Bernd, als er im Bademantel am Tisch Platz nahm. Seine Haare waren noch nass und tropften über sein Gesicht. Er wischte sie aus der Stirn und begann gleich damit, eines seiner Brote vorzubereiten.

»Ja, ich hab die Bestellungen losgeschickt«, berichtete Anna vergnügt. Nachdem sie sich endlich zu einem Entschluss durchgerungen hatte, fühlte sie sich richtig erleichtert.

»Ist denn überhaupt noch Platz in deinem Laden? Man kann sich doch jetzt schon kaum umdrehen.«

Das war natürlich ziemlich übertrieben, dachte sich Anna. Für eine ehemalige Apotheke war der Raum sehr großzügig bemessen. Außerdem war es Anna immer wichtig, dass ihr Geschäft nicht überladen und vollgestopft wirkte. Da man bei ihr gleichermaßen kleinere Möbel, Wohnaccessoires und Geschenkartikel kaufen konnte, hatte sie ein echtes Geschick darin entwickelt, den Raum immer wieder neu umzuräumen. Erwarb ein Kunde einen ihrer Nachttische, räumte sie alle Windlichter oder Vasen, die sie darauf platziert hatte, einfach auf ein anderes Möbelstück. Mit Ausnahme der Apothekerschränke an den Wänden war alles verkäuflich – selbst die Sitzecke, auf der sie ihren Kunden manchmal einen Tee servierte. Fand jemand ihre Stühle so bequem, dass er sie mitnehmen wollte, suchte Anna in ihrem Lager nach Ersatz. Sie hatte dort immer ein kleines Sortiment parat. Alle ihre Möbel waren Einzelstücke, die sie über einen befreundeten Antiquitätenhändler bezog. Bernds Frage, wo sie die neuen Waren präsentieren wollte, war allerdings nicht völlig unberechtigt. Es genügte diesmal nicht, einfach ein Regal leer zu räumen. Sie musste genügend Raum haben, um das neue Angebot gut sichtbar zur Geltung zu bringen.

»Ich plane demnächst einen Ausverkauf. Dann hab ich wieder ausreichend Platz«, sagte Anna.

Bernd biss in sein Brot. Das Gespräch schien beendet. Er

kaute in Ruhe, während Anna in ihrem Kaffee rührte. Als sie gerade aufstehen wollte, schluckte Bernd geräuschvoll. »Es geht mich ja nichts an, denn es ist ja dein Laden. Aber macht es denn Sinn, wenn du immer alles im Schlussverkauf verscherbelst?«

»Du hast recht«, antwortete Anna, ohne lange zu überlegen. Bernd sah sie erwartungsvoll an. »Du hast recht, es geht dich nichts an, weil es mein Laden ist.«

Der letzte Satz klang schroffer, als sie es geplant hatte. Aber sie hatte vor einer Weile beschlossen, dass es keinen Sinn machte, mit Bernd über ihr Geschäft zu diskutieren. Das endete zu oft in einem Streit und darauf hatte sie keine Lust. Schon sein Ausdruck »verscherbeln« ärgerte Anna. Wie oft hatte sie es ihm erklärt – auch im Ausverkauf kalkulierte sie die Preise natürlich mit ausreichendem Gewinn. Natürlich wäre es am besten, wenn alle Kunden immer den regulären Preis bezahlen würden, aber jeder andere Laden bot schließlich auch Rabattaktionen an. Gerade Bernd nutzte Schnäppchen-Angebote leidenschaftlich gerne.

»Na gut, wenn du meinst«, raunte er. Anna kannte diesen Gesichtsausdruck. Er schmollte.

»Sei bitte nicht sauer! Aber wenn es um meinen Beruf geht, sind wir eben nicht immer auf einem Nenner«, sagte Anna und fuhr sanft durch Bernds Haare. Sie waren noch nass vom Duschen und standen ausnahmsweise kreuz und quer in alle Richtungen – so wie auf den Fotos seiner Schulzeit.

Damals hatte Bernd sich um den Kiosk seines Jugendclubs gekümmert, wo nicht viel mehr als Coladosen und Chipstüten im Angebot waren. Seither hielt er sich selbst für einen erfahrenen Geschäftsmann. Als sie sich kennengelernt hatten, fand Anna die Erzählungen über seine junge Karriere als Unternehmer ziemlich amüsant. Zum ersten Mal waren sie sich an der Theke eines Clubs begegnet. Anna hatte schon seit einer ganzen Weile verzweifelt versucht einen Cocktail für sich und ihre Freundin zu bestellen. Aber immer wieder drängelten sich andere Besucher vor und hielten dem Barkeeper einige Geldscheine unter die Nase. Bernd musste die Situation eine Weile lang beobachtet haben. Schließlich schob er mit einer selbstbewussten Armbewegung die Konkurrenz an der Bar aus dem Weg, damit Anna endlich bestellen konnte. Nach seiner heldenhaften Tat wollte er unbedingt ihre Telefonnummer. Bernd gefiel Anna auf den ersten Blick. Er war genau ihr Typ: groß, blau-grüne Augen und Grübchen in den Wangen, wenn er lächelte. Also steckte sie ihm einfach eine Visitenkarte ihres Ladens zu. Schon am nächsten Tag besuchte er sie dort und brachte eine Flasche Sekt und zwei Gläser mit.

Bernd wirkte anfangs noch fasziniert von Annas außergewöhnlichem Geschäft. Für ihn war ein Laden wie ihrer ein abenteuerliches Neuland. Mit Antiquitäten, mundgeblasenen Blumenvasen und Raumdüften war er davor nie in Berührung gekommen. Anna verliebte sich in seine humorvolle Art. Er dachte in vielen Dingen anders als sie, aber genau das fand sie spannend. An seiner Zuneigung hatte Anna seither kaum gezweifelt. Seine Begeisterung für ihr Geschäft war im Laufe ihrer Beziehung nach und nach kleiner geworden, ähnlich wie es ihr mit seinem Beruf ging. Anders als sie konnte sich Bernd gelegentliche Kommentare über ihre Arbeit nicht verkneifen. Vermutlich wollte er sie nicht ärgern, sondern auf eine etwas merkwürdige Art Interesse zeigen. Anna fühlte sich durch die flapsigen Bemerkungen einfach zu schnell kritisiert.

»Bevor du zur Arbeit gehst, schau noch mal in den Spiegel. Du hast Nutella auf der Nase«, sagte Anna und gab Bernd ein

Küsschen auf die Wange. Bernd lächelte sie mit seinem schokoladenverschmierten Gesicht an. Sie konnte ihm nicht vorhalten, dass er irgendwie nachtragend war.

Während er zum Bad ging, begann das Telefon zu klingeln. Anna nahm den Hörer ab. Es war sofort klar, wer dran war. Niemand außer ihrer Mutter wartete nicht mal die erste Begrüßung ab, bevor sie lossprach.

»Anna am Ap…«, zu mehr kam sie nicht.

»Wann suchst du eigentlich dein Hochzeitskleid aus? Ich will dabei sein und es zahlen.« Wieder einmal zeigte sie ihre außergewöhnliche Kunstfertigkeit, ohne lange Umschweife auf den Punkt zukommen. Obwohl Anna auf diese Art der Überrumpelungen hätte vorbereitet sein müssen, fehlten ihr erst mal die Worte.

»Äh … also ich glaube, nächsten Samstag ist der erste Termin im Brautladen. Magst du vielleicht mitkommen? Aber du musst natürlich nicht zahlen, weil …«, das doch zu teuer ist für dich. Den letzten Satz hatte sie nur gedacht. Ihre Mutter war nicht gerade wohlhabend. Ihr Vater zahlte zwar regelmäßig Unterhalt, aber das Leben in München war nicht gerade billig. Sie hatte nach der Scheidung keine dauerhafte Arbeit mehr gefunden.

»Weil was?«, fragte ihre Mutter. »Ich zahle, aus und Schluss. Das lasse ich mir nicht von deinem Vater nehmen. Richte ihm das gerne aus«, und schon hatte sie aufgelegt.

Anna seufzte. In Anbetracht der teuren Bestellungen, die sie heute bereits abgeschickt hatte, kam ihr der Vorschlag ihrer Mutter ganz gelegen. Aber sie ahnte, dass die gemeinsame Suche nach dem Kleid die Sache an sich nicht unbedingt erleichtern würde.

12. März:
»Das Wunderbarste an den Wundern ist, dass sie manchmal wirklich geschehen.«

Gilbert Keith Chesterton

Ausgerechnet heute hatte Katja ihren Unfall. Sie war beim Versuch, ihren Kronleuchter zu entstauben, von der Leiter gefallen und hatte sich das Bein gebrochen.

»Mir geht's gut, mach dir keine Sorgen. Ist ja nicht das erste Mal in meinem Leben, dass ich eine kleine Notlandung einlege«, sagte Katja am Telefon. Sie war noch im Krankenhaus und hatte gerade einen Gipsverband bekommen. »Aber leider kann ich wohl nicht zum Hochzeitskleidshopping mitkommen. Dabei hätte ich deine Mum gerne mal kennengelernt.«

Mit einem Schlag realisierte Anna das ganze Ausmaß der neuesten Entwicklungen: Sie musste nicht nur auf ihre Freundin verzichten, sondern war nun auch ganz alleine auf sich und ihre Mutter gestellt.

»Ach, glaub mir, da verpasst du wirklich nichts«, seufzte Anna.

»Kopf hoch! So schlimm wird es bestimmt nicht. Vielleicht ist das ja auch eine gute Gelegenheit, dass ihr euch wieder näher kommt«, versuchte Katja zu trösten. »Ich muss leider auflegen. Dave hat grade einen Rollstuhl ausgeliehen, um mich irgendwie ins Auto zu schaffen. Genieße den Tag so gut es geht!«

»Ich werd's versuchen«, verabschiedete sich Anna. »Sobald ich kann, komme ich dich besuchen.« Beim Auflegen fiel ihr Blick auf das Display des Telefons.

Es war gleich 13 Uhr und somit wie jeden Samstag Zeit, das Geschäft zu schließen. Der letzte Gast hatte den Laden vor einigen Minuten verlassen. Es war einer ihrer Stammkunden, ein pensionierter Musiklehrer, der für seine Frau jedes Jahr zum Hochzeitstag ein besonderes Geschenk suchte. Dieses Mal hatte er einen versilberten Handspiegel erstanden. Seine Frau solle wissen, dass sie noch so schön sei wie vor 42 Jahren, hatte er erklärt. Seine Worte hatten Anna sehr berührt. Genau wegen solcher Kunden liebte sie ihr Geschäft. Der überraschende Anruf aus dem Krankenhaus hatte Annas sentimentalen Anflug allerdings wie eine Seifenblase zerplatzen lassen.

Sie musste schleunigst los. Der Brautmodenladen hatte ihr, wie ein Zahnarzt, einen genauen Termin gegeben. Für 13:30 Uhr hatte sie sich mit ihrer Mutter dort verabredet. Anna schloss den „Vintage Salon“ ab und radelte so schnell sie konnte durch den nasskalten Vorfrühling in eines der ruhigen Wohnviertel Münchens, das sie kaum kannte. Das Geschäft war ein Tipp einer ihrer Kundinnen. Die Besitzerin hatte das Brautmodenstudio im Erdgeschoss ihres Wohnhauses eröffnet, nachdem ihre Kinder ausgezogen waren. Es solle dort angeblich sehr familiär und herzlich zugehen. Genau so etwas hatte Anna sich gewünscht. Nach ihrer Erfahrung auf der Hochzeitsmesse hatte sie große Scheu davor, nochmals in irgendein Kleid gezwungen zu werden, das ihr überhaupt nicht gefiel.

Das Einfamilienhaus, zu dem die Adresse sie führte, wirkte von außen völlig unscheinbar. Anna befürchtete schon, sich verirrt zu haben. Doch sie war richtig. Ihre Mutter wartete bereits und empfing ihre Tochter mit in die Luft gehauchten Küsschen rechts und links ihrer Wange. Sie trug ihr auberginefarbenes Coco-Chanel-Kostüm, das Annas Vater ihr gekauft hatte. Bei allem Unmut gegen ihn hütete sie ihre teure Garderobe von früher wie einen Schatz. Da sie streng auf ihr Gewicht achtete, passte es heute noch so gut wie damals. Zu Bleistiftrock und Blazer trug sie einen voluminös geföhnten Pagenschnitt und Lippenstift im selben rötlichen Ton wie ihre Haare – es war exakt die gleiche Haarfarbe wie die von Anna.

»Ich hoffe, du musstest nicht lange warten«, sagte Anna, nachdem sie ihr Fahrrad abgestellt hatte.

»Nein, kein Problem. Ich habe heute keine weiteren Termine.« Und wie zum Beweis nahm ihre Mutter einen kleinen Kalender aus der Handtasche und hielt ihn Anna mit einer aufgeschlagenen Seite entgegen. Für den heutigen Tag stand dort nur »Brautkleid kaufen«. Seit Anna sich erinnern konnte, führte ihre Mutter penibel genau Buch über ihre Termine. So verbreitete sie konsequent den Eindruck, kaum Freizeit zu haben.

Anna drückte die Klingel. Der Name »Elke Rosa« war darauf zu lesen. Nach wenigen Sekunden öffnete eine Frau mittleren Alters die Tür. Sie trug einen burschikosen Kurzhaarschnitt und Jeans zu einem Strickpulli. Ihr blauer Lidschatten zog sich über unzählige Lachfalten. Sie sah so gar nicht aus wie eine Brautmodenverkäuferin und war Anna auf den ersten Blick sympathisch.

»Herzlich willkommen in Frau Rosas Reich! Keine Angst, außer meinem Namen findet man hier fast nichts in Rosa«, sagte sie lachend und führte ihre Besucherinnen in einen großen Raum, dessen Wände von Brautkleidern umsäumt waren. Das von außen so gewöhnliche Wohnhaus entpuppte sich im Inneren als geräumiges Hochzeitsstudio. Es gab eine Spiegelfront sowie viele Fenster und Lichter, die den Raum hell und freundlich erscheinen ließen.

Während Frau Rosa Erfrischungen aus ihrer Küche holte, flüsterte Annas Mutter verschwörerisch: »Bei einer Frau mit einem so gewöhnlichen Modegeschmack müssen wir vorsichtig sein. Sei froh, dass du mich dabeihast, sonst würdest du am Ende vielleicht in Jeans und Strickpulli heiraten.«

Da die Gastgeberin schon mit einem Tablett voller Gläser und Tassen zurückkam, sagte Anna nicht, was sie im Stillen dachte. Warum musste sich ihre Mutter mal wieder so unmöglich aufführen? Sie hoffte, dass Frau Rosa die unverschämte Bemerkung nicht gehört hatte.

»Haben Sie denn schon eine Vorstellung, wie das Kleid aussehen könnte?«, fragte die heimlich Gescholtene, während sie Wasser in die Gläser einschenkte.

»Ich glaube, ich hätte gerne eher ein schlichtes Kleid. Schlicht und trotzdem schick«, antwortete Anna.

»Nicht zu schlicht, bitte«, mischte sich ihre Mutter ein. »Mein Kind geht ja nicht zum Betriebsausflug.«

Frau Rosa schien darin geübt, anspruchsvolle Kunden zu besänftigen. »Sie müssen keine Angst haben, dass wir Ihre Tochter nicht festlich genug anziehen. Ich habe sehr viele schlichte und trotzdem überaus vornehme Kleider.«

Das Wort »vornehm« schien die Befürchtungen von Annas Mutter erst mal zu zerstreuen. Ohne sich weiter einzumischen, ließ sie die Gastgeberin einige Kleider aussuchen und blieb auf dem Sofa gegenüber der Spiegelfront sitzen. Als Frau Rosa mit ihrer Auswahl zufrieden schien, lächelte sie Anna zu und führte sie in eine geräumige Kabine.

»Mein Instinkt sagt mir, Ihnen könnte dieses Modell gefallen«, erklärte sie, als sie Anna beim Anziehen des ersten Kleides half.

Anders als das Meerjungfrauen-Kostüm musste es nicht

festgeschnürt werden, sondern schloss sich ganz von selbst in einem weichen, weißen Seidenstoff um ihre Taille. Anna war sofort begeistert.

»Wollen wir das Ihrer Mutter zeigen?«, fragte Frau Rosa und Anna grinste, statt zu antworten.

Nachdem sie hinter dem Kabinenvorhang vortrat und sich im Spiegel erblickte, war sie überwältigt. Seit ihrer Kindheit hatte sie davon geträumt, genau so eine Braut zu sein. Sie hätte das Kleid allerdings nicht aufmalen oder beschreiben können. Es war mehr das Wissen um ein Gefühl, welches sie beim Tragen des Kleides immer hatte erleben wollen. So wie man sich wünscht, dass es in der Magengegend kribbelt, wenn man seinen neuen Freund zum ersten Mal küsst. Anna war diesmal nicht in einen Mann verliebt, sondern in ein Kleid. Es war blütenweiß und hatte kurze Ärmel, die nur einen Teil ihrer Schultern bedeckten. Von den Hüften abwärts fiel es in einem sanften Schwung nach unten. Der Rücken war weit ausgeschnitten und ging in eine Reihe von Seide umhüllter Knöpfe über. Außer einem zarten, mit Perlen bestickten Gürtel gab es kein weiteres Schmuckwerk.

»Immerhin, es passt einigermaßen. Du hast ja eine nicht so einfache Figur mit deinem schmalen Becken«, verkündete ihre Mutter von ihrem Sofaplatz aus. »Aber gibt es nicht etwas mit mehr Glamourfaktor?«

»Ich möchte dieses und kein anderes«, sagte Anna mit einer Entschlossenheit, die sie von sich selbst kaum kannte.

»Du wirst dich doch nicht mit dem erstbesten Modell zufriedengeben«, protestierte ihre Mutter.

Frau Rosa lachte. »Ich würde vorschlagen, wir probieren noch ein paar Kleider an, um einen Vergleich zu haben. Am

Ende soll niemand bereuen, sich zu früh entschieden zu haben.«

Anna wollte keine Spielverderberin sein und ging auf den Vorschlag ein. Also probierte sie noch eine lange Robe mit Spitzenbesatz an, ein verspieltes Kleid aus cremeweißem Tüll und sogar eine knielange Variante aus Dupion-Seide. Alle ganz hübsch, aber kein Vergleich zum ersten Kleid. Zum Glück war auch keines dabei, das ihrer Mutter außergewöhnlich gut gefiel. Anna vermutete, dass Frau Rosa ganz bewusst Modelle auswählte, die nicht den glamourösen Vorstellungen ihrer Mutter entsprachen. Sie war ihre heimliche Verbündete und Anna war ihr sehr dankbar dafür.

Obwohl ihre Mutter meistens auf gutes Benehmen bedacht war, hielt sie jetzt nichts mehr auf dem für sie zugewiesenen Gästeplatz. Während Anna neben Frau Rosa vor dem Spiegel stand, näherte sie sich der kleinen Auswahl mit roten, schwarzen und fliederfarbenen Kleidern.

»Probier doch mal ein Modell an, das nicht so langweilig weiß ist. Die Farbe steht dir genauso wenig wie deinem Vater. Wie wäre es mit etwas Rotem?«, sagte sie und streckte ihr eine kirschfarbene Robe entgegen.

»Ein rotes Kleid zu meinen roten Haaren? Mama, das ist doch nicht dein Ernst, oder?« Anna warf Frau Rosa einen verzweifelten Blick zu.

Sie zwinkerte Anna kaum merkbar zu, ging zu Annas Mutter und nahm ihr sacht den Bügel aus der Hand. »Das sind eigentlich gar keine Brautkleider, sondern Garderoben für die Angehörigen: Mütter, Schwestern, Trauzeuginnen. Ich habe bunte Brautkleider im letzten Jahr aus dem Sortiment genommen. Sie gehen einfach nicht. Weiß und Creme sind so gefragt wie nie.«

»Dann sollten wir noch einen anderen Laden besuchen, um zu sehen, welche Modelle es dort gibt. Die Auswahl hier ist ja doch etwas eingeschränkt«, sagte Annas Mutter und griff nach ihrem Blazer, der noch auf dem Sofa lag.

Frau Rosa blieb unbeirrt freundlich. »Das können Sie natürlich gerne machen. Sie sollten nur bedenken, dass viele Kleider erst nach der Bestellung passgenau angefertigt werden. Und das dauert eine Weile. Da die Hochzeit schon im September ist, müssen Sie sich also beeilen.«

Anna hatte weder Zeit noch Lust, mit ihrer Mutter weitere Geschäfte zu besuchen. Und dann entschloss sie sich, etwas zu machen, was sie nie hatte tun wollen. Es war schäbig, aber ihr fiel keine andere Lösung ein: Sie spielte ihre Eltern zu ihrem Nutzen gegeneinander aus.

»Wenn es dir nicht so gut gefällt, ist das kein Problem. Ich frage sonst einfach Papa. Er würde es sicher auch gerne bezahlen«, sagte Anna. Eigentlich sollte ihre Stimme lässig klingen. Aber sie hörte sich eher trotzig an.

»So weit kommt es noch. Wir nehmen das erste Kleid, und Schluss. Und ich zahle gleich, damit du nicht auf den Gedanken kommst, doch noch deinen Vater anzurufen«, protestierte ihre Mutter.

Anna konnte sich nicht richtig darüber freuen, wie gut der Trick funktioniert hatte. Aber sie war erleichtert, dass sie nicht weiter diskutieren musste. Während ihre Mutter die Rechnung unterschrieb, wurde ihr langsam bewusst, was ihr da gerade passiert war. Der März war noch längst nicht vorbei und sie hatte schon ihr absolutes Traumkleid gefunden. Der Rest der Hochzeitsvorbereitungen sollte jetzt eigentlich nur ein Kinderspiel werden.

19. März:
»Das große Glück in der Liebe besteht darin, Ruhe in einem anderen Herzen zu finden.«

Julie de Lespinasse

Katja lag auf dem Sofa in ihrem Wohnzimmer. Das Gipsbein thronte auf einem Kissen. Sie trug einen weiten Pyjama, dessen Stoff den Gips mit seinem Karomuster umspannte. Auf dem kleinen Sofatisch neben ihr standen Schalen mit Keksen und Erdbeeren. Duftkerzen verbreiteten ein feines Aroma von Zitrusfrüchten. Anna konnte sich nicht erinnern, dass bei ihrer Freundin mal keine Duftkerzen brannten. Die bunten Lichter hießen den Besucher schon beim Betreten der Wohnung auf unverwechselbare Weise willkommen.

»Bei uns ist jetzt jeden Tag Pyjamaparty«, begrüßte Katja ihre Freundin und richtete sich auf.

Selbst Dave, der Anna die Tür geöffnet hatte, trug einen Jogginganzug. Anna wusste schnell den Grund dafür. Als Katja Anstalten machte, aufzustehen, eilte er zu ihr.

»Du bleibst schön hier liegen, Couchpotato«, sagte er. Obwohl Dave erst vor einigen Jahren nach Deutschland gezogen war, sprach er fast perfekt Deutsch. »Wenn du das Bein nicht endlich mal schonst, bekommst du den Gips nie los.«

»Ja, Papa«, antwortete Katja kleinlaut und flüsterte ihrer Freundin zu: »Er ist sauer, nachdem ich gestern eigenwillig versucht habe, zum Bäcker zu gehen. Vielleicht hätte ich es auch besser bleiben lassen sollen, weil das Bein jetzt unglaublich wehtut. Ich muss wohl mal eine Nummer kürzertreten. Aber mir fällt hier einfach die Decke auf den Kopf.«

»Anna, behalte sie im Auge, damit sie nicht aus dem Fenster springt!«, rief Dave von der Küche aus. Er war gerade dabei, einen Tee aufzusetzen.

Anna musste lachen. »Na immerhin hast du aufmerksames Pflegepersonal.«

»Ich kann mich nicht beklagen. Dave ist eine hervorragende Nanny«, sagte Katja. »Aber erzähl mir endlich vom Hochzeitskleid! Wenn ich schon nicht rausdarf, müssen die abenteuerlichen Geschichten zu mir kommen.«

Anna berichtete ihr alles so ausführlich wie möglich – auch davon, wie schwierig es war, ihre Mutter von dem Kleid zu überzeugen. Am Ende zeigte sie auch ein Foto, das sie im Brautladen mit ihrem Handy aufgenommen hatte. Ihre Freundin nahm das Handy und betrachtete die Aufnahme andächtig.

»Es ist wirklich wunderschön!«, resümierte Katja voll ungekünstelter Begeisterung.

Mittlerweile hatte sich auch Dave zu ihnen gesellt und blickte Katja über die Schulter. »Und das hat deiner Mum nicht gefallen? Warum denn?«, fragte er verwundert.

»Ach, ich glaube, dass es ihr eigentlich irgendwie schon gefallen hat. Sonst hätte sie noch viel lauter dagegen protestiert. Aber sie möchte immer das letzte Wort haben.«

Anna hatte seit vergangener Woche wieder viel über ihre Mutter nachgedacht. Insgeheim hatte sie sich gewünscht, der gemeinsame Einkauf könnte das Verhältnis verbessern. Sie hatte ihr immer noch nichts von Tibor erzählt, weil sich nie eine passende Gelegenheit ergab. Und sie wollte ihre Mutter nicht überrumpeln. Wenn sie ehrlich war, hatte sie auch einfach Angst vor dem Gespräch. Es war klar: Der ganze Streit von früher würde von Neuem beginnen. Anna hatte noch einige Erinnerungen an Kindheitstage, als ihre Mutter fröhlich und entspannt war. Aber seit der Scheidung war es schwierig mit ihr. Sie konnte nicht verstehen, warum ihre Mutter sie nie bei dem unterstützen konnte, was ihr am Herzen lag. Ob bei ihrem Laden oder einfach bei einem Kleid, das ihr richtig gut gefiel. Da war immer eine Art Machtkampf. Es machte die Sache auch nicht besser, dass ihr als letzter Ausweg nur die Notlüge mit ihrem Vater geblieben war.

»Hey, so sieht aber keine glückliche Braut aus! Du wirst auch immer dünner. Dave sollte mal bei dir vorbeikommen. Hier ist es wie im All-inclusive-Urlaub, wo es immer irgendwas zu essen gibt«, sagte Katja und beugte sich über den Tisch, um Anna den Teller mit Keksen und Erdbeeren zu reichen. »Nimm dir wenigstens irgendwas davon!«

»Danke«, sagte Anna.

Sie hatte heute tatsächlich noch nichts gegessen. Wieder hatte sie so schlecht geschlafen und nur Kaffee getrunken, statt richtig zu frühstücken. Sie griff nach einem Kringel mit Schokoladenüberzug. Die Glasur war so weich, dass sie sofort zwischen ihren Fingern schmolz. Anna steckte ihn schnell in den Mund, obwohl er eigentlich zu groß war. Sie bemühte sich, die sperrige Masse aus Biskuit und Schokolade zu kauen, ohne sich daran zu verschlucken. Als sie endlich fertig war, trank sie einen großen Schluck Tee hinterher und räusperte sich, ohne eigentlich zu wissen, was sie noch sagen sollte. Sie wollte nicht mehr weiter über ihre verflixte Familiensituation sprechen.

»Immerhin, du hast jetzt schon dein Traumkleid gefunden«, sagte Katja und riss Anna aus ihren trüben Gedanken.

»Stimmt! Ich bin total glücklich, dass es so schnell geklappt hat. Ich hab grade so viel mit dem Laden um die Ohren. Zum

Glück kann ich das von meiner Liste streichen«, sagte Anna und lächelte.

»Sind die neuen Bestellungen eigentlich schon angekommen? Ich bin so gespannt darauf. Wann darf ich vorbeikommen zum Umräumen?«, rief Katja und drehte sich aufgeregt auf dem Sofa hin und her, als wollte sie im nächsten Moment aufspringen.

»Nix da, du bleibst schön hier auf der Couch«, sagte Dave. Dann wendete er sich zu Anna. »Sorry, ich muss echt streng sein mit ihr. Aber wenn du starke Arme zum Anpacken brauchst, komme ich gerne vorbei.«

Diesem Angebot konnte Anna nicht widerstehen. Für das Umstellen der schweren Möbel konnte sie Hilfe gut gebrauchen. Auch Katja war mit dem Plan etwas versöhnt. Wenn sie schon nicht selbst helfen durfte, dann sollte wenigstens Dave dabei sein und ihr später alles ausführlich schildern. Genau das musste er ihr im Laufe der nächsten Stunde mindestens noch drei Mal versprechen. Und Anna musste immer wieder bezeugen, dass sie es gehört hatte. Erst dann wurde sie von der Freundin wehmütig nach Hause entlassen.

26. März: »Glück kommt nicht ungerufen, man muss ihm entgegengehen.«

Ugo Foscolo

Völlig unerwartet bekam Anna weitere Unterstützung für die Neugestaltung des Ladens. Sie hatte überhaupt nicht mit Bernd gerechnet. Immerhin hatte er schon öfter angedeutet, dass er kein großer Fan von der Idee mit dem Hochzeitssortiment war. Als sie ihm beim Sonntagsfrühstück von Daves Angebot erzählte, zog er seine linke Augenbraue nach oben.

»Warum hast du mich nicht gefragt?«, raunte er kopfschüttelnd und legte die Zeitung auf den Tisch.

Noch bevor Anna ihm antworten konnte, war er wortlos im Schlafzimmer verschwunden. Als er ein paar Minuten später zurückkam, trug er eine dunkelblaue Latzhose über einem alten Kapuzenpullover. Beide Kleidungsstücke hatte Anna nie zuvor an ihm gesehen. Sie wusste noch nicht einmal, dass sie existierten. Viel Zeit, das ungewohnte Outfit näher zu betrachten, blieb ihr aber nicht. Bernd begann sofort, sämtliche Geräte zusammenzutragen, die er in der Vergangenheit gekauft hatte. Einige waren noch im Originalkarton verpackt: Hammer, Bohrer, Akkuschrauber und sogar einen Winkelschleifer. Anna schmunzelte in sich hinein, als sie den stetig wachsenden Berg an Werkzeugen sah. Trotz seines Ingenieurstudiums war Bernd handwerklich nicht sehr geschickt. Wenn irgendwo ein Möbelstück wackelte oder eine Lampe installiert werden musste, kümmerte sie sich meistens einfach selbst darum. Durch den Laden hatte sie genug Erfahrung mit kleinen Reparaturen.

Heute schien Bernd dazu entschlossen, all die verpassten Chancen nachholen zu wollen und sein Können möglichst eindrucksvoll zu präsentieren. Vielleicht wollte er sich auch vor Dave aufspielen. Die zwei verstanden sich zwar auf eine kumpelhafte Weise ganz gut, aber manchmal stichelte Bernd auch gegen Katjas Mann. Er hielt ihn für einen Softie, was Anna vehement abstritt. Doch wenn Bernd beim Umräumen ihres Ladens dringend seine Männlichkeit unter Beweis stellen wollte, dann konnte ihr das eigentlich nur recht sein.

Nachdem Anna den Frühstückstisch abgeräumt hatte, fuhr Bernd sie mit dem Auto in die Innenstadt und bog dort in der schmalen Seitengasse ein, auf der sich ihr Laden befand. Dave wartete schon vor dem Schaufenster auf sie. Er begrüßte Bernd mit einem kräftigen Handschlag und Anna mit einem Küsschen auf die Wange, ehe sie gemeinsam das Geschäft betraten. Durch den Ausverkauf der vergangenen Wochen war ihr Sortiment stark ausgedünnt worden. So bot der Raum genug Platz für die neue Kollektion. Annas Antiquitätenhändler hatte ihr einen großen Tisch, eine zauberhafte Ankleidepuppe aus den Zwanzigerjahren und ein altes Schuhregal organisiert. Zu dritt kamen sie viel schneller mit dem Umräumen voran, als Anna es sich hätte vorstellen können. Nie zuvor hatten sie zwei so tatkräftige Mitarbeiter unterstützt. Bernd und Dave trugen unter ihrem Kommando die schweren Möbel an den richtigen Platz. Anschließend befestigten sie an einer der Wände eine neue Tapete mit einem verspielten Rosendekor. Die Männer hielten die Papierbahnen fest, während Anna die Tapete mit ihrem Unterarm straff auf die Wand presste, damit keine Luftblasen entstanden. Als sie endlich fertig waren, stellten sie sich zu dritt nebeneinander vor die Wand, um ihr Werk zu begutachten.

»Toll! Ich bin begeistert!«, schwärmte Anna.

»Wie so ein bisschen Tapete den ganzen Raum verändert«, erwiderte Dave. »Katja würde es sicher auch gefallen!«

»An der einen Ecke ist sie etwas schief«, mischte sich Bernd ein. »Genau da, wo ich nicht halten durfte.«

»Quatsch, sie ist ganz gerade«, sagte Anna. »Findest du sie denn nicht gut?«

»Na ja, es ist eine Tapete mit Blumen drauf. Und sie ist schief«, maulte er.

Anna ließ sich ihre gute Laune nicht verderben. Sie wusste, dass Bernd nur meckerte, weil er immer zu kritisch war. Ihrer Meinung nach war die Tapete wunderschön.

»Wenn ihr wollt, dürft ihr gerne gehen. Um die Dekoration kümmere ich mich dann lieber alleine«, verkündete sie.

Dave nahm ihr Angebot dankbar an. Er hatte sich den ganzen Tag Sorgen um Katja gemacht. Ihrem Bein ging es zwar besser, aber Dave hatte immer noch Bedenken, sie könne sich in seiner Abwesenheit wieder überlasten. Er machte noch ein paar Fotos und verabschiedete sich.

»Siehst du, er ist eben doch ein Softie«, sagte Bernd, nachdem Dave die Ladentür hinter sich geschlossen hatte.

»Er liebt seine Frau eben und macht sich Gedanken um sie«, entgegnete Anna.

»Er ist ein Softie«, wiederholte Bernd grinsend.

»So ein Unsinn«, protestierte Anna. Sie war langsam genervt von Bernds Sticheleien.

»Na gut, dann ist er eben kein Softie, aber dafür ein Weichei. Er lässt sich von seiner Frau an der Nase herumführen.«

»Wenn du schon hierbleiben willst, dann hilf mir lieber!«,

wechselte Anna das Thema. Sie hatte keine Lust auf weitere Diskussionen. »Hast du in deinem Ingenieurstudium eigentlich gelernt, wie man eine Lampe installiert? Ich hätte hier gerne etwas mehr Licht im Raum.«

Bernd verschränkte seine Arme vor der Brust. »Was meinst du, wen du hier vor dir hast? Ich hab schon Lampen in meinem eigenen Kinderzimmer installiert, da hast du noch mit Puppen gespielt.«

»Bestens! Hinten im Lager findest du einen großen Kronleuchter. Kannst du ihn bitte oberhalb des Schuhregals anbringen?«

»Klar, ich hole nur schnell mein Werkzeug aus dem Auto«, sagte Bernd.

Damit hatte Anna erst mal genug Ruhe, um sich endlich ihrem neuen Sortiment zu widmen. Da sie all die bestellten Waren zuvor auf der Hochzeitsmesse begutachten konnte, gab es beim Auspacken keine bösen Überraschungen. Alles war so perfekt, wie sie es in Erinnerung hatte. Auf dem neuen Tisch wollte sie eine Hochzeitstafel als Anregung für ihre Gäste anrichten. Geschirr, Besteck, Servietten und Kerzen hatte sie ohnehin in ihrem Sortiment. Nun kombinierte sie alles mit den neuen Tischkarten und der Etagere, die sie in der Mitte der Tafel platzierte. Sie arrangierte gläserne Miniaturvasen darauf und füllte sie mit Papierfähnchen, bedruckt mit kleinen Herzen.

Bernd hatte inzwischen einen großen Kreis aus Werkzeugen um die Leiter herum arrangiert. Als Anna ihn beobachtete, wie er mit dem Kronleuchter die Stufen hochbalancierte, dachte sie sich, dass es schön wäre, wenn Bernd öfter im Laden vorbeischauen würde. Nachdem er in den ersten Wochen ihrer Beziehung regelmäßig aufgetaucht war, hatten seine Besuche immer mehr abgenommen. Seit sie schließlich in eine gemeinsame Wohnung gezogen waren, kam er eigentlich gar nicht mehr vorbei. Warum sollte er sie tagsüber von der Arbeit abhalten, wenn sie sich abends eh träfen, hatte er ihr erklärt. Das stimmte natürlich irgendwie. Aber Anna freute sich trotzdem immer, wenn er in ihrem kleinen Reich zu Besuch war. Wenn er nicht gerade grundlos rumstichelte, war er eine echte Hilfe für sie. Es war angenehm, dass sie sich mal nicht alleine um alles kümmern musste. Als sie den Blick von der Leiter abwandte, um eine neue Kiste zu öffnen, wurde es plötzlich dunkel im Laden.

»Mist!«, rief Bernd. »Ich glaube, da ist irgendeine Sicherung durchgebrannt.«

Anna schaute zurück in seine Richtung. Er stand noch auf der Leiter, hielt einen Schraubenzieher in der Hand und sah ziemlich verzweifelt aus, soweit Anna sein Gesicht erkennen konnte.

»Bleib einfach stehen! Ich such meine Taschenlampe, damit du nicht noch von der Leiter fällst!«, rief sie.

Da es draußen schon dunkel war und drinnen alle Lichter ausgegangen waren, spendete nur eine Straßenlaterne dämmriges Licht. Nachdem Anna die Taschenlampe gefunden hatte, kletterte Bernd langsam die Leiter herunter. Als er endlich mit beiden Beinen auf dem Boden stand, atmete er erleichtert aus.

»Wo ist denn hier der Sicherungskasten?«, fragte Bernd.

»Hinten im Lager. Soll ich ihn dir zeigen?«

Bernd wimmelte ab. »Brauchst du nicht, den finde ich schon alleine.«

»Gut, aber bevor ich dir die Taschenlampe mitgebe, mache ich noch ein paar Kerzen an. Sonst stehe ich hier im Dunkeln.«

Aus der Schublade ihres Tresens kramte Anna ein Feuerzeug hervor und zündete ein paar Teelichter an, die sonst als Dekoration dienten. Als Bernd im Lager verschwunden war, stand sie alleine im Kerzenschein. Sie setzte sich auf ihren Sessel und blickte sich um. Bis auf die leisen Geräusche aus dem Nebenraum war es ganz still. So hatte sie ihr Geschäft in all den Jahren noch nie erlebt. Keine Kunden, kein Verkehr vor der Tür – nur Stille. Auf eimmal klopfte es an der Fensterscheibe. Anna war sich erst nicht sicher, ob das Geräusch von Bernd oder von draußen kam. Da klopfte es noch mal und Anna erkannte eine Silhouette vor dem Schaufenster. Sie erschrak und konnte die Person nicht gleich zuordnen. Der Größe nach zu urteilen, musste es ein Mann sein. Dave schied aus, denn die schattenhaften Umrisse draußen waren schmaler und größer. Ihr Vermieter war kleiner und trug meist einen Hut mit breiter Krempe. Sonst fiel ihr niemand ein, der sie außerhalb der Öffnungszeiten besuchen würde.

Es klopfte wieder. Sollte sie Bernd rufen, bevor sie zur Tür ging? Dann würde er sie wahrscheinlich aufziehen, weil er sie übertrieben schreckhaft fände. Immerhin klopft ein Einbrecher ja nicht an, bevor er sein Opfer überfällt. Anna stand von ihrem Sessel auf, nahm eine Kerze in die Hand und näherte sich dem Fenster. Fast hätte sie die Kerze vor lauter Schreck fallen lassen. Wenn sie nicht alles täuschte, war der Mann vor ihrer Ladentüre jemand, den sie seit Ewigkeiten nicht mehr gesehen hatte. Tatsächlich! Es war ihre Jugendliebe: Simon!

2. April: »Sicher ist, dass nichts sicher ist. Selbst das nicht.«

Joachim Ringelnatz

Heute Abend war für Anna der erste Moment seit Langem, an dem sie endlich zur Ruhe kommen konnte. Bernd hatte sich mit Arbeitskollegen verabredet, um ein Champions-League-Spiel in einer Kneipe zu sehen. Anna lag in der Badewanne umhüllt von Schaum, der nach Mandelblüten duftete. Auch wenn das Frühlingswetter draußen schon milde Temperaturen mit sich brachte, gönnte Anna sich so oft wie möglich ein heißes Bad. Es gab für sie keinen besseren Ort zum Entspannen – und zum Nachdenken.

Die Neueröffnung ihres Ladens in der vergangenen Woche hatte ihre ganze Kraft gefordert. Sie hatte eine große Anzeige in der Zeitung aufgegeben, um auf das neue Sortiment aufmerksam zu machen. Außerdem hatte Anna allen Stammkunden eine persönliche Einladung per Post geschickt. Die Resonanz auf das Angebot war überwältigend. Es war so, wie Katja es gesagt hatte: Jeder schien jemanden zu kennen, der bald heiratete. Selbst einige Frauen, die keine Hochzeit planten, griffen zu. Ihre weißen Sandalen konnte man schließlich auch wunderbar zu einem Paar Jeans tragen. Der wiederbelebte Andrang erinnerte Anna an die Anfangszeit ihres Ladens, als fast jeden Tag neugierige Besucher vorbeikamen.

Aber nicht nur wegen ihres Geschäfts fühlte Anna sich in die Vergangenheit zurückversetzt. Da gab es noch dieses seltsame Ereignis letzte Woche. Die unerwartete Begegnung mit

Simon hatte sie ziemlich verwirrt. Als er letzte Woche auf einmal vor dem Laden gestanden hatte, wusste sie gar nicht, was sie sagen sollte. Zum Glück war Simon weniger überrascht und weitaus gesprächiger. Er hatte ihr erzählt, dass er mittlerweile in Wien lebte und gerade seinen Vater in München besuchte. Durch das Zeitungsinserat war er auf ihren Laden aufmerksam geworden und weil er ohnehin in der Gegend war, wollte er einfach mal vorbeilaufen.

»Was für ein Zufall! Dann treffe ich dich hier auch noch persönlich – obwohl es schon so spät ist«, hatte Simon begeistert festgestellt.

Anna war völlig überrumpelt. Außerdem überlegte sie, was Bernd wohl sagen würde, wenn er aus dem Lager zurückkam und sie mit ihrem Ex im Kerzenschein vor der Türe stehend fand. Bei aller Lockerheit konnte Bernd ziemlich eifersüchtig sein. Anna ließ sich einfach schnell seine Telefonnummer geben.

»Ich bin grade total im Stress, aber ich melde mich bei dir«, hatte sie ihm vorgeschlagen und war zurück in den Laden gegangen, ohne noch mal einen Blick nach draußen zu werfen.

Anna ließ heißes Wasser in die Wanne nachlaufen. Seit dem unerwarteten Treffen letzte Woche hatte sie sich noch nicht bei Simon gemeldet. Anna wusste sowieso nicht so genau, was sie mit ihm bereden sollte. Eine Verabredung ausmachen? Über alte Zeiten plaudern? Die Trennung von ihm war ihr damals sehr schwer gefallen. Sie waren auf der gleichen Schule – Simon ein paar Klassen über ihr. Sie hatten sich bei einem Fotografiekurs kennengelernt. Er war ihr erster richtiger Freund und Anna war damals überzeugt, dass er auch der einzige Freund bleiben würde. Simon war ihre große Liebe und sie waren das perfekte Team. Beide trafen sich jeden Tag nach der Schule. Anna schwebte fast zwei Jahre lang auf rosa Wolken, ehe sie unsanft davon hinunterpurzeln musste.

Nie ging Simon damals ohne seine Kamera aus dem Haus. Anna begleitete ihn oft auf seinen Beutezügen. Stundenlang streiften sie durch die Stadt auf der Suche nach spannenden Fotomotiven. Als er nach dem Abitur ein Filmstudium in London begann, war das gemeinsame Glück schlagartig vorbei. Es schien so, als ob sie auf einmal in zwei verschiedenen Welten lebten. Simon hatte nichts anderes mehr im Kopf als sein neues Studentenleben, während Anna weiterhin mit ihrer schwierigen Mutter zusammenwohnte. Zum Stress zu Hause kamen die Vorbereitungen für die Abschlussprüfungen und die Ungewissheit, wie es danach weitergehen sollte, dazu. Anna hätte jemanden gebraucht, der ihr zuhörte, aber Simon wollte lieber von all den tollen Leuten erzählen, die er täglich kennenlernte. Von den Partys und der aufregenden Stadt. Damals endete die Beziehung sogar am Telefon – wer dabei den ersten Schritt gemacht hatte, wusste Anna gar nicht mehr genau. Sie erinnerte sich nur, dass keiner von beiden um ihre gemeinsame Zukunft kämpfte. Sie hatten sich nichts mehr zu sagen, was den anderen interessierte. Für Flugtickets fehlte ihnen ohnehin das Geld. An Telefonate mit Simon hatte Anna also nicht gerade die besten Erinnerungen.

Irgendwie nervte sie es auch, wie er sich plötzlich so unerwartet in ihr Leben gedrängt hatte. Immer wieder tauchte in ihren Gedanken auf einmal sein Gesicht auf, wie er da plötzlich vor ihrem Laden gestanden hatte. Eigentlich hatte er sich kaum verändert. Vielleicht hatte er ein paar mehr Lachfalten um seine Augen. Die Wangenknochen waren etwas markanter als zu Schulzeiten. Nur seine schwarzen Locken, die er früher nur mit einem Haargummi bändigen konnte, waren verschwunden. Er trug seine Haare jetzt millimeterkurz. Dafür hatte er sich einen Dreitagebart wachsen lassen. Er unterstrich das, was Anna an seinem Charakter zum Ende der Beziehung verletzt hatte. Diese Mischung aus Coolness und Unbekümmertheit, die Anna ziemlich fremd erschien und die sie insgeheim auch ein bisschen bewunderte.

Anna tauchte den Kopf unter Wasser und versuchte das Bild von Simon aus ihrem Kopf zu spülen. Vielleicht sollte sie die Sache einfach auf sich beruhen lassen. Mit dem Laden und ihrer Hochzeitsplanung hatte sie genug um die Ohren. Es war gerade nicht der richtige Zeitpunkt, sich mit Vergangenem zu befassen. Irgendwann, wenn der ganze Stress vorbei war, konnte sie sich immer noch bei Simon melden. Statt ihn anzurufen, würde sie einfach noch in der Badewanne liegen bleiben und sich ausgiebig am Nichtstun erfreuen.

9. April: »Festhalten kannst du den Frühling nicht, aber ihn plündern.«

Friedrich Hebbel

Heute überließ Anna ihrer Aushilfe Ute den Laden. Sie war in den letzten Jahren immer mal wieder eingesprungen. Ute war eine echte Lebenskünstlerin, die sich ihre Wohnung mit Yogastunden und Kellnerjobs finanzierte. Ihre zwölfjährige Tochter Lina zog sie ganz alleine groß. Der Vater des Kindes hatte sich kurz nach der Geburt verabschiedet, um eine Strandbar in Thailand zu eröffnen. Von dort verschickte er unregelmäßig Schecks mit viel zu kleinen Beträgen für Linas Unterhalt und viel zu klebrig-süße Bonbons, die Ute gleich in den Müll warf, da niemand sie essen wollte.

Gerade mit schwierigen Kunden hatte Ute durch ihre gelassene Art ein ganz besonderes Händchen. Anna hielt nicht allzu viel von Esoterik, aber wenn es jemanden gab, der so was wie eine Aura hatte, dann war es Ute. Es war immer angenehm, sie in ihrer Nähe zu haben. Außerdem war sie eine tolle Erscheinung: Groß und schlank mit langen dunklen Haaren, die sie zusammen mit bunten Seidentüchern zu einer kunstvollen Flechtfrisur auftürmte, was sie noch größer erschienen ließ. Dazu trug sie hauptsächlich weiße Kleider und viel Schmuck, der hell klimperte, wenn sie sich bewegte. Anna hoffte darauf, ihr bald einen festen Teilzeitvertrag anbieten zu können. Sie wollte damit noch so lange warten, bis das Geschäft dauerhaft gut lief. Anna hatte schon mal eine Mitarbeiterin kündigen müssen, weil die Einnahmen zu knapp waren. Diese Enttäuschung wollte sie Ute auf jeden Fall ersparen.

Zumindest war es für Anna bereits eine riesige Erleichterung, dass sie sich hin und wieder einen freien Tag gönnen durfte. Der Friseurtermin für heute stand seit Wochen in ihrem Kalender. Sie trug ihre langen roten Haare nur noch zusammengebunden, weil der letzte Schnitt längst rausgewachsen war. Außerdem wollte sie ihre Hochzeitsfrisur besprechen. Schon seit Jahren besuchte Anna den gleichen Salon und buchte den Termin immer bei Svenja. Es gab niemanden, dem sie ihre Haare lieber anvertraute. Svenja hatte selbst rote Locken, die sie nie färbte, sondern abwechselnd kurz oder lang trug. Nicht einmal Strähnen kamen für sie infrage. Anna sah es genauso. Seitdem sie vor Jahren einmal kurz vor Silvester von einer Friseurin zur Blondierung überredet wurde, hatte sie ein Trauma. Damals hatte sie die Neujahrsparty sausen lassen, um in ihr Kissen zu heulen. Und seither hatte sie sich geschworen, sich nie wieder ihre Haare zu färben.

Auf dem Weg zu ihrem Friseur radelte Anna durch die belebte Innenstadt. Da sich der April heute von seiner sonnigsten Seite zeigte, saßen schon viele Leute auf den Freiluftplätzen der Cafés. Als Anna bei einem Blumenladen vorbeifuhr, hielt sie an. Vor dem Geschäft standen Blumentöpfe mit Tulpen und Narzissen. Anna suchte sich eine weiße Tulpe aus. Sie würde sie nachher Ute bei der Ablöse schenken. In Papierbahnen umwickelt, verstaute sie den Topf in ihrer großen Tasche und radelte weiter zum Salon.

Svenja wartete schon und umarmte Anna bei der Begrüßung. Sie trug eine weit geschnittene Bluse. Dabei bemerkte Anna, dass sich unter dem Kleid ein nicht zu übersehender Bauch wölbte.

»Bist du etwa …?«

Svenja nickte, bevor Anna die Frage beenden konnte.

»Wir haben uns ja eine Weile nicht gesehen. Ich bin im fünften Monat. Der Arzt sagt, es wird ein Junge. Mein Freund erwartet ein Mädchen. Ich bin auf alles gefasst«, erklärte Svenja grinsend.

»Oh, Wahnsinn! Herzlichen Glückwunsch! Endlich bekommst du deine eigene Familie. Du hast es dir ja immer so gewünscht«, sagte Anna.

Sie freute sich sehr für Svenja. Natürlich wollte sie selbst auch irgendwann mal Kinder. Nicht jetzt sofort, aber auf jeden Fall nach der Hochzeit, wenn wieder mehr Ruhe eingekehrt war. Sie hatte keine Eile. Es war ohnehin zu spät, um noch eine junge Mama zu werden. Anna hatte stattdessen beschlossen, eine ausgeglichene Mutter zu werden. Eine, die Beruf und Familie gut unter einen Hut brachte.

Svenja führte Anna zu einem freien Platz und löste den Gummi von Annas Pferdeschwanz. Sie stand jetzt ganz dicht neben ihr und der Babybauch berührte ihren Arm.

»Mist«, sagte Anna auf einmal.

Svenja warf ihr einen irritierten Blick zu. »Was ist los?«

»Entschuldige, ich habe etwas sehr Egoistisches gedacht. Wenn ich das richtig rechne, liegst du so ungefähr grade im Kreißsaal, wenn ich im September heirate. Ich hatte gehofft, dass du mir eine tolle Frisur zaubern könntest. Aber das wird wohl nichts, oder?«, seufzte Anna.

»Wohl eher nicht. Das tut mir echt leid. So lang wird das Kleine hier wohl nicht warten, bis es an die frische Luft möchte«, sagte Svenja und streichelte über ihren Bauch. »Aber hey, wir können ja schon ein bisschen ausprobieren. Und ich gebe meinen Kolleginnen dann genaue Anweisungen, wie sie es später nachmachen sollen.«

Anna nickte. Insgeheim zweifelte sie, ob jemand Svenja einfach so ersetzen konnte, aber sie hatte keine andere Wahl. Sie kramte aus ihrer Tasche ein paar Ausschnitte verschiedener Magazine hervor, die sie in den vergangenen Wochen durchforstet hatte. Anna wollte die Haare an ihrer Hochzeit offen tragen – nur seitlich etwas geflochten und am Hinterkopf in sanften Wellen nach unten fallend. Festlich, aber trotzdem natürlich. Auf keinen Fall eine jener Hochsteckfrisuren, die fixiert mit Haarspray und Klammern wie ein Helm auf dem Kopf saßen. Svenja verstand, was sie meinte. Schon nach wenigen Minuten hatte sie ein kleines Meisterwerk gezaubert.

»Wow, genauso habe ich es mir vorgestellt«, sagte Anna, als sie sich im Spiegel betrachtete. Svenja schwenkte noch einen Handspiegel um Annas Hinterkopf, sodass sie ihre Haare von allen Seiten sehen konnte. »Und du meinst wirklich, deine Kollegen bekommen das so hin?«

»Klar. Keine Angst. Ich schreib alles auf und leg ein Foto dazu. Am besten du kommst noch mal ein paar Wochen vor der Hochzeit vorbei und besprichst die Details«, sagte Svenja und löste die Frisur mit ein paar Handbewegungen wieder auf.

Anna fasste sich erschrocken ins Haar. »Was machst du denn da?«

Svenja lachte. »Du kannst diese Frisur natürlich auch einfach bis zu deiner Hochzeit so lassen und sie bis dahin nicht mehr waschen und kämmen. Dann will dich dein Schatz im September aber vielleicht gar nicht mehr heiraten. Und das möchten wir doch verhindern, oder?« Sie kicherte. »Alternativ schlage ich vor, dass ich deinen Haaren jetzt einen ordentlichen Schnitt verpasse. Was meinst du?«, fragte Svenja.

Anna nickte zufrieden. Als Svenja ihr mit sanften Bewegungen das Shampoo in die Haare massierte, schloss sie die Augen. Sie stellte sich vor, wie die Frisur zusammen mit dem Kleid aussehen würde. Dann dachte sie darüber nach, welches Gesicht Bernd machen würde, wenn er sie zum ersten Mal an ihrem Hochzeitstag sehen wird. Anna wollte keine Trauung in der Kirche, wo der Brautvater seine Tochter zum Altar führte. Bei ihren komplizierten Familienverhältnissen schien ihr das unpassend. Bernd und sie hatten sich auf eine standesamtliche Hochzeit geeinigt, bei der nur die Trauzeugen dabei sein würden. Im Garten vor ihrem Hochzeitslokal sollte dann noch eine kleine Zeremonie mit allen Gästen stattfinden. Dort, so hatte Anna es geplant, würden sie ihre selbst verfassten Liebeserklärungen vorlesen. Aber der Moment, in dem Bernd sie zum ersten Mal als Braut sah, sollte nur ihnen beiden gehören. Er sollte morgens aus dem Haus gehen und sie würde sich umziehen und zurechtmachen und irgendwann sollte er sie mit einem blumengeschmückten Oldtimer abholen. Und dann würde sie ihm entgegentreten in ihrem märchenhaften Kleid mit der perfekten Frisur …

»Alles okay mit dem Wasser?«, fragte Svenja.

»Bei mir ist alles wunderbar«, sagte Anna ohne dabei die Augen zu öffnen. Um nichts in der Welt wollte sie aus ihren herrlichen Träumereien gerissen werden.

16. April: »Ich rechne nie! Auf die Art kann's Schicksal mir auch nie einen Strich durch die Rechnung machen.«

Johann Nestroy

S»chatz, lass uns heute Abend bei unserem Italiener treffen. Ich habe eine Überraschung für dich«, verkündete Bernd, als Anna sich die Zähne putzte.

Es war morgens und sie war spät dran. Sie spuckte den Zahnpastaschaum aus ihrem Mund. »Welche Überraschung soll das sein?«

»Eine ganz schreckliche, was denkst du denn?« Bernd küsste sie auf die Wange. »Wenn ich dir das verrate, ist es doch keine Überraschung mehr!«

Und damit verschwand er aus dem Bad. Anna blieb kaum Zeit für Grübeleien. Sie musste los. Heute sollte eine ganze Gruppe von Frauen in ihrem Laden vorbeikommen. Der gemeinsame Besuch war der erste Programmpunkt eines Junggesellinnenabschieds. Anna hatte zuerst ein bisschen gezögert, als die Trauzeugin bei ihr wegen der Buchung angefragt hatte. Bei Junggesellenabschieden dachte Anna sofort an diese Gruppen von Frauen, die in gleichen T-Shirts durch die Stadt zogen und Schnapsfläschchen aus einem Bauchladen verkauften. Was könnten solche Gäste mit ihrem Laden anfangen?

Doch die Besucherinnen, die am frühen Nachmittag in ihr Geschäft kamen, entpuppten sich als sehr angenehme Kunden. An ihrer eleganten Garderobe erkannte Anna sofort, dass sie gut verdienten oder reiche Ehemänner hatten. Sie servierte ihnen Sekt und Limonade in kleinen Fläschchen. Die Frauen stöberten in Ruhe durch den Laden und blieben fast bis zum Abend. Am Ende legten sie einen ganzen Haufen an Waren an der Kasse zurück, bevor sie sich zum Besuch eines Musicals verabschiedeten.

Hätte Bernd ihr nicht eine SMS geschickt, wäre Anna nach der Arbeit womöglich gleich nach Hause gefahren. »18:30 Uhr bei unserem Italiener – nicht vergessen!«, hatte er geschrieben. Anna schloss also den Laden ab und fuhr zu der kleinen Pizzeria, in der sie sich regelmäßig trafen. Auf dem Weg dorthin dachte sie darüber nach, welche Überraschung sie diesmal erwartete. Das letzte Mal, als Bernd sie überrascht hatte, endete das Ganze in einem mehr als ungewöhnlichen Heiratsantrag. Anna konnte sich immer noch nicht richtig entscheiden, ob sie seine Idee im Nachhinein originell oder fies fand. Auf die häufig gestellte Frage, wie denn ihr Antrag gewesen sei, hatte Anna sich angewöhnt, nur das Ende zu erzählen: Bernd habe sie mit einem Brief im Zahnputzbecher überrascht. Wie er sie zuvor an der Nase herumgeführt hatte, musste ja nicht jeder wissen.

Als Anna das Restaurant betrat, winkte Bernd ihr von seinem Tisch aus zu. Er saß in einer Ecke des Lokals. Vor ihm standen zwei brennende Kerzen, die seinen blauen Anzug in leichtem Schimmer erleuchten ließen. Anna konnte sich nicht erinnern, ob er den Anzug schon beim Verlassen der Wohnung getragen hatte. Oder hatte er sich extra nochmals umgezogen? Sie selbst trug noch die gleiche Leinenbluse wie heute Morgen. Sie war bereits etwas verknittert. Anna strich sich durch ihre Haare und ging auf ihn zu. Er grinste sie an, als sie Platz nahm. Was hatte dieser Gesichtsausdruck zu bedeuten? Welche Überraschung hatte er sich diesmal überlegt?

Sie musste nicht lange warten, bis Bernd sein Geheimnis offenbarte. Gleich nachdem sie die Getränke bestellt und mit ihren Weingläsern angestoßen hatten, schob er ihr einen kleinen Gegenstand über den Tisch.

»Was ist das?«, fragte Anna, obwohl sie eigentlich schon wusste, was es war. Diese schwarzen Etuis hüteten gewöhnlich kleine Schmuckstücke.

»Na, mach es doch auf«, sagte Bernd mit erwartungsfrohem Blick.

Anna hob langsam den Deckel nach oben. Gleich zwei Ringe kamen darin zum Vorschein. Sie waren gold-silberfarben gestreift. Einer davon war mit kleinen Brillanten umsäumt. Beide gefielen Anna überhaupt nicht.

»Das sind unsere zukünftigen Eheringe«, verkündete Bernd. Annas vorläufige Sprachlosigkeit schien ihn nicht zu irritieren, denn er plauderte unbekümmert weiter. »Ich dachte mir, bei all dem Stress, den du so hast, nehme ich dir etwas Arbeit ab und kümmere mich um die Ringe. Es sind Maßanfertigungen – extra für uns.«

Bernd nahm eines der Schmuckstücke aus dem Etui und hielt es Anna ganz nah vor die Augen, damit sie eine Gravur in der Innenseite erkennen konnte: Bernd & Anna: ewig dein – ewig mein – ewig wir.

»Was sagst du dazu?«, fragte Bernd aufgeregt.

Anna wusste nicht, wie sie reagieren sollte. Sie trank einen großen Schluck Wein. »Ich weiß ehrlich nicht, was ich sagen soll«, stotterte sie wahrheitsgemäß.

»Meinst du, er passt nicht?« Bernd steckte ihr den Ring an den Finger. Er passte perfekt. Bernd lächelte. »Ich habe deine Ringe schon vor dem Antrag im letzten Jahr heimlich probiert. Sie sind genau groß genug für meinen kleinen Finger.«

»Äh, ja super!«, stammelte Anna. »Hast du beim Probieren meiner Ringe auch gesehen, dass ich sonst eher goldenen Schmuck trage?«

Sie traute sich nicht, Bernd in die Augen zu sehen. Sie hatte Angst, dass ihr Blick verraten würde, was sie über den Ring dachte. Stattdessen drehte sie ihn verlegen mit der anderen Hand rund um ihren Finger.

»Doch, habe ich bemerkt. Aber der Ehering soll sich ja irgendwie vom übrigen Schmuck abheben. Und weil er gold- und silberfarben ist, kannst du ihn mit allem kombinieren. Der Verkäufer meinte, ihr Frauen ändert doch eh oft euren Geschmack. Mit dem Ring kann dir das nicht passieren, denn er passt ja immer«, verkündete Bernd voller Begeisterung.

Was für eine tolle Logik, dachte Anna. Da hat ihr Verlobter sich also genau den Verkäufer ausgesucht, der von Frauen nicht die geringste Ahnung hatte. Anna drehte den Ring weiter, so als ob die Chance bestünde, dass er ihr von einer Seite vielleicht doch gefallen würde. Aber es half nichts. Die silberfarbenen Streifen und die kleinen Brillanten zogen sich über das ganze Schmuckstück. Sie hatte eigentlich von einem antiken Ring mit einem großen Aquamarin oder einem Opal geträumt. Ein außergewöhnliches Einzelstück, wie es sonst keiner hatte. Leider hatte sie ihren Wunsch scheinbar nie gegenüber Bernd geäußert. Den Kauf der Ringe hatte sie bei all dem Trubel der letzten Wochen ohnehin gar nicht mehr im Kopf gehabt. Was sollte sie jetzt machen? Bernd so schonend wie möglich mitteilen, dass sie bei der Wahl eines Rings, den sie ihr Leben lang tragen sollte, gerne dabei gewesen wäre? Aber müsste sie ihm dann nicht auch gestehen, warum ihr der Ring einfach nicht gefiel? Sie blickte das Schmuckstück noch mal an.

»Magst du ihn vielleicht nicht?« Zum ersten Mal war Zweifel in Bernds Stimme zu hören.

Anna wurde klar, dass es jetzt ohnehin zu spät für die Wahrheit war. Der Ring war schon bezahlt und graviert. Bernd wäre bestimmt unendlich enttäuscht, wenn sie ihn aufforderte, ihn zurückzubringen. Womöglich würde sie sich im Laufe der Zeit daran gewöhnen. Er war nicht das, was sie sich gewünscht hatte, aber Bernd hatte ihn scheinbar mit viel Liebe ausgewählt. Sie konnte ihn nicht wieder weggeben. Anna hätte jetzt gerne noch einen Schluck Wein getrunken, aber ihr Glas war schon leer. Stattdessen zog sie den Ring aus, las noch mal die Gravur und lächelte, so gut sie konnte.

»Doch, er gefällt mir. Du hast dir so viel Mühe gemacht – das war sehr aufmerksam von dir«, sagte sie. Immerhin war die zweite Hälfte der Antwort nicht gelogen.

Bernd nahm ihre Hand. »Für einen Moment habe ich schon geglaubt, dass ich dich enttäuscht habe.«

Anna merkte, wie ihre Wangen plötzlich rot wurden. »Ich glaube, ich habe zu viel Wein getrunken. Er steigt mir richtig zu Kopf. Es wird Zeit, dass ich was zu essen bekomme«, sagte sie, steckte den Ring zurück in das Etui und verbarg ihr Gesicht hinter der Menükarte.

Ihr war eigentlich gar nicht nach Essen zumute, denn sie musste erst mal die Sache mit den unerwünschten Ringen verdauen. Aber so brauchte sie Bernd zumindest nicht länger in die Augen sehen und sich wie eine Lügnerin fühlen.

23. April: »Ich glaube, der beste Weg, ein Problem zu lösen, ist, seine lustige Seite zu entdecken.«

Thomas Edison

Katja war wieder auf den Beinen und steckte voller Elan. Sie saß an dem großen Tisch in Annas Laden vor unzähligen Bögen buntem Papier. Um sie herum versammelte sich eine Gruppe von Frauen unterschiedlichen Alters. Wie die Besucher einer Zaubershow bestaunten die Besucherinnen aufmerksam Katjas Fingerfertigkeit. Gerade verzierte sie eine Postkarte mit einem Stück weißer Spitze.

Als Katja wegen ihres Unfalls an ihre Wohnung gefesselt war, hatte sie den Plan entwickelt, einen Workshop in Annas Laden anzubieten. Anna fand die Idee großartig. Sie wusste aus eigener Erfahrung zu gut, dass der erste Andrang neugieriger Kunden bald abnehmen könnte. Sie hatte sich vorgenommen, immer wieder zusätzliche Aktionen anzubieten. Katjas Idee, selbst gemachte Einladungskarten zu gestalten, gefiel ihr besonders. Sie hatte schließlich ihre eigenen Einladungen noch gar nicht geschrieben, obwohl es höchste Zeit dafür war. Bernd hatte vorgeschlagen, die Karten einfach im Internet zu bestellen, aber Anna wollte unbedingt handgemachte Grüße verschicken. Nach Ladenschluss würde sie eine Nachtschicht einlegen und genau das nachbasteln, was Katja gerade zeigte: eine schlichte Karte mit weißer Spitze umrahmt.

Ihre Freundin konnte nicht nur wahre Kunstwerke mit Schere und Kleber gestalten, sondern war auch eine wunderbare Lehrerin. Die Stapel mit den Papierbögen wurden kleiner und kleiner und dafür türmten sich in der Mitte des Tisches nach und nach Dutzende Karten in die Höhe. Seit Neuestem hatte Anna auch Stempel im Sortiment. Mit ihnen konnte man die handgemachten Kunstwerke zusätzlich mit »happily ever after« oder »verliebt, verlobt, verheiratet«-Schriftzügen schmücken. Beinahe alle Kursteilnehmer wollten ein paar Stück davon kaufen. Als Anna kurz ins Lager verschwand, um Nachschub zu holen, hörte sie plötzlich eine männliche Stimme. Sie klang irgendwie vertraut, aber Anna konnte sie nicht genau zuordnen. Neugierig ging Anna zurück in den Ladenraum und blieb wie angewurzelt am Tresen stehen. Sie musste sich vor lauter Verwunderung daran festhalten: Simon hatte sich unter die Kursteilnehmerinnen gemischt. Er saß auf einem Stuhl neben Katja.

»Begrüß doch bitte unseren ersten mutigen männlichen Teilnehmer«, rief sie vergnügt.

Katja hatte keine Ahnung, wer da neben ihr saß. Anna hatte ihr nichts von Simon erzählt. Sie hatte schließlich beschlossen, sein unerwartetes Auftauchen vorerst konsequent zu ignorieren. Aber jetzt, wo er auf einmal in ihrem Laden saß, konnte sie nicht mehr so tun, als gäbe es ihn nicht.

»Hallo! Mögen Sie einen Tee?«, fragte Anna und ärgerte sich im gleichen Augenblick über ihre Frage.

Es kam ihr selbst komisch vor, ihren Ex-Freund zu siezen. Aber sie konnte auch schlecht allen Anwesenden erklären, dass sie beide früher mal ein Liebespaar gewesen waren. Noch dazu eines, das sich ewig nicht gesehen hatte. Dann müsste sie womöglich auch noch offenbaren, warum sie sich – entgegen ihres Versprechens – nicht bei ihm gemeldet hatte. Einfach weil sie gerade zu viele andere Dinge um die Ohren hatte. Das war alles zu kompliziert. Zwar pflegte Anna mit vielen ihrer Kunden einen herzlichen Umgang, aber allzu private Angelegenheiten behielt sie lieber für sich. Warum musste Simon sie denn überhaupt mit seinem zweiten Besuch innerhalb kürzester Zeit überraschen? Was war denn so schwer daran zu verstehen, wenn eine Frau sich nicht meldete? Für weitere Grübelei blieb Anna aber keine Zeit. Simon ging auf Annas Angebot ein.

»Wenn Sie mir einen Tee bringen, wäre das wunderbar von Ihnen«, sagte er und betonte das »Sie« und »Ihnen« extra genüsslich.

Mit leicht zitternder Hand goss Anna eine Tasse ein und platzierte sie wortlos neben ihm auf dem Tisch. Dann stellte sie erleichtert fest, dass scheinbar niemandem sonst die Situation oder ihr Verhalten merkwürdig erschien – selbst Katja nicht. Alle waren noch eifrig damit beschäftigt, die Karten fertigzustellen. Sogar Simon hatte zu Schere und Papier gegriffen. Anna beobachtete ihn heimlich. Es erstaunte sie nicht, wie geschickt er war. Als sie noch ein Paar waren, hatte er sie öfter mit etwas Selbstgemachtem überrascht: ein Kalender oder eine Collage aus Fotografien. Gerade schnitt er ein Herz aus altem Notenpapier aus. Und bildete sie sich das ein, oder hatte Simon ihr vorhin zugezwinkert?

»Die Damen, der Herr, ich glaube, wir müssen demnächst fertig werden. Wer gar nicht mehr aufhören mag, meldet sich einfach gleich zum nächsten Kurs an«, sagte Katja nach einer Weile.

Anna sah auf die Uhr an der Wand. Es war tatsächlich schon sehr spät. Wenn sie heute noch alle Karten für ihre eigene Hochzeit gestalten wollte, sollte sie nicht zu spät nach Hause kommen. Anna verteilte Papiertüten, damit jeder seine Kunstwerke einpacken und mitnehmen konnte. Selbst Simon reichte sie eine Tüte. Er erklärte ihr, dass er bei ihr noch dringend ein Geschenk für seine Schwester kaufen wollte. Anna wusste natürlich, dass er gar keine Schwester hatte. Aber da sie selbst mit dem merkwürdigen Theaterspiel angefangen hatte, konnte sie ihm schlecht vor allen Anwesenden widersprechen.

Nachdem sich die Gäste verabschiedet hatten, blieben nur noch Katja und Simon zurück.

»Ich glaube, mit diesem netten Mann kann ich dich problemlos alleine lassen. Er sucht ja noch nach einem besonderen Geschenk. Da ist er bei dir gut aufgehoben, oder?«, fragte Katja, als sie gerade schon die Tür öffnete.

Sie hatte wirklich keine Ahnung, mit wem sie ihre Freundin gleich allein ließ, dachte Anna. »Ich rufe dich an. Wir müssen noch einige Dinge besprechen«, rief Anna ihr hinterher.

Wie gerne wäre Anna jetzt einfach auch zur Ladentüre rausgelaufen. Es war ihr unangenehm, mit Simon zu zweit im Laden zu sein. Er hatte sie in eine seltsame Situation gebracht, und sie wollte lieber nach Hause und sich ihren Hochzeitskarten widmen. Der Tag war anstrengend genug gewesen. Als Katja die Ladentüre hinter sich schloss, schien Simons Neugierde für Duftkerzen und Kissenbezüge wie verflogen. Er wendete sich Anna zu und sah ihr direkt in die Augen. Anna versuchte, dem Blick auszuweichen.

»Gehen wir jetzt vielleicht mal wieder zum Du über?«, brach Simon das Schweigen.

»Warum bist du hier?«, fragte Anna. Es klang etwas schroff. Aber es war genau das, was sie interessierte.

»Weil ich dich sehen wollte.«

»Ich hab doch gesagt, dass ich dich anrufe.«

»Hast du aber nicht. Ich habe drei Wochen auf deinen Anruf gewartet. Übermorgen fahre ich zurück nach Wien. Irgendwie fand ich es schade, dich gar nicht mehr zu sehen, wo ich dich endlich wiedergefunden habe. Warum hast du dich denn nicht gemeldet? Keine Lust auf vergangene Bekanntschaften?« Während Simon sprach, war er näher getreten. Er stand jetzt keinen Meter entfernt von ihr.

Anna sah ihn an und schüttelte langsam den Kopf. Auf einmal schämte sie sich dafür, dass sie ihn einfach hatte ignorieren wollen. Wo war eigentlich ihr Problem?

»Es tut mir leid. Ich bin derzeit so im Stress. Der Laden fordert mich und außerdem …«, sie überlegte kurz, ob sie ihm von der zweiten großen Neuigkeit erzählen sollte.

»Außerdem?«, Simon runzelte die Stirn.

»Ich heirate diesen Sommer«, sagte Anna.

Nachdem sie den letzten Satz gesprochen hatte, kam es ihr so vor, als ob er kurz die Fassung verloren hätte. Simon starrte sie einige Sekunden lang mit großen Augen an. Und dann lächelte er plötzlich.

»Herzlichen Glückwunsch!«, rief er und breitete die Arme aus. »Darf ich?«

Anna nickte zögerlich und schon lag ihr Kopf auf seiner Schulter. Anna bemerkte einen seltsam vertrauten Geruch von Pfefferminzbonbons, der sie augenblicklich in vergangene Zeiten zurückversetzte. Auch früher hatte er diese englischen Bonbons geliebt. Er war nie ohne ein Tütchen davon aus dem Haus gegangen. Es musste genau die gleiche Sorte sein, die Anna für einen Moment lang erschnupperte. Irritiert befreite sie sich aus der Umarmung.

»Willst du dich vielleicht wieder hinsetzen?« Sie lächelte ihn an, als sie diesmal das »du« aussprach.

»Wenn du mich schon so nett bittest«, entgegnete er.

Sie nahmen am selben Tisch Platz, an dem Simon zuvor neben Katja gesessen hatte. Anna berichtete ihm von der geplanten Hochzeit im September und davon, wie sie ihr eigenes Fest zur Umgestaltung des Ladens inspiriert hatte.

»Hast du das Geschäft gleich nach dem Abi eröffnet?«, erkundigte sich Simon.

»Na ja, nicht ganz. Ich habe einen kleinen Umweg über ein abgebrochenes Jurastudium gemacht«, gestand Anna.

»Jura? Das passt doch gar nicht zu dir. Wie kamst du denn darauf, Jura zu studieren?«

Anna seufzte. »Diese Frage hab ich mir oft genug selbst gestellt. Ich glaube, ich wollte mich mit dem Studium absichern, damit mir nicht das gleiche Schicksal wie meiner Mutter passiert: Scheidung, Gerichtsverhandlung, Abhängigkeit von Unterhaltszahlungen und so was. Ich dachte mir, es wäre am besten, selbst eine dieser klugen und gewichtigen Frauen in der schwarzen Robe zu sein. Aber das war wohl eine bescheuerte Idee.«

Simon hatte ihr aufmerksam zugehört und nickte. Anna fiel jetzt wieder ein, dass er immer ein guter Zuhörer gewesen war. Sie hatte früher das Gefühl gehabt, ihm alles erzählen zu können. Umso größer war damals für sie die Enttäuschung gewesen, als er dann nach London zog und ihr auf einmal so seltsam fremd vorkam. Aber heute fühlte es sich so an wie am Anfang ihrer Beziehung und das Gespräch mit ihm tat ihr richtig gut.

»Hey, weißt du was? Bevor du das nächste Mal eine unkluge Entscheidung triffst, ruf mich doch besser gleich an. Alte Freunde sind oft die besten Gesprächspartner. Auch wenn man sich länger nicht gesehen hat, erinnern sie einen daran, wer man mal war und wer man immer werden wollte«, sagte Simon. »Meine Nummer hast du ja noch, oder?«

Anna nickte. Der Zettel mit seiner Nummer lag in der

Schublade ihrer Ladentheke. Sie hob ihre rechte Hand nach oben zum Schwur, so wie bei einem Indianerfilm.

»Ich verspreche hiermit feierlich, mich bei dir zu melden, bevor ich mich wieder an der Uni einschreibe. Natürlich auch, wenn ich irgendeinen anderen Unsinn plane. Du kannst dich also darauf gefasst machen, vielleicht schon bald von mir zu hören. In letzter Zeit habe ich ziemlich viele verrückte Ideen«, sagte sie.

Simon lächelte sie an und drückte ihre Hand. »Es ist echt schön, dich wiederzusehen. Ich hab dich vermisst!«

Anna nickte nur, statt etwas zu sagen. Wieder stieg ihr dieser seltsam vertraute Pfefferminzgeruch in die Nase. Das irritierte sie – auch wenn sie nicht genau wusste, warum.

30. April: »Gelassenheit ist eine anmutige Form des Selbstbewusstseins.«

Marie von Ebner-Eschenbach

Katja schlürfte schon an ihrem zweiten Mojito, während Annas Cocktailglas noch fast voll war. Sie hatte so viel zu erzählen, dass sie gar nicht dazu kam, einen Schluck zu trinken. Da Katjas Englischkurs wegen der Schulferien nicht stattfand, hatten sie sich spontan für den Besuch der kleinen portugiesischen Bar entschieden. Simon war das Gesprächsthema des Abends. Anna erzählte ausführlich von ihrem Kennenlernen, der Beziehung, der Trennung und vom unerwarteten Auftauchen in ihrem Laden.

»Ein bisschen habe ich mich ja schon gewundert, warum so ein Kerl auf einmal unbedingt basteln möchte. Da musste irgendwas nicht stimmen«, sagte Katja. Sie wirkte amüsiert und erleichtert zugleich. »Jetzt macht das alles Sinn! Aber diesem Geheimnis wäre ich nie auf die Schliche gekommen. Nie und nimmer!«

»Entschuldige! Ich hätte es dir eher verraten müssen. Das war eine so verrückte Situation letzte Woche. Ich wusste nicht, wie ich mich verhalten sollte. Es tut mir leid!« Anna hatte ein schlechtes Gewissen, weil sie Katja ohne deren Wissen in ihr merkwürdiges Schauspiel mit hineingezogen hatte.

Aber Katja wiegelte ab. »Kein Problem. Ich hätte mich bestimmt auch so verhalten. Ist ja auch eine komische Situation für dich. Wenn ich mir vorstelle, wie da irgendein Ex auf einmal in meinem Sprachunterricht sitzt. Ach nee! Das geht gar nicht!!!«, sagte Katja und schüttelte sich, als ob sie gerade in eine Zitrone gebissen hätte.

Ihr Gesichtsausdruck sah so witzig aus, dass Anna lachen musste. Sie trank einen Schluck von ihrem Cocktail. »Aber sag mal, wie fandest du ihn denn eigentlich?«

Katja zögerte einen Moment, ehe sie antwortete. »Prinzipiell ganz nett. Sehr talentiert im Umgang mit Papier und Schere. Aber irgendwie hat er auch was Verwegenes. Er ist so ein Typ, der sich nicht in die Karten schauen lässt. Wobei – ich hab ihn ja nur so kurz kennengelernt. Ist ja vielleicht auch Quatsch, was ich mir da zusammenreime.«

»Nein, absolut nicht«, sagte Anna hastig. Katjas gute Beobachtungsgabe bei anderen Menschen hatte sie schon oft verblüfft. »Du hast völlig recht. Simon ist ein bisschen undurchsichtig. Eine Weile dachte ich, dass ich fast alles von ihm weiß. Und dann hatte ich wieder das Gefühl, dass ich mich doch getäuscht habe. Deswegen war ich wahrscheinlich auch gar nicht so begeistert, als er auf einmal aufgetaucht ist.« Anna rührte in ihrem Cocktail. »Weißt du, Bernd und ich sind wie die Zitrone und der Zucker in diesem Mojito. Wir sind ziemlich unterschiedlich und passen doch auch wieder gut zusammen.« Dann fischte sie einen Eiswürfel aus ihrem Glas und nahm ihn in die Hand. »Mit Simon ist es ein bisschen so wie mit diesem Eiswürfel. Kaum hat man ihn in der Hand, löst er sich auf …«

»Und es gibt eine Sauerei«, kicherte Katja und schob ihrer Freundin eine Serviette zu, damit sie sich die nassen Finger abwischen konnte. Anna trocknete sich die Hand ab und wickelte den Eiswürfel in die Serviette ein. Die feinen Papierschichten waren schon in kurzer Zeit nass durchtränkt.

»Eine Riesensauerei«, sagte sie und schob den feuchten

Klumpen an den Rand des Tischs. Sie wäre ihn gerne losgeworden, aber wusste nicht, wie. Anna konnte das nasse Paket schlecht in ihrer Handtasche verschwinden lassen. Sie schüttelte nachdenklich den Kopf. »Sag mal, kennst du das, wenn man nicht genau weiß, was man von jemandem halten soll? Wenn jemand in gar keine Schublade passt?«

»Redest du von Simon? Der geheimnisvolle Mann, der plötzlich da ist, und man hat keine Ahnung, was das eigentlich soll?«, fragte Katja. Sie nickte und lächelte Anna aufmunternd zu. »Na klar kenne ich das. Jede Frau lernt doch mal so einen Typen kennen, der ihr immer ein Rätsel bleiben wird. Und glaub mir, diese Männer sind auf jeden Fall nicht gut geeignet für eine ernsthafte Beziehung. Aber das ist doch eh kein Thema bei dir, oder?«

»Du meinst, ob ich noch irgendwie verliebt bin?« Anna musste über diese Frage nicht lange nachdenken. Simon hatte sie mit seinem plötzlichen Erscheinen ziemlich durcheinandergebracht. Aber sie trauerte der Beziehung nicht hinterher. Sie hatte jetzt ein neues Leben. »Auf keinen Fall! Außerdem bin ich verlobt. Ich heirate bald.«

Katja schubste sie sanft mit der Schulter. »Weiß ich doch. Aber sicherheitshalber muss ich als Trauzeugin nachfragen. So kurz vor der Hochzeit darf es kein Liebesdrama mit dem Ex geben. Der Verflossene duelliert sich mit dem Bräutigam um die Frau oder so. Du weißt – ich mag kein überraschendes Ende.«

»Keine Angst! So weit wird es niemals kommen. Simon ist eh wieder zurück in Wien. Bestimmt hat er da eine Freundin«, sagte Anna.

Ihr fiel ein, dass sie ihn gar nicht nach seinem neuen Leben gefragt hatte. Sie hatten eigentlich nur über ihr Leben geredet.

Womöglich war er sogar selbst schon verheiratet. Anna konnte sich zwar an keinen Ehering erinnern, aber Simon gab sich ja immer gerne ein bisschen zugeknöpft.

»Ihr trefft euch also erst mal nicht mehr?«, bohrte Katja weiter nach.

»In nächster Zeit auf jeden Fall nicht. Er ist auch nur manchmal wegen seiner Familie in der Stadt. Aber stell dir vor: Simon kennt einen guten Fotografen, den er mir für die Hochzeit empfohlen hat. Du siehst, er will unsere Ehe nicht boykottieren.«

Endlich schien Katja überzeugt. »Dann lass uns anstoßen. Auf alle Ex-Freunde, die wir erfolgreich hinter uns gelassen haben!«

Anna hob lachend ihr Glas. »Und auf alle Ehemänner, die uns hoffentlich für immer bleiben werden!«

7. Mai:
»Pessimisten sind die wahren Lebenskünstler, sie erleben dauernd angenehme Überraschungen.«

Marcel Proust

Anna saß am Küchentisch und beobachtete Bernd durch den Türspalt. Er schwitzte und war nicht ansprechbar. So selten, wie er seinen Werkzeugkasten hervorkramte, widmete er sich dem Kochen. Wenn aber einer dieser Tage gekommen war, an dem Bernd schon morgens ankündigte, dass er sich ums Abendessen kümmern würde, dann war es immer eine Riesensache.

Draußen war es längst dunkel. Bernd hatte Anna schon vor einer Stunde aus der Küche verbannt und eine Hochzeitszeitschrift auf dem Tisch bereitgelegt. Damit sie beschäftigt sei und ihn nicht störe, hatte er erklärt. Doch statt in dem Magazin zu blättern, betrachtete Anna ihren zukünftigen Ehemann lieber durch die offene Küchentür. Er hatte sich eine Schürze umgebunden und rührte mit der linken Hand umständlich in der Bratpfanne. In der rechten Hand hielt er ein Kochbuch, in dem er abwechselnd las oder den aus der Pfanne aufsteigenden Dampf wegwedelte. Gemäß seiner Ankündigung sollte es mediterranes Gemüse mit Rosmarinkartoffeln und Lachs in Zitronenkruste geben. Derzeit roch es vor allem nach viel heißem Fett. Bernd war so konzentriert, dass er das Klingeln seines Handys nicht hörte. Das Geräusch kam aus seiner schwarzen Ledertasche, die er immer zur Arbeit mitnahm. Sie lag neben Anna auf dem Stuhl am Esstisch.

»Dein Handy klingelt schon zum dritten Mal«, rief sie ihm zu. »Magst du nicht mal drangehen?«

»Mist, das hab ich gar nicht gehört. Kannst du es mir bringen? Sonst verbrennen die Auberginen!«

»Oh, ich darf ins heilige Reich des Meisterkochs?«, antwortete Anna lachend und kramte in der Tasche.

Ihr Lachen erfror nach wenigen Sekunden, als sie die rote Schachtel in der Tasche entdeckte. Sie hob die Box aus der Tasche und öffnete den Deckel, um zu überprüfen, was sie ohnehin schon wusste: Darin steckten die Einladungskarten für ihre Hochzeit. Anna hatte sie vor zwei Wochen in stundenlanger Nachtschicht gebastelt. Am nächsten Morgen hatte ihr Bernd versprochen, sich so schnell wie möglich um den Versand zu kümmern. Schlagartig wurde Anna klar, warum sie bislang noch keine einzige Rückmeldung zu ihren Einladungen bekommen hatte.

Anna ging in die Küche. Statt des Handys hielt sie Bernd die Schachtel ans Ohr.

»Was soll das?«, fragte er irritiert.

»Die Karten würden gerne wissen, warum sie seit Ewigkeiten in deiner Tasche rumgetragen werden«, sagte Anna in gereiztem Tonfall.

Bernd blickte erst zu Anna und dann zu der geöffneten Schachtel mit den fein säuberlich einsortierten Umschlägen. Dann wischte er sich verlegen über die Stirn, während er stammelnd antwortete: »Sorry, Schatz! Das hab ich total vergessen. Ich wollte sie wirklich abschicken, aber mir ist ständig was dazwischengekommen.«

»Zwei Wochen übersiehst du jeden Tag diese rote Box in deiner Tasche?« Anna hielt sie ihm jetzt direkt vor die Augen.

Bernd wischte ihren Arm zur Seite. »Es war so! Mal war ein

ewiger Stau in der Früh und am nächsten Tag war so eine lange Schlange in der Post. Aber ich wollte mich wirklich morgen darum kümmern.«

»Oder übermorgen oder irgendwann nächste Woche oder nächsten Monat, nicht wahr? Ich war fast die ganze Nacht wach, um die Karten fertig zu machen. Dich hatte ich nur darum gebeten, sie bei der Post abzugeben. Das ist eine Sache von zehn Minuten. Und wenn die Schlange etwas länger ist, dauert es eben zwanzig Minuten. Aber klar: Deine Zeit ist viel kostbarer als meine. Das Schreiben der Karten ist für mich ja die pure Freude, nicht wahr?« Anna hatte sich richtig in Rage geredet. Ihre Lippen bebten.

»Aber es macht dir doch Spaß, dachte ich.« Er wedelte hilflos mit dem Kochlöffel in der Luft herum. In seiner Schürze kam er Anna auf einmal ziemlich lächerlich vor.

»Statt heute Rosmarin und Gewürzsalz und sonst was in der Stadt zu kaufen, hättest du doch einfach zur Post gehen können. Wenn es dir angeblich soo wichtig gewesen wäre«, sagte Anna. Sie war jetzt kurz davor, gleich loszuheulen.

»Morgen hatte ich es vor. Ganz bestimmt. Glaub mir …«, stotterte Bernd.

Auf einmal zischte es laut. Die Auberginen waren dabei, sich in eine Rauchwolke aufzulösen. Bernd drehte sich um. Die dunklen Nebelschwaden aus der Pfanne schienen ihn erst wieder daran zu erinnern, dass die Kochplatte immer noch voll aufgedreht war.

»Mist, das Essen! Können wir vielleicht nachher weiterreden? Ich muss das hier irgendwie retten. Verdammt!«, fluchte er.

»Ich hab jedenfalls keinen Appetit mehr!«, rief Anna.

Sie verließ die Küche, lief ins Schlafzimmer und sperrte die

Tür hinter sich zu. Dort setzte sie sich auf das Bett und blickte durch tränenverschwommene Augen auf die Karten, die sie immer noch in den Händen hielt. Jetzt merkte sie, dass die Umschläge den fettigen Geruch von Bernds verbranntem Essen angenommen hatten. So konnte sie die Briefe unmöglich abschicken. Anna dachte an all die Arbeit, die sie sich damit gemacht hatte. Sie ließ die Karten auf den Boden fallen. Nur eine blieb noch in ihrer Hand und die zerriss sie langsam und traurig in winzig kleine Papierschnipsel.

14. Mai: »Nichts ist kläglicher als Humor in zu engen Schuhen.«

Annette von Droste-Hülshoff

Anna hatte wieder nicht gut geschlafen und war früh wach. Sie saß am Frühstückstisch mit einer Tasse Kaffee und klappte ihren Laptop auf. Sie hatte es sich schon angewöhnt, diese frühen Stunden für Abrechnungen und Bestellungen zu nutzen. Als sie ihr E-Mail-Postfach aufrief, fiel ihr eine Nachricht ihres Vaters ins Auge. Sofort klickte sie auf das Symbol mit dem geschlossenen Briefumschlag. In der Betreffzeile stand »Hochzeitseinladung«.

Nach dem verpatzten Versand letzte Woche hatte Anna am nächsten Tag alle Umschläge mit Katjas Hilfe ersetzt. Erst hatten sie noch vergeblich versucht, den Küchengeruch mit Rosenparfum zu überdecken. Aber der süße Duft machte alles eher noch schlimmer. Bernd hatte ihr geschworen, die neu frankierten Karten so schnell wie möglich zur Post zu bringen. Und diesmal hatte er sein Versprechen offensichtlich eingehalten: Die ersten Sendungen mussten ihre Adressaten erreicht haben.

Betreff: Hochzeitseinladung
Gesendet am 13.05.2017, 20:52 Uhr

Hallo Anna,
wir haben gestern deine Karte erhalten. Melanie hat schon vermutet, du würdest uns gar nicht mehr einladen wollen, weil

keine Post von dir kam. Meine etwas übergenaue Ehefrau ist der festen Überzeugung, dass man Einladungen mindestens ein halbes Jahr früher verschickt. Aber ich wusste ja, wie gerne du deine Familie dabeihaben willst. Auf jeden Fall haben wir uns gefreut, als die offizielle Einladung endlich da war. Wir drei kommen natürlich!
Außerdem wollte ich dich noch informieren, dass Melanie die nächsten Tage zu einem Kongress nach München kommt. Ich selbst hüte brav die Praxis und passe auf Tibor auf. Sie möchte aber unbedingt in deinem Laden vorbeikommen, wenn sie es irgendwie zeitlich schafft. Bin gespannt, was sie mir erzählt.
Viele Grüße!
Dein Papa

Anna las die Mail gleich zweimal, weil sie beim ersten Mal zu aufgeregt war, um alles zu verstehen. Und dann las sie die Mail noch ein drittes Mal. So kurz sie war, so viele Informationen enthielt sie doch. »*Meine etwas übergenaue Ehefrau ist der festen Überzeugung, dass man Einladungen mindestens ein halbes Jahr früher verschickt.*« – dieser Satz versetzte Anna auch beim dritten Durchlesen noch einen Stich in den Magen. Und das Allerschlimmste dabei war: Melanie hatte sogar recht. Wenn bei Anna alles nach Plan gelaufen wäre, hätte sie die Dinge so erledigen können, wie es in jedem Hochzeitsratgeber zu lesen war. Aber bei ihr lief nun mal gerade ziemlich wenig nach Plan. Das Letzte, was sie jetzt brauchen konnte, war ein Zeigestab, der darauf noch herumdeutete.

Anna wusste, dass Melanie ihre Hochzeit perfekt geplant hatte. Und ihr bis über beide Ohren verliebter Vater hatte natürlich alle Wünsche seiner Braut erfüllt und ihr keinerlei zusätzliche Arbeit bereitet. Anders als Bernd. Anna war klar, dass ihr Vater die Mail ohne jede böse Absicht geschrieben hatte. Er hatte sich ja immer gewünscht, seine Tochter und Melanie könnten irgendwann so was wie Freundinnen werden. Und jetzt würde sie bald auch noch in ihrem Laden herumstolzieren und ihr überflüssige Erfolgstipps geben. Ihr Vater war so angetan von seiner neuen Frau – es schien ihm natürlich unbegreiflich, jemand könnte sie nicht mögen.

Anna musste von ihrem Stuhl aufstehen. Wenn sie sich aufregte, konnte sie nicht einfach ruhig sitzen bleiben. Sie lief nervös zum Fenster ohne einen Blick nach draußen zu werfen. Dann ging sie wieder zurück zum Tisch, blieb stehen und starrte auf den Monitor des Computers. Jedem Versuch, ihrem Vater anzudeuten, warum sie seine Begeisterung für Melanie nicht mit ihm teilte, ging er konsequent aus dem Weg. Und das erinnerte Anna zugleich auch an ein zweites großes Problem rund um ihre Hochzeit. Es bestand genau aus vier Worten: *»Wir drei kommen natürlich!«* Es war allerhöchste Zeit, ihrer Mutter endlich zu erzählen, dass ihr Ex-Mann mit Frau und Kind zur Hochzeit anreisen würde. Bislang war jeder ihrer kümmerlichen Versuche gescheitert. Mal konnte sie ihre Mutter nicht erreichen, mal gab es plötzlich Stress wegen des Ladens, wegen der Hochzeit oder wegen etwas anderem. Außerdem fehlten Anna oft schlicht die Nerven für dieses unangenehme Gespräch. Und jetzt war es gerade 6:45 Uhr morgens und nicht unbedingt der beste Zeitpunkt für so ein Telefonat.

Anna vernahm am Geräusch des fließenden Wassers, dass Bernd aufgestanden war. Statt ihm das Frühstück vorzubereiten, setzte sie sich und rührte weiter in ihrer Tasse. Ihren Streit von letzter Woche hatten sie nach zwei Tagen, an denen sie kein Wort mit ihm gewechselt hatte, für beendet erklärt. Bernd hatte mit einem gewaltigen Rosenstrauß und seinem traurigsten Augenaufschlag um Verzeihung gebeten und Anna hatte nachgegeben. Aber so ganz vergessen konnte sie die Sache nicht. Auch wenn sie sich wirklich bemühte. Ein bisschen Enttäuschung über seine Nachlässigkeit blieb einfach zurück.

»Guten Morgen«, sagte Bernd, als er aus dem Bad kam und ihr einen Kuss auf die Stirn gab.

»Morgen«, murmelte Anna kaum hörbar.

Bernd setzte sich mit einem Teller und einem Glas Schokoladencreme zu ihr an den Tisch. Er bestrich sich eines seiner Brote und biss davon ab. Anna fand seinen mit Schokolade verschmierten Mund heute nicht süß, sondern albern.

»Ist irgendwas?«, fragte er kauend.

Anna überlegte kurz, ob sie ihm von der Mail erzählen sollte. Eigentlich hatte sie keine Lust, sich noch weiter darüber aufzuregen. Aber sie konnte sich schlecht verstellen und es war offensichtlich, dass sie miese Laune hatte.

»Ich hab gerade eine Mail von meinem Vater bekommen«, murmelte sie.

»Das ist doch was Gutes, oder?«, erkundigte er sich und betonte dabei jedes Wort merkwürdig achtsam. Seit dem Streit behandelte er sie wie eine zerbrechliche Puppe aus Porzellan, was Anna wiederum ziemlich nervte.

»Nicht direkt. Er hat mir geschrieben, dass Melanie nächste Woche zu Besuch in meinen Laden kommt«, antwortete sie und rührte lustlos in ihrer Tasse.

»Hat er auch was zur Einladung geschrieben?« Seine Stimme klang unsicher. »Ist sie angekommen?«

»Ja, sie ist angekommen«, antwortete Anna. Der Laptop war noch aufgeklappt und die Mail leuchtete ihr entgegen.

»Das sind aber tolle Nachrichten, nicht wahr?«, resümierte Bernd und lächelte sie an.

Klar, man kann sich natürlich auch an den ganz alltäglichen Dingen erfreuen, dachte Anna. Zum Beispiel daran, dass Einladungen überhaupt ankamen. Auch wenn das absolut nicht die Vorstellung ihrer einzigartig perfekten Traumhochzeit war. Aber bei Traumhochzeiten gab es ja ohnehin keine problematischen Familienverhältnisse und keine Pannen bei der Vorbereitung. Da lief alles glatt. Genauso, wie Anna es sich immer für ihr eigenes Fest vorgestellt hatte.

Statt auf Bernds Frage zu antworten, klappte sie den Laptop zu. »Ich geh in die Badewanne.«

»Jetzt? Um diese Zeit?«, fragte Bernd verwundert.

»Ja, ich brauch Erholung. Der Tag heute war mir schon zu viel!«

»Du bist doch gerade erst aufgestanden«, hörte sie noch. Aber da hatte sie schon die Badezimmertür hinter sich abgeschlossen und den Wasserhahn aufgedreht. Wenigstens eine halbe Stunde wollte sie jetzt an nichts denken, was sie irgendwie aufregen würde.

21. Mai: »Ein Fremder ist ein Freund, den man noch nicht kennt.«

Irisches Sprichwort

Es war halb sieben Uhr abends, als Melanie den Laden betrat. Sie trug ein dunkelblaues Kostüm. An ihrem Blazer war ein Schild mit ihrem Namen befestigt – sie war scheinbar direkt von dem Zahnärzte-Kongress hergefahren. Anna dachte an den Kalenderspruch dieser Woche, als Melanie auf sie zukam: *»Ein Fremder ist ein Freund, den man noch nicht kennt.«* Sie hatte längst eingesehen, dass es ohnehin keinen Sinn ergab, wenn sie der neuen Frau ihres Vaters immer nur mit Vorbehalt begegnete. Wie es aussah, würde sie wohl noch viele Jahre mit ihr klarkommen müssen. Wäre es da nicht vielleicht auch sinnvoll, einmal ernsthaft zu versuchen, sie besser kennenzulernen? Sie mussten ja nicht gleich die dicksten Freundinnen werden.

Melanies Begeisterung, als sie sich im Geschäft umblickte, wirkte auf jeden Fall nicht gespielt. Sie entschuldigte sich, dass sie es wegen eines Staus nicht früher geschafft hatte. Anna kam die Verspätung ganz gelegen. An der Tür des »Vintage Salons« hing längst das »Geschlossen«-Schild. So musste sie nicht zwischen Kundenberatungen und Privatgespräch hin- und herspringen. Sie hatte für Melanies Besuch ein paar Antipasti-Häppchen und eine Flasche Rosé-Wein bereitgestellt.

»Darf ich dir ein Glas einschenken?«, fragte Anna, während Melanie sich noch im Laden umschaute.

»Oh, gerne«, antwortete sie und nahm ein Paar Brautschuhe in die Hände. »Die sind ja toll! Darf ich die anprobieren?«

»Nur zu! Ich hoffe, deine Größe ist noch da. Die sind ziemlich begehrt«, sagte Anna nicht ohne Stolz.

Seit der Neueröffnung hatte sie schon zum zweiten Mal einige Modelle nachbestellt. Gerade jetzt bei dem warmen Wetter schlüpften viele Kundinnen schnell aus ihren eigenen Sandalen, um eines der Paare anzuprobieren. Melanie hatte sich für die cremefarbene Sandalette mit einer applizierten Lederblüte und Riemchen um die Fesseln entschieden.

»Wow, die sind sogar bequem«, sagte sie und lief auf Anna zu, die ihr ein Glas Wein entgegenhielt. »Lass uns auf deinen Laden anstoßen. Und darauf, dass wir mal zusammen ein bisschen quatschen können.«

Anna zögerte kurz, bevor sie ihr Glas hob. Mit Melanie wie mit einer guten Freundin anzustoßen kam ihr doch etwas seltsam vor. Andererseits konnte sie ihre Aufforderung schlecht ablehnen.

»Dann also auf den Laden«, sagte sie und fügte nach einer kurzen Pause hinzu: »Und auf uns.«

Nachdem sie angestoßen hatten und eine Weile schweigend mitten im Geschäft herumstanden, deutete Anna auf ihr Sofa. »Magst du dich setzen?«

Melanie nahm das Angebot lächelnd an. »Hab ich dir mal verraten, dass ich früher auch immer einen eigenen Laden haben wollte?«

Anna schüttelte verwundert den Kopf. Sie hörte nicht zum ersten Mal so etwas. Viele Kunden erzählten ihr, sie würden heimlich den Traum eines eigenen Geschäfts hegen. Ausgerechnet von ihrer zielstrebigen Stiefmutter hätte sie solche Pläne allerdings nicht erwartet.

»Wieso bist du dann Zahnärztin geworden?«, fragte Anna verwundert.

»Ich denke, Zahnärztin ist der leichtere Job. Man weiß immer, wo die Probleme liegen – nämlich genau im Mund. Dann bohrt man ein bisschen, macht eine Füllung rein und schon ist es besser. Wenn ich so einen Laden eröffnen würde, wüsste ich gar nicht, wo ich mit der Arbeit anfangen sollte.« Melanie machte eine Pause und ließ ihren Blick schweifen. Dann wendete sie plötzlich ihren Kopf und fixierte Anna mit ihren eng beieinanderstehenden Augen. »Aber es gibt auch noch einen anderen Grund, warum ich Zahnärztin geworden bin. Wegen des Geldes. Man verdient einfach viel mehr.«

Anna wusste nicht genau, wie sie auf diese Antwort reagieren sollte. Sie hatte schon immer geahnt, dass Melanie nicht gerade bescheidene Lebensansprüche hatte. Aber die Offenheit, mit der sie das ihr gegenüber zugab, überraschte sie trotzdem.

»Reich wird man durch so ein Geschäft auch wirklich nicht«, sagte Anna und sprach schnell weiter. Sie wollte nicht bedauert werden. »Aber die neuen Hochzeitssachen laufen sehr gut. Nur muss eben ständig auch was Neues her, damit die Leute immer wieder kommen. Gerade sind diese Papierlampions für Gartenpartys eingetroffen.« Anna deutete auf pastellfarbene Laternen aus Transparentpapier, die sie an der Decke befestigt hatte. »Heute hat ein Brautpaar für sein Fest gleich dreißig Stück davon bestellt.«

Melanie war mittlerweile vom Sofa aufgestanden, um Annas Laternenhimmel genauer zu betrachten. »Du hast wirklich ein Talent für so was.« Wieder klang ihre Bewunderung echt.

Anna stellte sich neben sie und blickte ebenfalls nach oben. »Das ist nett von dir. Hat mich viel Arbeit gekostet, all die

Laternen aufzuhängen. Mit so einem Laden wird man auch zu einer richtigen Handwerkerin. Du müsstest mal Bernd sehen, wie er auf der Leiter immer rumwackelt.«

»Wie dein Vater. Er ist zwar ein toller Zahnarzt, aber für das grob Handwerkliche ist er nicht zu gebrauchen«, sagte Melanie und kicherte so vergnügt wie ein Teenager.

Eigentlich war der Besuch gar nicht so schlimm, dachte Anna. Auf ihre Art war ihre ungewöhnliche Stiefmutter vielleicht doch ganz nett.

Auf einmal stupste sie Melanie leicht mit der Schulter an. »Ach, übrigens. Ich war gestern zufällig in dem Restaurant, wo ihr feiern wollt. Bei der Anreise bin ich daran vorbeigekommen. Dann wollte ich gleich eines der Gästezimmer reservieren. Es ist wirklich ein ganz hübsches Lokal. Also so weit ich es unter dem Baugerüst sehen konnte.«

»Dem Baugerüst?« Anna blickte sie überrascht an.

»Ja, das ganze Gebäude wird ja irgendwie saniert. Wusstest du davon gar nichts?«, fragte Melanie erstaunt.

Annas Herz klopfte. Bernd hatte sich damals um die Buchung gekümmert und nie von irgendwelchen Umbaumaßnahmen erzählt. Sie hatte sich längst vorgenommen, selbst noch mal hinzufahren, um alles genauer abzusprechen. Nur bislang hatte ihr die Zeit dafür gefehlt.

»Ehrlich gesagt hatte ich keine Ahnung davon! Vielleicht ist das irgendein Wasserschaden, der schnell beseitigt werden muss. Dann ist das Problem zu unserer Hochzeit bestimmt wieder behoben«, vermutete Anna – oder vielmehr hoffte sie es.

»Ja, so wird es sein. Gerade sieht es nicht festlich aus. Mit diesen schönen Schuhen könnte man dort jedenfalls nicht rumlaufen. Eher mit Gummistiefeln.« Melanie deutete lachend auf die Brautschuhe, die sie immer noch an den Füßen trug.

Anna war nicht nach Lachen zumute. Sie hoffte, dass sich diese Sache ganz schnell klären ließ. Am liebsten würde sie jetzt sofort Bernd anrufen und mit ihm darüber sprechen. Aber Melanie hatte sich gerade wieder auf das Sofa gesetzt und Wein in die Gläser nachgeschenkt. Anna blickte eine Weile ratlos hoch zu ihrem Laternenhimmel, ehe sie langsam auf ihren Gast zuschritt. Sie wollte nicht, dass Melanie mitbekam, wie sehr sie die Neuigkeiten beunruhigt hatten.

28. Mai: »Die Überraschungen des Lebens haben schon die sichersten Reiter aus dem Sattel gehoben.«

Friedrich Schiller

Katja war als seelische Unterstützung mitgekommen. Sie saß auf einem der Hintersitze des Autos und plauderte über Erlebnisse von ihrer Arbeit als Sprachlehrerin – es schien so, als wollte sie Anna unbedingt auf andere Gedanken bringen.

»Hab ich euch schon erzählt, dass einer meiner Schüler zur Abschlussprüfung ein gezinktes Stofftier mitgebracht hat?«, sagte sie und lehnte sich dabei so weit nach vorne, wie es ihr Anschnallgurt erlaubte. »Er hatte es mir als Glücksbringer verkauft. In dem Bauch des Teddys war ein Handy eingebaut. Wahrscheinlich wäre mir die Schummelei gar nicht aufgefallen, wenn der Schüler kein Ein-Meter-neunzig-Mann mit Vollbart gewesen wäre. So ein Typ, der definitiv kein Bärchen als Glücksbringer braucht. Aber ich muss sagen, wenn ich auch Noten auf originelle Trickserei geben könnte, hätte er glatt eine Eins mit Auszeichnung verdient.«

Bernd, der am Lenkrad saß, warf ihr über den Rückspiegel einen neugierigen Blick zu. »Und so hast du ihn durchfallen lassen?«

»Musste ich ja, so auffällig, wie er ständig über den Bauch des Teddys gestreichelt hat. Meine Chefin hat jetzt sogar ein völliges Verbot für Glücksbringer bei Prüfungen verordnet. Ich werde zukünftig alle Hufeisen und Kuscheltiere einkassieren und sie euch zur Hochzeit schenken.« Beim letzten Satz streichelte Katja sanft über Annas Schulter.

Sie drehte sich daraufhin zu ihrer Freundin um. »Danke. Jede Menge Glück können wir jetzt wirklich gebrauchen. Hoffentlich wird es nicht so schlimm, wie ich befürchte«, murmelte Anna.

Seitdem Melanie ihr von den Renovierungsmaßnahmen des Hochzeitslokals erzählt hatte, war sie mehr oder weniger in einem Zustand der Dauerpanik. Auch Bernd hatten diese Neuheiten völlig überrascht. Er hatte die Buchung des Restaurants damals per Mail erledigt und alle Nachrichten gespeichert. Nirgends konnte er einen Hinweis auf eine geplante Renovierung finden. Sie entschlossen sich, an ihrem ersten gemeinsamen freien Tag selbst dorthin zu fahren. Doch ausgerechnet heute war der Himmel ziemlich bedeckt. Als sie das Restaurant im letzten Jahr entdeckt hatten, war es ein wolkenloser Tag gewesen. Das Licht ließ damals alle Farben hell aufleuchten. Bei dem schlechten Wetter heute wirkten jedoch selbst die Wiesen links und rechts neben der Straße merkwürdig grau. Als sie sich dem Restaurant näherten, bemühte sich Anna krampfhaft darum, auf jede denkbare Enttäuschung vorbereitet zu sein. Aber es half nichts! Während sie langsam auf das Seegrundstück einbogen, konnte Anna ihr Entsetzen nicht verbergen.

»Das darf doch nicht wahr sein!«, rief sie und griff reflexartig nach Bernds Hand, die gerade den Schalthebel bediente.

Das Gebäude war von zwei Seiten komplett in ein Baugerüst gehüllt. Seine Fassade mit den hübschen Fensterläden aus blau gestrichenem Holz war kaum zu sehen. Außerdem stand ein Baukran neben dem Lokal. Darunter war der Ansatz eines Neubaus aus steingrauen Betonplatten zu erkennen. Bernd,

Anna und Katja stiegen aus dem Wagen und umrundeten das Grundstück mit einer Mischung aus Schrecken und Neugierde. An der Seeseite blieben sie schließlich stehen.

Nachdem sie alle eine Weile wortlos auf das Restaurant geblickt hatten, durchbrach Bernd als Erster das Schweigen. »So schlimm ist es doch gar nicht, oder? Immerhin ist ja auf der Seeseite kein Gerüst. Wenn man auf der Terrasse vor dem Restaurant sitzt, fallen die Bauarbeiten kaum auf.«

»Natürlich sieht man es«, sagten Anna und Katja fast gleichzeitig, sodass beide kaum zu verstehen waren. Verdutzt blickten sie sich gegenseitig an.

»Also, ich wollte sagen, man sieht es schon. Aber vielleicht ist das Gerüst ja bis September längst wieder weg«, ergriff Katja erneut das Wort.

»Voraussichtlich wohl leider nicht«, machte Bernd ihre Hoffnung zunichte. »Ich hab da ja gleich letzte Woche angerufen. Es hieß, wir sollen uns darauf einstellen, dass die Umbaumaßnahmen noch bis Oktober dauern.«

»Ach herrje! Warum hat man euch das denn nicht schon im Januar angekündigt?«, fragte Katja.

»Das hab ich natürlich auch gefragt. Es gab wohl kurz nach unserer Reservierung einen Besitzerwechsel und dann wurde erst der Umbau beschlossen. Eigentlich wurden alle gebuchten Veranstaltungen informiert. Alle – außer wir. Ich habe mich natürlich tierisch aufgeregt! Das könnt ihr euch vorstellen. Ist ja eine echte Unverschämtheit!«, fluchte Bernd. Auf einmal erhellte sich seine Miene. »Da fällt mir noch was ein. Der neue Chef hatte mir als Entschädigung einen ziemlich hohen Preisnachlass für die Hochzeit versprochen. Als Wiedergutmachung sozusagen.«

»Dadurch wird es auch nicht besser«, mischte Anna sich ein.

Der finanzielle Anreiz war für sie kein Trost. Wie oft hatte sie sich in den letzten Monaten ihre Hochzeit bis ins kleinste Detail vorgestellt. Laternen in den Bäumen, Tische mit Blumen geschmückt, Windlichter auf dem Steg zum Wasser – im Hintergrund das hübsche Lokal am See. Dann natürlich die Zeremonie im Garten mit weißen Stühlen unter einem großen Zeltdach. Sie wollte einen Teppich aus Rosenblättern verstreuen. Jetzt konnte sie sich diese Szenerie kaum mehr vor Augen führen. Das Baugerüst, der Kran, die matschige Wiese und der halb fertige Rohbau zerstörten all ihre Träume. Es war alles so ernüchternd. Anna war sprachlos. Sie schnaubte nur geräuschvoll durch die Nase. Katja schien dennoch zu verstehen, was ihr durch den Kopf ging.

»Warum um alles in der Welt müssen die genau jetzt umbauen? Das ist doch eine echte Gemeinheit! Wieso nicht erst im nächsten Jahr?«, rief Katja und ihre Stimme klang richtig wütend.

»Der neue Besitzer hat eben leider erkannt, dass dieses Gebäude ein wahrer Schatz ist. Er wollte so schnell wie möglich ein kleines Wellnesshotel daraus zaubern. Die Sauna soll unbedingt bis zum Winteranfang fertig sein«, murmelte Anna traurig und deutete auf den Neubau.

Die drei hatten sich mittlerweile an einen der Tische auf der Terrasse gesetzt. Wegen des verhangenen Himmels gab es dort kaum andere Gäste. Auch vom Personal war niemand in Sichtweite. Wieder schwiegen sie eine Weile, ehe Bernd sich geräuschvoll räusperte.

»Der Besitzer hat uns übrigens auch einen vergünstigten Urlaub versprochen. Das habe ich höchstpersönlich noch als kleines Extra rausgehandelt. Ich meine, das ist doch toll, oder?«, sagte Bernd und legte seinen Arm um Annas Schulter.

Sie wischte seine Hand weg. Es nervte sie, wie schnell Bernd sich mit diesen Vergünstigungen um den Finger wickeln ließ. Als ob ein Schnäppchenurlaub ein misslungenes Hochzeitsfest irgendwie besser machen würde. Anna war wütend und verzweifelt.

»Hätte ich das im Januar gewusst, hätte ich noch was anderes suchen können. Aber jetzt haben wir keine Chance mehr, bis September einen guten Ersatz zu finden. Die interessanten Lokale sind alle seit Monaten ausgebucht«, sagte sie kopfschüttelnd.

»Ich hab's!«, rief Katja. Da immer noch keine Bedienung in Sichtweite war, hielt sie noch die Speisekarte in der Hand. Jetzt wedelte sie damit aufgeregt in der Luft herum. »Ihr macht daraus eine Motto-Party. Mit der Überschrift *Ehe – work in progress*. Oder noch besser: *Glück für immer – Wir arbeiten daran*. Ihr verteilt Bauhelme und Gummistiefel an die Gäste und dekoriert alles mit Bauschildern und reichlich Absperrbändern ...«

»Und zu trinken gibt's Dosenbier?« Anna fiel ihr ins Wort. »Die Idee ist ja wirklich lieb gemeint, aber du weißt doch, wie sehr ich erzwungene Motto-Partys hasse. Ich hab mir meine Hochzeit immer ganz anders vorgestellt. Ein romantisches Fest am See wie in einem Hollywoodfilm. Aber das kann ich mir wohl abschminken.«

Noch bevor Katja ihre Idee verteidigen konnte, sprang Bernd plötzlich auf. »Ich hole uns jetzt was zu trinken. Wenn der Chef da ist, lädt er uns bestimmt ein. Dann geht der Champagner aufs Haus«, verkündete er und lief in Richtung des Eingangs.

Anna verdrehte die Augen, als sie ihm hinterherblickte. Sie hatte heute keine Lust, sich irgendwas schönzutrinken. Wieso konnte denn nicht einfach mal etwas genau so laufen, wie es von ihr geplant war? Was hatte sie denn bitte schön verbrochen, dass sich ihre Hochzeit immer mehr zu einem Desaster entwickelte?

4. Juni: »Man muss immer tun, was man nicht lassen kann.«

Johann Wolfgang von Goethe

Anna saß am Abend auf dem Sofa und zappte durch die Fernsehkanäle. Bernd war in letzter Zeit oft länger in der Arbeit. Seine Abteilung arbeitete gerade an einer neuen Hupe für eine Luxuslimousine und er feilte an einem entsprechend eindrucksvollen Klang.

Wegen des anhaltend guten Geschäfts hatte Anna ihrer Aushilfe Ute endlich einen festen Vertrag anbieten können. Drei Tage pro Woche unterstützte sie Anna oder übernahm die Schicht ganz alleine. Für heute hatte Anna zu Hause eigentlich die Abrechnungen erledigen wollen, aber es fiel ihr schwer, sich zu konzentrieren. Immer wieder schweiften ihre Gedanken zu der Baustelle bei ihrem Lokal und zu all den anderen Dingen, die ihr im Zusammenhang mit der Hochzeit pausenloses Kopfzerbrechen bereiteten. Es hatte sich schon so vieles angehäuft, was schiefgelaufen war: der Konflikt mit ihrer Mutter wegen des Hochzeitskleides, der Streit wegen der Einladungskarten, Bernds missglückte Überraschung mit dem Ehering …

Auch das Fernsehprogramm konnte Anna nicht ablenken. Der Liebesfilm, bei dem die Romanze zwischen einem Förster und einer Adeligen aus Cornwall spannungslos auf ein unweigerlich rosiges Ende zusteuerte, nervte Anna. Eine übermäßige Portion Romantik konnte sie gerade überhaupt nicht vertragen. Auch der Krimi über einen Giftmord nach einem

Eifersuchtsdrama war nicht das richtige Mittel, um sie aufzuheitern. Sie sprang eine Weile lustlos zwischen beiden Filmen hin und her, bis sie sich endlich entschloss, den Fernseher ganz auszuschalten.

Insgeheim wusste sie, dass sie jemanden zum Reden brauchte. Jemanden, bei dem sie sich ausheulen konnte und der sie aus ihrem Stimmungstief herausholen würde. Katja kam diesmal nicht infrage. Sie war fest entschlossen, ihrer Freundin die Situation mit den Baumaßnahmen schönzureden. Eigentlich schätzte Anna ihre positive Sichtweise, aber in dieser speziellen Angelegenheit konnte sie mit Katjas Optimismus nicht viel anfangen. Natürlich bestand die Möglichkeit, an den Baukran einen riesigen Blumentopf zu hängen oder das Gerüst mit bunten Girlanden zu schmücken. Aber das war nicht ihre Vorstellung von einer Traumhochzeit. Und da sie nie vorgehabt hatte, noch ein zweites Mal zu heiraten, wollte sie kein Fest voller improvisierter Notlösungen. Das alles war einfach ein großer Mist und diesen Mist konnte man nicht weglächeln. Oder mit flatternden Fahnen schmücken. Mist blieb Mist.

Statt eine Freundin, die sich eifrig bemühte, ihr alles in Pastellfarben auszumalen, brauchte sie jemanden, der in Ruhe zuhörte. Auch Bernd kam nicht infrage. Er war mittlerweile überzeugt davon, dass die Baumaßnahmen eigentlich ein Glücksfall seien, da sie das Fest richtig erschwinglich machten. Diese Ansicht machte Anna besonders wütend. Was half ihr das gesparte Geld, wenn damit so viele Einschränkungen und Ärgernisse verbunden waren?

Bedrückt ging Anna die Namen im Adressverzeichnis ihres Handys durch und blieb schließlich bei »S« hängen. Sie überlegte kurz und tippte dann eine Nachricht.

Hallo Simon,
meintest du neulich nicht, dass ich mich bei dir melden soll, wenn meine Gedanken mal wieder Karussell fahren? Bräuchte dringend jemanden, der die Maschine zum Halten bringt …
Viele Grüße!
Anna

Sie las den Text nochmals durch. Ob Simon ihn verstehen würde? Schnell tippte Anna auf »Senden«, bevor sie die Grübelei zu sehr an ihrem Entschluss zweifeln ließ. Was hatte sie auch schon zu verlieren? Hatte Simon ihr nicht angeboten, sie könnte sich jederzeit bei ihm melden? Ein kurzes Vibrieren ihres Handys bestätigte sie in ihrem Plan. Im gleichen Moment erschien ein digitaler Briefumschlag mit einem kurzen Text auf dem Display.

Hi Anna,
was für eine tolle Überraschung! Bin im Stoppen von Gedanken-Karussellen selbst ernannter Profi. Nächste Woche wäre ich übrigens wieder in München. Sollen wir uns treffen?
Ciao
Simon

Anna lächelte, als sie die Antwort las. Schon zu wissen, dass es jemanden gab, der sich für ihre Sorgen interessierte, tat ihr gut. Sie überlegte, welcher Ort für eine Verabredung mit Simon passend sein könnte. Eine Bar schien ihr nicht geeignet. Die Verabredung sollte keinesfalls den Anschein eines Dates haben. Wie sie es Katja schon vor einigen Wochen versichert hatte, war sie nicht an einem Abenteuer mit ihrem Ex interessiert. Auch in ihrem Laden wollte sie Simon nicht wieder treffen. Sie verbrachte dort ohnehin genug Zeit. Endlich hatte sie eine Idee.

Hab mal gelesen, dass Spaziergänge in so einer Situation hilfreich sind. Frische Luft weht den Kopf frei oder so. Donnerstagnachmittag vielleicht? Um 15 Uhr an der Reichenbachbrücke?
Freu mich!
Anna

11. Juni: »Seit ich des Suchens müde ward, erlernte ich das Finden.«

Friedrich Nietzsche

Sie erkannte ihn schon von weitem. Rasch eilte Anna auf einen Kiosk zu, von dem aus Simon sie nicht entdecken konnte. Dort tat sie so, als ob sie die Zeitschriften hinter der Glaswand betrachtete. In Wirklichkeit versuchte Anna, ihr Spiegelbild in der Scheibe zu erkennen. Hatte sie so rote Wangen, wie es sich anfühlte? Auf einmal war sie ziemlich nervös. Seit letzter Woche hatte sie sich gar nicht mehr viele Gedanken über das Treffen gemacht. Heute Morgen hatte Anna noch überlegt, ob sie Bernd von der Verabredung erzählen sollte, und sich dagegen entschieden. Es war immerhin nur ein Treffen mit einem alten Freund, mehr nicht. Kein Grund, ihn unnötig eifersüchtig zu machen.

Als sie Simon durch die Glasscheibe des Kiosks auf der Uferwiese nahe der Brücke stehen sah, kam ihr die ganze Idee auf einmal ziemlich unüberlegt vor. Wollte sie ausgerechnet ihrem Ex, mit dem sie so lange keinen Kontakt mehr gehabt hatte, von all ihren Problemen erzählen? Oder sollte sie einfach in die Seitengasse einbiegen und ihm eine SMS schicken? Irgendeinen Notfall im Laden vorschieben. Eine kleine Lüge – Simon würde sicher nicht weiter nachbohren.

Jetzt fiel Anna ein, was sie ihm wegen des Gedanken-Karussells geschrieben hatte. Steckte sie nicht schon wieder mittendrin? Bevor sie noch weiter grübeln konnte, machte Anna einen beherzten Schritt hinter dem Kiosk hervor und ging auf

Simon zu. Er trug ein T-Shirt und knielange Shorts, die seine gebräunte Haut zeigten. Als er Anna erblickte, leuchteten zwei Reihen hellweißer Zähne zwischen seinem stoppeligen Dreitagebart hervor.

»Ich hoffe, du wartest noch nicht lange«, sagte Anna, als sie auf ihn zulief.

Sie wusste nicht genau, ob sie ihn zur Begrüßung umarmen oder ihm die Hand geben sollte. Sie blieb schließlich einfach vor ihm stehen und machte eine Art winkende Handbewegung.

Simon schien ihre Verlegenheit nicht bemerkt zu haben. Er lächelte immer noch. »Kein Problem. Ich stehe gerne hier herum und beobachte die Leute. Es gibt ständig was Interessantes zu entdecken.« Er schwenkte den Kopf nach rechts. »Siehst du zum Beispiel da drüben die Frau mit dem Buch auf der Picknickdecke? Sie starrt schon seit einer Viertelstunde auf die gleiche Seite. Entweder sie ist die langsamste Leserin der Welt oder in dem Buch steht etwas, das ihr Leben so umgekrempelt hat, dass sie jetzt erst mal eine Weile darüber nachdenken muss.«

»Du hast dich echt kaum verändert. Schon damals hast du immer gerne Leute beobachtet. Früher hast du auch noch heimlich Fotos gemacht«, sagte Anna. Sie war froh, dass Simon ihr den Gesprächseinstieg so einfach gemacht hatte.

»Das weißt du noch? Na, es gibt für mich eben nichts Spannenderes als echte Menschen«, sagte Simon.

Er lächelte immer noch. Genau so hatte ihn Anna in Erinnerung. Wenn ihn etwas begeisterte, konnte man es an seinen Mundwinkeln ablesen.

»Ich hab mir gerade noch überlegt, ob die Frau nicht vielleicht eine heimliche Spionin ist, die jemanden beschattet«, flüsterte er Anna geheimnisvoll zu. »Dann wäre sie aber eine ziemliche Anfängerin. Schon in meinem ersten Detektivbuch stand, wie man sich bei der Beschattung möglichst unauffällig verhält. Und dazu sollte man zum Beispiel beim angeblichen Lesen gelegentlich mal die Seite umblättern – sonst fliegt die Tarnung auf.«

»Dein erstes Detektivbuch? Hab ich da was verpasst?«, fragte Anna neugierig.

»Wie jeder Junge war ich natürlich erst mal aufstrebender Privatdetektiv, bevor ich angefangen habe, mich für Mädels zu interessieren«, antwortete Simon und zwinkerte ihr mit dem linken Auge zu.

Anna fiel wieder ein, dass sie auch dieses Zwinkern noch von früher kannte. Er hatte sich tatsächlich kein bisschen verändert.

»Als Filmregisseur kommen dir deine Spionagekenntnisse ja vielleicht wieder zugute. Spannende Geschichten aufdecken und so. Drehst du denn gerade irgendeine aufregende Doku?«, erkundigte sich Anna.

»So ungefähr. Ich bin wegen eines ziemlich aufwendigen Projekts hier«, antwortete Simon. »Aber lass uns nicht über mich reden. Du hattest ja etwas auf dem Herzen, worüber du sprechen wolltest, richtig?«

»Sollen wir am Ufer entlang in Richtung Tierpark laufen?«, wich Anna seiner Frage aus.

Nach dem unkomplizierten Gesprächseinstieg wäre es ihr am liebsten gewesen, sie hätte einfach weiter mit ihm im fröhlichen Tonfall plaudern können. Aber Simon schien darauf zu warten, dass sie zum eigentlichen Thema kam – zu den Sorgen, die Anna in ihrer SMS angedeutet hatte. Aber wo sollte sie anfangen? Und wie? So gingen sie eine Weile schweigend nebeneinander am Flussufer entlang.

»Ich kann natürlich auch von mir erzählen. Von meinem nächsten Projekt oder von der letzten Geburtstagsparty meiner Cousine oder von meinem vergangenen Urlaub«, sagte Simon nach einer Weile. »Aber eigentlich interessiert mich mehr, was dir auf dem Herzen liegt. Du hattest mich doch nicht zum Spaß kontaktiert. Vertrau mir, reden hilft. Versuch es doch einfach!«

Anna holte tief Luft und begann endlich zu sprechen. Von den Umbaumaßnahmen ihres Hochzeitslokals und davon, wie sehr sie sich ärgerte, dass nicht alles so lief, wie sie es geplant hatte. Es fiel ihr tatsächlich leichter, beim Spaziergehen über die Dinge zu sprechen. Sie erzählte ihm von den Hochzeitskarten, von Bernds Fehlkauf beim Ehering und von den Problemen mit ihren Eltern. Es war das erste Mal, dass sie all die Erlebnisse zusammenfasste. Anna hatte dabei ständig das Gefühl, noch irgendein Detail vergessen zu haben. Es waren so viele zusammengekommen in den letzten Monaten.

»Vielleicht bin ich ja selbst schuld. Womöglich habe ich zu genaue Vorstellungen. Und dann denke ich wieder, dass meine Wünsche doch auch nicht so außergewöhnlich sind. Jede andere Frau bekommt doch auch ihre Märchenhochzeit. Ohne irgendwelche unerwarteten Überraschungen, die ihr ständig ihre Pläne durchkreuzen …«, beendete Anna schließlich ihren Monolog.

Ihre Stimme klang trotzig – sie hatte sich regelrecht in Rage geredet. Während Anna gesprochen hatte, war Simon schweigend neben ihr hergelaufen. Sie hatte ihn nicht angesehen, sondern sich ganz auf ihre Gedanken konzentriert. Jetzt erst bemerkte sie, dass er seine Augen beinah geschlossen hatte.

»Bist du müde? Hab ich dich zu sehr gelangweilt?«, fragte sie zögernd.

»Quatsch. Ich denke nur nach«, protestierte er.

»Über was denn?«

»Na, über das, was du mir eben erzählt hast«, antwortete Simon und blieb stehen. Er blickte ihr jetzt direkt in die Augen.

»Und zu welcher Erkenntnis bist du gekommen?«, fragte Anna. Auch sie war stehen geblieben und sah Simon ratlos an.

»Ich weiß nicht genau, wie ich es dir sagen soll«, setzte Simon an. Er schwieg eine Weile, ehe er fortfuhr. »Womöglich täusche ich mich. Aber hast du dich nicht vielleicht zu sehr in die ganze Hochzeitssache verrannt? Ich meine, wenn sich mein Leben nur noch ums Heiraten drehen würde, dann würde ich mit Sicherheit durchdrehen.«

Anna war überrascht. Sie hatte eigentlich damit gerechnet, dass Simon ihr irgendwas Aufmunterndes sagen würde. Ein paar freundliche Worte, die Verständnis für ihre Sorgen zeigten. Sie war nicht auf so viel Offenheit gefasst gewesen.

»Bei jedem unserer letzten Treffen hast du immer sehr angespannt gewirkt. Gar nicht so wie jemand, der sich auf seine Hochzeit freut. Als lediger Junggeselle bin ich wirklich kein Heiratsexperte, aber irgendwie verbinde ich Hochzeiten mit Fröhlichkeit und nicht mit Verbissenheit«, sagte Simon. Noch immer fixierte er sie mit seinen Augen. Sie zeigten längst keine Lachfalten mehr, sondern wirkten so ernst, wie Anna sie noch nie zuvor gesehen hatte.

»Du findest also, dass ich verbissen bin?«, fragte sie erstaunt.

»Verbissen ist vielleicht das falsche Wort. Aber eben ziemlich unentspannt.«

Anna runzelte ihre Stirn. »Unentspannt? Und was soll ich denn deiner Meinung nach machen? Die Hochzeit absagen?

Und die ganze Hochzeitskollektion aus dem Laden werfen? Es ist doch klar, warum mich dieses Thema gerade einfach beschäftigt. Aber deswegen bin ich noch lange nicht unentspannt!« Den letzten Satz hatte sie beinah gerufen, sodass sich einige Spaziergänger nach ihnen umdrehten.

Sie standen noch immer am gleichen Platz unter einem hohen Baum. Simon trat nun näher auf sie zu und legte seinen Arm auf ihre Schulter. »Entschuldige, ich wollte dich nicht verletzten. Ist ja auch verständlich, wieso dich dieses Hochzeitsthema so auf Trab hält.« Nun lächelte er Anna an.

Sie bemühte sich, zurückzulächeln. Sie wollte nicht zickig wirken, selbst wenn ihr die Wörter »verbissen« und »unentspannt« noch wie ein lästiger Ohrwurm im Kopf herumspukten.

»Das alles macht mir ja auch Spaß. Das neue Ladenkonzept ist ein großer Erfolg. Jetzt kommen so viele Kunden wie schon lange nicht mehr. Wahrscheinlich wäre ich da ohne meine eigene Hochzeit nie darauf gekommen. So gesehen läuft ja alles einfach super in diesem Jahr. Trotz allem Ärger«, sagte Anna.

Noch immer starrte Simon sie an. Und wieder schoben sich seine Augenlider kurz zusammen und sein Blick wurde ungewohnt ernst. »Das klingt jetzt aber nicht ganz überzeugend. Weißt du, ich vermisse ein bisschen die alte Anna von früher, die so voller positiver Energie steckte. Du hast mich damit richtig umgehauen. Wie eine Rakete«, sagte er und ließ seinen Arm kurz wie einen Feuerwerkskörper steil nach oben in die Luft schnellen.

Anna sah ihn irritiert an. »Von welchem früher sprichst du denn? Als wir in der Schule waren? Hast du denn erwartet, dass die Zeit stehen geblieben ist und ich mich gar nicht verändert habe?«

Simon ging nicht auf Annas spöttischen Tonfall ein. »Klar verändern wir uns alle. Aber gibt es nicht auch Dinge, die wir uns bewahren sollten? Unsere Zuversicht zum Beispiel? Schau dich doch an: Du siehst super aus, bist total kreativ. Du hast jeden Grund, das Leben zu umarmen. Findest du nicht?«

»Ich finde …«, sagte Anna und brach mitten im Satz ab, um ihn neu zu beginnen. Ihre Stimme klang jetzt leise und traurig. »Ich finde, dass du dich tatsächlich gar nicht verändert hast. Als du damals nach London gegangen bist, war es genau das Gleiche. Du hast mir die ganze Zeit erzählt, wie toll das Leben doch sein kann. Es hätte mir wirklich gutgetan, wenn du versucht hättest, dich in meine Situation einzufühlen. Mir ging es echt mies damals! Der ewige Stress mit meinen Eltern! Und dir fiel nichts anderes ein, als alles auf die leichte Schulter zu nehmen …«

»Hey, das tut mir leid. Ich wusste nicht …«, sagte Simon, doch Anna ließ ihn nicht weitersprechen. Jetzt war sie an der Reihe, ihre Meinung zu sagen.

»Es ist ja schön für dich, wenn du die Welt jeden Tag durch die rosarote Brille siehst. Für andere Menschen besteht das Leben aber leider nicht nur aus Pink und Violett, sondern eben auch aus Hell und Dunkel und aus Schwarz, Tiefblau und Grau. Und da bringt es mir nichts, wenn du mir unbedingt weismachen möchtest, warum Schwarz eigentlich nur ein ganz dunkles Rosa ist. Das ist doch Unsinn!« Anna machte eine kurze Pause, ehe sie weitersprach. »Es war einfach eine dumme Idee, dir alles zu erzählen. Warum solltest ausgerechnet du mir helfen können? Das war eine echte Schnapsidee von mir …«

Simon hatte immer noch seine Hand auf ihrer Schulter liegen. Er ließ sie langsam nach unten sinken.

»Es ist wohl besser, wenn ich gehe«, sagte Anna, nachdem

Simon nichts weiter tat, als nur mit dem Kopf zu schütteln. Sie war wütend und wollte schnell nach Hause – am besten direkt in die Badewanne. Abtauchen und zur Ruhe kommen.

»Mach's gut«, sagte sie beim Weggehen. Und dann drehte sie sich um und ging davon, ohne zurückzuschauen.

18. Juni:
»Keine Angst vor deiner Fantasie: Kein Vogel kann zu hoch fliegen, wenn er seine eigenen Flügel benutzt.«

William Blake

Eine Hitzewelle hatte die Stadt erreicht. In Annas Laden sorgte ein Ventilator für etwas frische Luft. Für einen Samstag war wenig los. Eigentlich war es nicht sinnvoll, zu zweit hier zu sein. Aber Utes quirlige Art war genau das, was Anna gerade gut tat. Ihre Mitarbeiterin entpuppte sich immer mehr als echter Schatz. Sie steckte so voller Elan, dass Anna gar nicht anders konnte, als davon mitgerissen zu werden. Sie hatte sich in den letzten Wochen genug über die Pannen ihrer Hochzeitsplanung gesorgt – es war höchste Zeit, sich wieder mit ganzer Energie um ihr Geschäft zu kümmern. Ute hatte viele Ideen, wie man noch weiter Kundschaft anlocken konnte. Weil sie wie eine italienische Operndiva schwungvoll mit den Händen gestikulierte, begleitete jeden ihrer Sätze das Aneinanderklacken silberner Armreifen, die sie großzügig verteilt an beiden Handgelenken trug.

»Wir könnten hier doch auch mal eine kleine Brautmodenschau veranstalten. Mit Laufsteg und Musik und Blumenmädchen, die unsere Papierblüten streuen«, sagte Ute.

Anna stand an der Kasse und tippte Belege ein, während Ute aufgeregt durch den Laden lief.

»Eine Modenschau? Ist das dein Ernst?«, fragte Anna und wischte sich lachend über die Stirn. »Es wird Zeit, dass es endlich wieder kühler wird. Sonst steigt dir die Hitze noch richtig zu Kopf.«

Ute machte eine schwungvolle Drehung und ging auf die Verkaufstheke zu. »Das ist mein Ernst! Aus dem Yogastudio kenne ich viele Frauen, die bestimmt gerne als Models aushelfen würden. Die Leute lieben Modenschauen. Du wirst sehen – das bringt einen ganz neuen Schwung Kunden hierher.«

»Na, ich weiß nicht. Mit Brautmodenschauen stehe ich eigentlich auf Kriegsfuß«, sagte Anna. In ein paar kurzen Sätzen erzählte sie Ute von ihrem Erlebnis auf der Hochzeitsmesse mit ihrem verkorksten Auftritt auf dem Laufsteg.

Doch Ute ließ nicht locker. »Ach! Die Ausrede gilt nicht. Meine Tochter sagt immer: Mama, red nicht so viel und mach doch einfach! Teenager können nervig sein, aber manchmal haben sie einfach nur recht«, sagte sie lachend. »Außerdem hast du dich ja gerade selbst verraten: Die Leute haben gejohlt, als ihr die Kleider vorgeführt habt. Komm schon! Das wird witzig!«

»Stimmt ja. Modenschauen sind scheinbar wirklich sehr beliebt. Aber meinst du nicht, dass der Laden dafür zu klein ist?«, grübelte Anna.

Ute machte eine abwehrende Handbewegung, bei der ihre Armreifen erneut geräuschvoll klirrten. »Im Vergleich zu unserem Yogastudio ist dein Laden ein Ballsaal. Wenn man ein paar Tische zur Seite räumt, entsteht hier ein erstklassiger Laufsteg.«

Anna überlegte. Vielleicht war die Idee tatsächlich ganz gut. Bald kam die Urlaubszeit und damit neben der Nachweihnachts-Saison die zweite Phase des Jahres, in der ihr Laden nie besonders gut lief. Eine Aktion wie die Modenschau würde sicher dabei helfen, das Geschäft zu beleben. Sie könnte damit den Sommerschlussverkauf von Schuhen, Taschen und Schmuck ankurbeln. Nur woher sollte sie eigentlich die Kleider nehmen? Brautmode verkaufte sie ja aus gutem Grund nicht in ihrem Laden und daran wollte sie auch nichts ändern. Geschäfte mit Hochzeitskleidern gab es schließlich genug in der Stadt. Ob Frau Rosa ihr ein paar ausleihen würde? Es müssten kurze Kleider sein, die den Blick auf ihre Schuhe freigaben. Anna erinnerte sich, solche Modelle bei ihr gesehen zu haben.

Schließlich lenkte sie ein: »Je mehr ich darüber nachdenke, desto besser gefällt mir die Idee. Wenn ich es schaffe, an passende Kleider zu kommen, bin ich dabei. Unter einer Bedingung …«

Ute blickte sie neugierig an. »Die wäre?«

»Niemand darf mich zwingen, selbst auf den Laufsteg zu gehen. Ich habe meine klägliche Modelkarriere für immer und ewig an den Nagel gehängt«, verkündete Anna.

Ute hob spielerisch ihre Hand an die Schläfe, wie eine Matrosin, die einen Dienstbefehl bekommen hat. »Aye, aye, Captain!«, sagte sie grinsend. »Ich werde mich persönlich um dieses Anliegen kümmern. Sämtliche Hochzeitskleider, die dir zu nahe kommen, werden mit aller Gewalt abgewehrt!«

Anna lachte. »Du bist meine Rettung! Ich glaube, wir werden den Laden richtig auf Erfolgskurs bringen!«

Auf einmal fiel ihr wieder Simons Bemerkung ein. Sie war ganz und gar nicht verbissen und unentspannt. Er sollte jetzt hier sein und sie sehen. Anna war locker, sie war spontan und vor allem: Sie war sehr leidenschaftlich. Ganz besonders dann, wenn es um ihre Arbeit ging!

25. Juni: »Wahrer Reichtum besteht nicht im Besitz, sondern im Genießen.«

Ralph Waldo Emerson

Ich glaube, mir ist schlecht«, sagte Anna und ließ die Kuchengabel sinken.

Vor ihr standen zehn verschiedene Tortenstücke, von denen Bernd und sie abwechselnd kosteten. Während Anna die Hand auf ihren Bauch legte, schob sich Bernd genüsslich ein Stück Maracujasahnetorte in den Mund und danach gleich noch eine Portion Kaffeelikörschokokuchen hinterher – so als würde er an einem Wettessen teilnehmen. Doch es ging nicht um einen Wettkampf, sondern um die Wahl ihrer zukünftigen Hochzeitstorte. Bernd und Anna saßen in einer Ecke des Cafés einer Konditorei, die für ihre Kunstwerke aus Sahne und Biskuit bekannt war. Sie hatten sich schon vor Wochen zu einem Termin für eine Probeverkostung angemeldet. Anna bemerkte, dass im Café noch einige andere Brautpaare mit dem gleichen Ziel saßen. Auch sie hatten ein ganzes Dutzend verschiedener Tortenstücke vor sich auf dem Tisch stehen und verspeisten sie andächtig.

Als Bernd gerade Anstalten machte, noch ein drittes Stück Torte in den Mund zu schieben, hielt Anna seine Hand fest. »Hast du nicht gehört? Mir ist schlecht. Du musst also keine Angst haben – ich esse dir nichts weg«, sagte sie.

Bernd schluckte mehrmals, ehe er antwortete. »Wirklich? Dir ist schlecht? Also mir schmeckt es ausgezeichnet.«

»Man sieht es!«, entgegnete sie genervt.

Diesmal klang ihre Stimme so streng, dass sie selbst ein wenig darüber erschrak. Es war wohl etwas unfair, Bernd ausgerechnet heute bei der Hochzeitstortenverkostung seine Leidenschaft für Süßes vorzuhalten.

Anna schlug einen besänftigenden Ton an. »Vermutlich ist mir auch nicht wegen der Torten schlecht, sondern wegen der Modenschau«, räumte sie ein.

»Ach so«, raunte Bernd. Er befreite seine Kuchengabel aus Annas Hand und lud sich damit ein Stück Kokoscremetorte auf.

»Hoffentlich kommen Leute und hoffentlich wird der Laden nicht doch zu eng sein. Hoffentlich kann Frau Rosa noch ausreichend Kleider in den passenden Größen organisieren. Es müssen ja unbedingt kurze Kleider sein, damit man auch meine Schuhe gut sieht«, sagte Anna. Gedankenverloren hob sie den Zuckerstreuer hoch und ließ einige Körner in ihren Kaffee rieseln.

»Wer ist denn Frau Rosa?«, fragte Bernd und hob erneut die Gabel zum Mund.

Anna stöhnte auf und stellte den Zuckerstreuer genervt zurück auf die Tischplatte. »Das habe ich dir mindestens schon fünf Mal erzählt. So heißt die Verkäuferin, bei der ich mein Hochzeitskleid ausgesucht habe. Jedes Mal, wenn ich von ihr rede, machst du dich über ihren Namen lustig.«

»Kein Wunder, der Name ist auch einfach bescheuert!«, rief Bernd und kicherte dabei so amüsiert, dass ihm ein paar Kokoskrümel aus dem Mund fielen.

Anna blickte sich im Café um. Bernds Lachanfall war ihr peinlich. »So toll ist dein Nachname auch wieder nicht«, erwiderte sie gereizt.

Bernd wischte sich den Mund mit der Serviette ab und sah Anna erstaunt an.

»Was gibt es gegen Schmidt einzuwenden? Anna und Bernd Schmidt klingt doch super. Oder möchtest du vielleicht lieber weiterhin Martens heißen?«

»Nein, ich möchte einen gemeinsamen Namen. Aber ich hätte auch nichts gegen Anna Rosa einzuwenden.«

»Also ich hätte definitiv was dagegen, Bernd Rosa zu heißen. Meine Kollegen würden mich den ganzen Tag aufziehen«, kicherte Bernd. »Apropos Rosa. Ich finde die Himbeercremetorte am besten.«

Auch wenn Annas Magen sich immer noch etwas flau anfühlte, nahm sie eine kleine Gabel mit der rosafarbenen Torte und ließ die Creme einige Sekunden lang im Mund zergehen. Sie schmeckte sehr süß.

»Ich finde sie ehrlich gesagt ein bisschen gewöhnlich. Außerdem passen Himbeeren nicht so gut zu einer Herbsthochzeit. Mein Favorit ist der Traubenkuchen mit Nüssen«, sagte Anna.

Bernd schüttelte den Kopf. »Das ist überhaupt keine richtige Torte. Viel zu krümelig. Eine Hochzeitstorte braucht Buttercreme …«

»… von der jedem schlecht wird«, fiel Anna ihm ins Wort.

»Du musst ja nicht von dir auf andere schließen«, protestierte Bernd.

Anna seufzte. »Wäre die Käsesahnetorte mit Waldfrüchten ein Kompromiss? Die müsste doch jedem schmecken.«

»Entweder Himbeere oder Schokoladentorte«, sagte Bernd und verschränkte seine Arme. »Die anderen kommen für mich nicht infrage.«

»Es ist doch unsere gemeinsame Hochzeitstorte. Wir sollten

doch was finden, was wir beide mögen. Du weißt doch, dass ich deine Vorliebe für Schokoladencreme nicht teile«, sagte Anna. Sie konnte nicht verstehen, warum Bernd auf einmal so stur war.

Bernd löste seine Arme aus der Verschränkung und griff in seine Jackentasche. »Ich habe eine Idee! Wir werfen eine Münze.«

»Das ist doch nicht dein Ernst, oder?«, erwiderte Anna entsetzt.

»Warum? Sonst müssen wir uns zwangsweise für eine Torte entscheiden, von der keiner von uns völlig überzeugt ist. Ist doch besser, wenn wenigstens einer von uns richtig begeistert ist.« Bernd öffnete seinen Geldbeutel und kramte ein Zwei-Euro-Stück heraus. Er hielt es Anna entgegen. »Kopf oder Zahl?«

»Ich finde die Idee verrückt! Wir werden uns doch irgendwie wegen dieser Torte einigen können. Gerade hast du noch genüsslich ein Stück nach dem anderen gegessen und jetzt willst du mir erklären, dass nur Himbeere und Schoko akzeptabel sind. Die Pflaumentorte fandest du doch auch gut. Wäre das nicht ein Kompromiss?«, schlug Anna vor. Sie konnte immer noch nicht fassen, wie kindisch sich Bernd gerade verhielt. Er musste doch endlich zur Vernunft kommen.

»Kopf oder Zahl«, wiederholte Bernd, ohne auf Annas Frage einzugehen. Er hielt ihr die Münze direkt vor die Augen.

»Keins von beidem, und jetzt hör auf mit dem Unsinn! Die Leute schauen schon«, erwiderte Anna gereizt und wischte die Münze weg.

Bernd blickte sich im Raum um. »Niemand schaut. Und wenn, dann ist es mir schnurzegal. Lass mich die Sache doch auf meine Art lösen. Wenn du nichts sagst, dann nehme ich Kopf, okay?«

Anna antwortete nicht, sondern starrte nur fassungslos auf Bernd. Der schnippte unbekümmert die Münze nach oben, griff sie mit der linken Hand aus der Luft und drückte sie in der gleichen Bewegung auf seinen rechten Handrücken. Langsam hob er die linke Hand nach oben. Eine große Zwei war zu erkennen.

»Mist!«, fluchte Bernd und schlug seine geballte rechte Faust laut auf den Tisch.

Anna schwieg noch immer.

»Hey, du hast gewonnen! Du darfst jetzt die Torte aussuchen«, sagte Bernd. Wie einen Pokal schob er ihr nun feierlich die Münze über den Tisch. »Freust du dich denn gar nicht?«

Anna konnte die Situation nicht länger ertragen. Sie stand auf und zog ihre Jacke an, die hinter ihr auf dem Stuhl hing.

»Ich hätte mich gefreut, wenn wir zusammen die richtige Torte gefunden hätten. Eine, die uns beiden zusagt. Aber wenn das nicht möglich ist, dann eben Traubenkuchen. Wenn es dir nicht schmeckt, bist du wirklich selber schuld. Und jetzt muss ich noch in den Laden. Du kannst ja den Rest hier noch fertig essen«, sagte sie und stand auf.

Sie war ziemlich laut geworden, aber mittlerweile war es ihr auch schon egal, was die anderen Gäste über sie dachten. Anna musste dringend an die frische Luft und tief durchatmen, bevor sie vor Ärger platzte.

2. Juli:
»Besser auf neuen Wegen etwas stolpern, als in alten Pfaden auf der Stelle zu treten.«

Chinesisches Sprichwort

Das kleine Lager war nicht wiederzuerkennen. An jedem Regal hing ein Kleiderbügel mit einer weißen Robe aus Spitze und Tüll. Irgendwie war es Ute gelungen, genug Platz zu schaffen, damit sie und ihre beiden Kolleginnen aus dem Yogastudio sich umziehen konnten. Selbst einen riesigen Spiegel und eine improvisierte Schminkkommode hatten sie untergebracht.

»Und du meinst wirklich, dass ihr gut zurechtkommt?«, fragte Anna. »Ich hab echt ein schlechtes Gewissen, weil ihr hier nur so wenig Platz habt.«

Ute winkte ab. »Kein Problem. Wir schaffen das schon. Früher war man doch auch immer zu dritt in der H&M-Umkleidekabine und es ging irgendwie. Kümmer dich ruhig um die Besucher.«

Anna widersprach nicht länger und lief zurück in den Laden. In den letzten Minuten waren eine ganze Menge neuer Gäste gekommen. Katja und Dave hatten sich am Eingang postiert und reichten jedem Besucher ein Getränk. Weil es ein sehr heißer, fast schwüler Sommertag war, hatte sich Anna für Flaschen voller Limonade und Mineralwasser entschieden. Sie lagerten in einer großen Metallwanne mit einem Berg von Eiswürfeln. Anna hatte schon befürchtet, dass die heißen Temperaturen viele Leute zum Baden locken würde, aber ihr

Laden war beinahe übervoll. Sie bahnte sich einen Weg durch die Besuchermenge und ging auf Katja zu.

»Brauchen wir Getränkenachschub?«, fragte Anna.

»Wenn noch viele Leute kommen, könnte es knapp werden«, sagte Katja und wischte sich mit einem Taschentuch über ihre glänzende Stirn. »Wo bleibt eigentlich Bernd?«

»Keine Ahnung«, sagte Anna wahrheitsgemäß. Sie hatte schon längst mit ihm gerechnet. Bernd hatte ihr gestern versprochen, er würde den Termin nicht verpassen. In letzter Zeit sahen sie sich kaum noch, weil Bernd wegen seines neuen Projekts täglich Überstunden machte. Aber eigentlich wollte er sich heute ein paar Stunden extra für sie freinehmen. »Er hat gerade ziemlich viel zu tun in der Arbeit. Aber ich vermute mal, er kommt gleich«, ergänzte sie.

Ganz überzeugt von ihrer Vermutung war Anna allerdings nicht. Aber ihr blieb ohnehin keine Zeit für weitere Gespräche mit ihrer Freundin. Sie musste die Gäste begrüßen. Anna nahm ein paar Limonadenflaschen aus der Wanne und überreichte sie den neu ankommenden Besuchern. Es waren viele Leute dabei, die sie davor noch nie gesehen hatte. Anna erkannte auch einige ihrer Stammkunden wieder. Selbst Frau Kursell war gekommen. Sie hatte ihre Nichte dabei und winkte Anna vom anderen Ende des Raums aus zu. Als Anna gerade zu ihr gehen wollte, tippte sie jemand an die Schulter. Es war Ute, die einen Bademantel trug. Ihre Haare waren zu einem kunstvollen Knoten geflochten und mit einem goldenen Haarreif geschmückt.

»Wir sind dann so weit. Es wäre super, wenn du uns nicht mehr zu lange warten lässt. In der Garderobe ist es ziemlich heiß und stickig«, sagte sie und deutete auf den Lagerraum.

»Gib mir nur fünf Minuten, dann ziehe ich mich noch schnell um.«

Und schon huschte sie weg. Anna war klar, dass sie jetzt irgendwas sagen musste, um die Gäste offiziell zu begrüßen. Eigentlich war es ihr unangenehm, vor vielen Leuten zu sprechen. Sie schaute sich verzweifelt um, ob Bernd nicht noch im letzten Augenblick gekommen war. Ihm würde sofort irgendein lockerer Spruch einfallen, um die Aufmerksamkeit auf sich zu ziehen. Aber er war leider nirgends zu sehen. Anna musste die Situation alleine meistern. Bevor die Aufregung noch größer werden konnte, bahnte sie sich ihren Weg zur Ladentheke. Sie hatte für heute extra eine Soundanlage aufbauen lassen. Auf dem Tresen lag das Mikrofon bereit. Sie knipste es an und es quietschte ohrenbetäubend laut. Alle Gäste drehten sich nach ihr um. Annas Wangen wurden heiß. Es fühlte sich so an, als ob ihr Kopf gerade kirschrot anlief.

»Hallo!«, sagte sie und atmete tief durch. »Darf ich kurz um eure Aufmerksamkeit bitten?«

Anna bemerkte, wie ihre Stimme zitterte. Warum hatte sie nicht daran gedacht, eine Rede vorzubereiten? Was sollte sie jetzt sagen? Sie bekam weiche Knie und ihr war schwindelig. Ihr Hals fühlte sich trocken an. Anna warf einen sehnsüchtigen Blick auf die Getränkeflaschen in der eisgefüllten Wanne. Dabei fiel ihr Blick auch auf Katja, die ihr aufmunternd zulächelte. Plötzlich hatte sie eine Idee.

»Willkommen, liebe Gäste! Ich freue mich riesig, dass so viele Leute erschienen sind. Bevor es losgeht, möchte ich euch meinen heutigen Kalenderspruch verraten.« Annas Stimme wurde jetzt mit jedem Satz sicherer. »Meine liebe Freundin Katja, die euch am Eingang mit Erfrischungen versorgt, hat mir zum Beginn des Jahres einen tollen Kalender geschenkt mit Sprüchen für jede Woche. Ich bin immer wieder überrascht, wie viel Klugheit in einem einzigen Satz stecken kann. Heute gab es für mich zum Beispiel eine chinesische Weisheit: *Besser auf neuen Wegen etwas stolpern, als in alten Pfaden auf der Stelle zu treten*«, sagte Anna. Jetzt gelang es ihr sogar, ganz ungekünstelt zu lächeln. Sie machte eine Pause und blickte in die vielen Gesichter, die um sie herumstanden. Alle Gäste waren extra wegen ihres Ladens hier. Sie musste diesen Augenblick genießen.

Dann hob sie erneut das Mikrofon zum Mund. »Ich glaube, in meinem Leben ist dieser neue Weg ausnahmsweise ein Laufsteg. Und der führt erstmals durch diesen Laden. Man kann ihn grade nicht richtig sehen, deswegen würde ich euch bitten, den roten Teppich in der Mitte freizuhalten. Wenn irgendwas nicht ganz rundläuft, habt bitte Verständnis dafür. Wo es die hübschen Kleider zu kaufen gibt, erfahrt ihr auf den Flyern, die überall herumliegen. Schuhe, Schmuck, Taschen und alles andere rund ums Heiraten findet ihr hier bei mir. Dann würde ich sagen: Viel Vergnügen!«, rief Anna und strahlte übers ganze Gesicht.

Sie drehte die Anlage auf. Aus den Boxen tönten die ersten Klänge von Abbas »Dancing Queen«. Die Tür zum Lager öffnete sich und Ute stürmte hervor. Sie trug jetzt ein kurzes weißes Brautkleid im Sechzigerjahre-Stil, eine große Sonnenbrille und dazu rote Schuhe aus Annas Sortiment. In beiden Händen hielt sie Pompons aus Papier, die eigentlich zur Dekoration für Partys dienten. Ute verwendete sie wie ein Cheerleader und tanzte durch den Laden. Die Gäste applaudierten begeistert. Nach einer Weile öffnete Ute die Ladentür und trat nach draußen. Anna sah, wie die Fußgänger neugierig stehen blieben und klatschten. Während Ute auf der Straße für Stimmung sorgte, tauchten die nächsten Bräute aus der Garderobe auf und tanzten durch den Laden.

Anna stand hinter der Ladentheke und war einfach nur glücklich. Utes Idee war genial gewesen. Zum Glück hatte sie nicht lockergelassen und Anna davon überzeugt. Schon nach wenigen Minuten kamen die ersten Kunden zum Tresen, um Schuhe oder Taschen zu kaufen. Nie hätte sich Anna vorstellen können, welch ein Erfolg diese Modenschau werden könnte. Ihre Wangen waren wieder rot – aber diesmal nicht vor Hitze oder Aufregung, sondern vor Freude.

9. Juli: »Die höchste Form des Glücks ist ein Leben mit einem gewissen Grad an Verrücktheit.«

Erasmus von Rotterdam

Auf dem Esstisch stapelten sich Styroporboxen. Entgegen all ihrer Gewohnheiten aß Anna ihre Pizza Margherita, die sie auf dem Heimweg geholt hatte, direkt aus der Pappschachtel. Wenig später traf auch Bernd mit einer Plastiktüte von einem Imbiss ein. In letzter Zeit versorgte sich jeder meistens selbst mit einem Abendessen. Da sie selten zur gleichen Zeit nach Hause kamen, hatten sie es sich längst abgewöhnt, für den anderen etwas mitzubringen. Es wurde ohnehin immer nur kalt.

Heute war es das erste Mal seit Tagen, dass beide beim Abendessen aufeinandertrafen. Anna küsste Bernd zur Begrüßung und zündete eine Kerze an, die auf dem Esstisch stand. Auch wenn es kein selbst gekochtes Candle-Light-Dinner war, sollte es wenigstens ein bisschen gemütlich sein. Wein hatten sie keinen mehr zu Hause, aber Anna entdeckte noch eine Flasche Sekt im Kühlschrank. Sie ließ den Korken knallen, ging zurück zum Esstisch und stellte zwei Gläser auf den Tisch.

»Gibt es was zu feiern?«, fragte Bernd verwundert.

»Nicht wirklich. Aber die Tatsache, dass wir mal wieder abends zusammen essen, ist doch Grund genug, oder?«, entgegnete Anna und füllte vorsichtig das erste Glas mit dem schäumenden Getränk.

Bernd runzelte die Stirn. »Für mich bitte keinen Sekt!« Statt nach dem Glas zu greifen, setzte er sich theatralisch stöhnend auf seinen Stuhl. »Ich hab ziemliche Kopfschmerzen von der Arbeit.«

Anna wollte die Ausrede nicht gelten lassen. »Jetzt ist die Flasche doch schon offen. Du kannst ja einfach nur daran nippen.« Sie füllte das zweite Glas nur bis zur Hälfte und hielt ihm ihres zum Anstoßen entgegen.

Bernd hob sein Glas hoch, ließ es kurz gegen ihres klirren und stellte es sofort zurück auf den Tisch, ohne es an den Mund geführt zu haben.

Anna strich ihm durchs Haar. Sie kannte ihn gut genug, um zu wissen, wann er bemitleidet werden wollte. »Kommst du denn mit dem Projekt nicht gut voran?«

Bernd nahm eine weiße Styroporbox aus seiner Plastiktüte und öffnete sie umständlich. Ein kleiner Haufen gebratener Hähnchenschenkel kam zum Vorschein.

»Doch, aber es ist eben sehr kompliziert«, sagte er und hob einen Schenkel zum Mund. »Das ist nicht so wie in deinem Laden, wo du irgendwelche Sachen einräumst, um sie zu verkaufen. So ein Motorengeräusch ist wie eine Oper, nur mit viel mehr Instrumenten. Wenn man den Zündschlüssel umdreht, setzt man im Motor hunderte Bauteile in Bewegung und an alles muss ich denken.«

»Aber du hast doch Kollegen, die dir helfen«, sagte Anna. Sie hatte seine flapsige Bemerkung über ihren Job nicht überhört, aber sie ging bewusst nicht darauf ein. Bernd war schlecht gelaunt und sie wollte unnötige Diskussionen vermeiden.

»Klar, aber dieses Mal leite ich das Ganze. Und wenn alles gut läuft, kann das einen richtigen Karrieresprung für mich bedeuten.« Bernd griff auf einmal doch zum Sektglas und trank einen Schluck.

»Das ist doch toll!«, bemerkte Anna freudig.

»Mal abwarten. Es ist erst toll, wenn es meinem Chef auch gefällt«, raunte Bernd.

»Wo ist denn dein Optimismus hin? So kenne ich dich gar nicht? Das wird bestimmt ein Erfolg! Hey, das ist unser großes Jahr! Denn weißt du, ich plane auch einen beruflichen Wandel«, sagte Anna. Das Pizzastück, von dem sie eben abgebissen hatte, legte sie wieder zurück in die Schachtel. Sie wollte Bernd lieber von ihren Plänen berichten. »Ich will umbauen! Das Lager wird etwas kleiner und dafür habe ich dann mehr Platz im Laden. Außerdem möchte ich endlich den Linoleumboden gegen echtes Parkett auswechseln. Und dann will ich noch die große Theke durch einen schmaleren Tisch ersetzen, den man auch mal beiseiteschieben kann. Es soll alles ein bisschen großzügiger und luftiger werden.«

Statt etwas zu sagen, biss Bernd in den nächsten Hähnchenschenkel und kaute.

»Wie findest du denn meine Pläne?«, fragte Anna nach einer Weile.

Bernd wischte sich mit einer Papierserviette über den Mund. »Willst du dir diesen Stress ernsthaft so kurz vor unserer Hochzeit antun? Ich meine, hat so was nicht Zeit bis nächstes Jahr?«

Anna schüttelte den Kopf. »Ich muss doch den neuen Schwung mitnehmen, der den Laden gerade beflügelt. Du hättest letzte Woche bei der Modenschau dabei sein müssen! Es waren so viele Leute da und es war eindeutig zu eng. Ich darf jetzt nicht faul auf der Stelle treten. Die Konkurrenz schläft nicht.«

»Wenn du meinst«, sagte Bernd.

Anna war enttäuscht über seine Reaktion. Aber sie wollte

sich ihre gute Laune nicht verderben lassen. Bernd war gerade einfach zu sehr mit seiner Arbeit beschäftigt. Es war sinnlos, ihm Vorwürfe zu machen. Sie hatte auch nicht weiter nachgebohrt, warum er nicht zur Modenschau gekommen war. Und sie hatte auch heute keine Lust dazu, ihm seinen fehlenden Enthusiasmus vorzuhalten. Das änderte alles ohnehin nichts daran, dass sie selbst von ihrer Idee begeistert war. Seitdem Anna vorgestern mit Ute einen Entwurf ausgetüftelt hatte, wie man den Laden renovieren könnte, war sie richtig aufgeregt.

»Jetzt muss ich nur noch mit dem Vermieter sprechen. Irgendwie ist er wohl gerade verreist. Sobald er sein Einverständnis gibt, kann ich loslegen«, resümierte Anna vergnügt. Dann stand sie auf, setzte sich zu Bernd auf den Schoß und legte ihm den Arm um die Schulter. Er blickte sie verdutzt an. Anna küsste ihn und dann küsste sie ihn noch mal. »Du wirst im September eine ziemlich erfolgreiche Geschäftsfrau heiraten. Ist das nicht Grund genug, mich mal wieder als Dessert zu vernaschen?«

16. Juli: »Verweile nicht in der Vergangenheit, träume nicht von der Zukunft. Konzentriere dich auf den gegenwärtigen Moment.«

Siddhartha Gautama

Willst du noch die Post mitnehmen?«, rief Ute, als Anna schon an der Ladentüre stand.

Sie war in Eile. Anna hatte zusammen mit Katja einen Friseurtermin ausgemacht, der in ein paar Minuten beginnen würde. Nachdem sich ihre Friseurin Svenja in den Mutterschutz verabschiedet hatte, war es höchste Zeit, die Hochzeitsfrisur mit ihrer Nachfolgerin abzusprechen. Anna schnappte sich die Umschläge, die Ute ihr entgegenhielt, und eilte winkend zur Tür. Sie lief zu ihrem Fahrrad und trat so schnell in die Pedale, wie es der Stadtverkehr zuließ. Katja wartete schon vor dem Salon und nahm sie mit einer Umarmung in Empfang. Sie wollte heute ihre schulterlangen Haare radikal kürzen. Anders als Anna liebte sie regelmäßige Experimente. Seitdem beide befreundet waren, hatte Katja mindestens fünf Mal ihre Haarlänge komplett gewechselt.

»Schau mal, was ich mitgebracht habe«, sagte Katja und hielt eine schmale Schachtel in die Luft. Langsam hob sie selbst den Deckel nach oben und grinste dabei verschwörerisch. Braune, weiße und cremefarbene Teigklumpen kamen zum Vorschein. »Voilà. Meine ersten selbst gemachten Macarons. Es sind keine Schönheiten, aber sie schmecken köstlich.«

Anna war außer Atem von ihrem Sprint auf dem Fahrrad.

»Äh … interessant!«, sagte sie und musterte etwas irritiert das unförmige Gebäck.

Katja ließ nicht locker. »Du musst sie schon probieren. Sie schmecken besser, als sie aussehen!«

Anna suchte sich ein Exemplar aus, das ihr besonders bemitleidenswert erschien: ein hellgrünes Macaron in der Form eines geschmolzenen Kräuterbutterkleckses. Das kleine Häufchen verwandelte sich im Mund entgegen ihrer Erwartung in ein Geschmacksfeuerwerk. Die hauchfeinen Baiserhälften hüteten im Inneren eine sagenhafte Creme.

»Wow! Was ist da drinnen?«, fragte sie begeistert.

»Pistazie mit einem Hauch Basilikum. Eine Eigenkreation«, erklärte Katja. »Ich erprobe in den nächsten Wochen noch andere Varianten. Und die besten gibt es dann an deiner Hochzeit. Also natürlich nur, wenn sie bis dahin eher aussehen wie Macarons und nicht wie kleine Hundehaufen.«

»Solange deine Hundehaufen so wunderbar schmecken, sind sie auf der Hochzeit immer willkommen«, sagte Anna und hakte sich bei ihrer Freundin unter, um den Salon zu betreten.

Dort eilte ihnen gleich eine Mitarbeiterin entgegen.

»Ich bin Bea, sozusagen die neue Svenja«, stellte sie sich vor.

Anders als Svenja, die ihre rote Naturhaarfarbe nie färbte, zeigte Beas Kopf eine ganze Palette verschiedener Nuancen: Braune, blonde, kupferrote und orangefarbene Strähnen bildeten ein Farbspiel wie aus dem Pinselstrich eines expressionistischen Malers. Bea deutete auf zwei leere Stühle am hinteren Ende des Salons. Auch Katja, die von einem männlichen Mitarbeiter in Empfang genommen wurde, bekam einen der beiden Plätze zugewiesen. Anna kannte Marcel vom Sehen. Er trug einen Vollbart zum millimeterkurz rasierten Kopf. Unter den Ärmeln seines schwarzen T-Shirts blitzten bunte Tattoos hervor.

Als Katja und Anna saßen, stellten Bea und Marcel beinah gleichzeitig dieselbe Frage: »Was kann ich heute Gutes für dich tun?«

»Ich möchte was ganz Neues«, sagte Katja. Marcel grinste und formte Zeige- und Mittelfinger zu einer fiktiven Schere und schnappte damit kurz in der Luft herum.

»Ich möchte das Gleiche wie beim letzten Mal«, beeilte sich Anna zu sagen. »Also ich meine, das Gleiche wie beim letzten Mal bei Svenja.«

Bea verstand. »Sie hat mir extra ein paar Notizen hinterlassen. Aber ich könnte mir vorstellen, dass ein paar blonde Strähnen deinen Rot-Ton noch mehr zum Leuchten bringen.«

Anna schüttelte vehement den Kopf. »Ich habe mir immer geschworen, als echter Rotschopf zu heiraten. Farbexperimente hebe ich mir für die Zeit auf, wenn die ersten grauen Haare kommen.«

»Alles klar. Aber ein wenig Spitzen schneiden ist okay, oder? Deine Haare sind unten schon ein bisschen kaputt.«

Eigentlich hatte Anna sich vorgenommen, nur die Hochzeitsfrisur auszuprobieren. Svenja hatte ihr beim letzten Termin noch geraten, die Haare erst mal nicht mehr zu schneiden, damit sie sich gut flechten ließen. Aber sollte sie ihren großen Tag tatsächlich mit Spliss feiern?

»Nur ein ganz klitzekleines bisschen, okay?«, sagte Anna und suchte Beas Blickkontakt über den Spiegel. Sie wollte sichergehen, ob sie ihren Wunsch auch wirklich gehört hatte. Und sie wollte auch beobachten, ob Bea nicht die Augen verdrehte über ihre übervorsichtige Art. Doch Bea nickte nur lächelnd und Anna schämte sich ein wenig für ihre Friseur-Paranoia. Sie musste endlich damit aufhören, ständig so misstrauisch zu sein.

Bea ließ eine von Annas Haarsträhnen durch ihre Finger laufen, sodass nur ein pinselgroßes Büschel herausschaute. »Mehr als zwei Zentimeter müssen auf keinen Fall weg«, erklärte sie.

Anna lehnte sich jetzt beruhigt zurück und schaute nach rechts zu Katjas Stuhl. Sie war mit Marcel noch in ein Gespräch über die Wahl der neuen Haarfarbe vertieft. Katja hatte sich für ein komplettes Neuprogramm entschieden. Sie wollte ihre honiggelben Haare mit weißblonden Strähnen aufhellen. Anna war schon gespannt auf das Ergebnis. Solange es um andere Menschen ging, fand sie Haarexperimente richtig toll.

»Ich werde deine Haare nur feucht einsprühen und nicht waschen. Dann halten sie beim Hochstecken besser«, riss sie die Friseurin aus ihren Gedanken.

Als Bea den feinen Nebel auf sie herabrieseln ließ, fiel Annas Blick auf ihre Handtasche, die sie auf der Ablage abgestellt hatte. Um den Lederbeutel vor dem Wassernebel zu schützen, parkte sie ihn unter dem Tisch und fischte die Briefe raus, die Ute ihr beim Verlassen des Ladens zugesteckt hatte. Es waren vier Umschläge – einer davon blau und groß. Anna riss ihn mit einer flinken Handbewegung auf. Der Umschlag enthielt einen Katalog für die Herbst- und Winterkollektion einer Porzellanfirma, die sie gelegentlich im Angebot hatte. Die neueste Kollektion umfasste Tassen mit aufgedruckten Lebkuchen und Christbaumschmuck in der Form kleiner Schneemänner. Beim Durchblättern fiel Anna ein, dass Bea sich gewiss wunderte, warum ihre Kundin sich gerade intensiv mit Weihnachten beschäftigte – ausgerechnet an einem der heißesten Tage im Jahr.

»Ich habe einen Einrichtungsladen. Da muss man immer weit vorausplanen«, sagte Anna und deutete auf eine geöffnete Seite des Katalogs, auf der ein Christbaum zu sehen war.

Bea hatte gerade den letzten Teil von Annas Deckhaar hochgeklammert und griff zur Schere. »Ich kenne das. Meine Schwester hatte früher auch so einen Laden. Da hat der Advent immer kurz nach Silvester angefangen. Kaum waren bei ihr die Weihnachtssachen draußen, wurde schon die nächste Kollektion bestellt«, sagte sie lachend.

»Bei mir ist es eigentlich auch so. Nur in diesem Jahr habe ich mein Sortiment erstmals auf Hochzeitsartikel erweitert«, erklärte Anna. Sie musste sich darauf konzentrieren, nicht mit dem Kopf zu wackeln, während Bea ihre Spitzen abschnitt. »Aber es wird höchste Zeit, dass ich mich richtig mit Weihnachten befasse. Heute Abend werde ich endlich Bestellungen abschicken.«

Anna legte vorsichtig den Katalog auf die Ablage und nahm den zweiten Umschlag: ein kleines und unscheinbares Kuvert. Anna riss es geschwind auf, ohne nach dem Absender zu schauen. Nachdem sie die ersten Zeilen gelesen hatte, ließ sie das Blatt sinken. Als sie Katjas leeren Stuhl bemerkte, drehte sie sich hastig um.

»Nicht bewegen!«, rief Bea.

Doch die Aufforderung kam zu spät. Anna sah, wie Bea eine lange rote Haarsträhne in den Händen hielt. Gerade war ihr das ziemlich egal. Sie stand auf und lief zu Katja. Marcel war damit beschäftigt, ihr die Haare zu waschen. Sie lag auf einem schräg nach hinten gestellten Stuhl und hatte die Augen geschlossen.

Anna rüttelte an ihrer Schulter. »Ich hab eine Kündigung für den Laden bekommen!«, rief sie aufgeregt.

Katja öffnete ihre Augen und starrte Anna an, als ob sie ein Gespenst sei. »Was hast du?«

»Eine Kündigung! Mein Vermieter ist überraschend verstorben. Deswegen konnte ich ihn in den letzten Wochen nicht mehr erreichen. Und jetzt wurde mein Mietvertrag von seiner Tochter gekündigt. Ende Oktober muss ich raus!« Annas Stimme zitterte, als sie redete. Mit ihren eigenen Worten ausgesprochen wurde das, was in dem Brief stand, noch realer. Und schrecklicher.

Katja hatte sich von ihrem Liegesessel aufgerichtet. »Das kann doch nicht wahr sein! Da liegt doch bestimmt ein Missverständnis vor. Vielleicht hat niemand der Familie von deinem Vermieter gesagt, wie gut dein Laden gerade läuft.« Sie griff nach Annas Hand und hielt sie fest. »Beruhig dich! Das lässt sich bestimmt klären. Warum sollte jemand dein Geschäft nicht mehr im Haus haben wollen?«

Anna fühlte sich benommen. Wie gerne hätte sie sich jetzt einfach gezwickt, um festzustellen, dass diese Situation nur ein blöder Albtraum war. Aber dazu wirkte alles viel zu real. Sie stand wie angewurzelt neben Katjas Stuhl. Anna bemerkte, wie Bea sich zögerlich näherte. Scheinbar hatte sie das Gespräch mitgehört. Man merkte ihr an, wie unangenehm ihr die Situation war.

»Ich befürchte, das ist jetzt der blödeste Zeitpunkt überhaupt für so einen Vorschlag. Aber wie es aussieht, müssen wir deine Hochzeitsfrisur noch mal neu planen«, sagte sie und hielt Annas rote Haarsträhne nach oben.

Anna konnte nicht sprechen und sah verzweifelt zu Katja. Die drückte immer noch ihre Hand. »Ich glaube, du wirst jetzt im Bob heiraten müssen«, sagte sie und fügte hastig hinzu:

»Aber der steht dir bestimmt super. Und der Rest wird auch wieder gut.« Dann ließ Katja ihre Hand los.

Anna blickte zum ersten Mal in einen der Spiegel und erschrak. Während ihre Haare links vom Gesicht noch wie gewohnt in einer sanften Welle über die Schulter fielen, waren sie rechts nur noch kinnlang. So konnte sie auf keinen Fall heiraten. Langsam drehte sie sich um und ging zurück zu ihrem Stuhl, wo Bea bereits mit mitleidigem Blick auf sie wartete. Zum radikalen Haarschnitt gab es nun keine Alternative mehr. Das Problem mit der Kündigung konnte sie dann wohl erst am Abend angehen.

23. Juli: »Suche nicht nach Fehlern, suche nach Lösungen.«

Henry Ford

Das Krisengespräch fand vor einer kleinen Pommesbude statt. Nach dem langen Arbeitstag, an dem sie nur einen Apfel und ein paar Nüsse gegessen hatte, brauchte Anna irgendwas mit vielen Kalorien. Ute schien ausnahmsweise nichts dagegen zu haben. Obwohl sie sich sonst meist ayurvedisch von Mungbohnen, Kichererbsen und Linsen ernährte, bestellte auch sie sich heute eine große Portion Pommes mit Ketchup und Mayonnaise. Sie standen an einem der schmalen Bistrotische. Statt Stühlen gab es nur wackelige Hocker. Der scharfe Geruch von Curry und heißem Fett lag in der Luft.

Als Anna ihre Colaflasche öffnete, überlegte sie kurz, ob sie mit Ute anstoßen sollte. Aber eigentlich gab es nichts zu feiern – im Gegenteil. Sie trank einfach schnell einen Schluck, bevor sie sprach. »Das Gespräch mit der Tochter des Vermieters war leider ein absoluter Reinfall. Ich hätte es mir auch sparen können.«

»Sie wollen dir also wirklich kündigen?«, fragte Ute.

An ihren Armen glitzerte wieder ein Sammelsurium an silbernen Armreifen. Sie klimperten, wenn sie eine Pommes zum Mund führte. Gerade baumelten die Reifen aber ganz ruhig an Utes Handgelenk. Sie hatte aufgehört zu essen und hörte Anna aufmerksam zu. Der Brief von letzter Woche war auch für sie ein echter Schock gewesen.

»Ja, wie es aussieht, leider schon. Und das Ärgerlichste ist, dass ausgerechnet die Tochter des Vermieters einen Laden eröffnen möchte. Mein Geschäft hat sie vermutlich dazu inspiriert.« Anna schnaubte verächtlich. »Jetzt weiß ich auch, warum sie in letzter Zeit öfter im Laden vorbeigeschaut hat. Sie hat sich immer so genau nach meinem Angebot erkundigt. Ich doofe Kuh habe gedacht, sie interessiere sich einfach nur so für meine Arbeit.«

»Also hatte sie es vielleicht schon länger geplant, dass sie den Laden selbst übernimmt? Das ist ja absolut unverschämt! War der Tod ihres Vaters denn irgendwie abzusehen? Hatte sie womöglich ihre Hände da auch mit im Spiel?«, sagte Ute und begleitete den letzten Satz mit einem beinah schrillen Klackern ihrer Armreifen. Sie konnte ihre Arme nicht mehr ruhig halten und nestelte nervös an ihrer weißen Bluse.

Utes Verdacht, der Vermieter sei womöglich von seinen Erben ermordet worden, entlockte Anna ein schiefes Lächeln. »Du meinst, wir müssen heimlich in die Wohnung des Vermieters einbrechen, um Giftspuren im Frühstückstee nachzuweisen? Ich befürchte, das wird wohl nichts. Er ist eines ganz natürlichen Todes gestorben. Er litt scheinbar schon länger an einer unheilbaren Krebserkrankung. Bis auf seine Ärzte wusste fast niemand davon. Er wollte kein Mitleid. Auch ich hatte davon keine Ahnung.«

Anna dachte an ihre erste Begegnung mit ihrem Vermieter vor sechs Jahren. Herr Windmayer trug damals wie immer einen Anzug mit Einstecktuch und einen grauen Hut. Nachdem er Anna die Apotheke gezeigt und ihr aufmerksam zugehört hatte, welche Art von Laden sie dort eröffnen wollte, überreichte er ihr noch am gleichen Tag den Vertrag. Seit damals hatte er ihren Mietpreis um keinen Cent erhöht. Herr Windmayer hatte Anna mal erklärt, dass er genug Rente bekam und lieber einen schönen Laden in seinem Haus haben möchte als irgendwas, mit dem er nichts anfangen konnte. Er hatte öfter selbst bei ihr vorbeigeschaut, um eine Kleinigkeit zu kaufen. Seine Frau war eine Weile später verstorben. Danach war er in eine Seniorenresidenz am Stadtrand gezogen. Anna hatte nicht mitbekommen, dass er die letzten Wochen im Krankenhaus lag. Sie hatte einfach gedacht, er sei mal wieder an die Ostsee verreist – so wie jeden Sommer.

»Er war immer so ein feiner und anständiger Mann. Man konnte sich stundenlang mit ihm über antikes Geschirr unterhalten. Ich werde nie mehr so einen netten Vermieter finden«, seufzte Anna.

Genauso wie der plötzliche Tod von Herrn Windmayer hatte Anna der nüchterne Ton überrascht, in dem seine Tochter ihr gegenüber am Telefon die Kündigung begründet hatte. Sie hatte schon eine ganze Weile auf den Laden spekuliert und wollte keinen Monat länger darauf warten. Jede weitere Diskussion war Anna zwecklos erschienen.

»Ich habe in den letzten Tagen mal zum Spaß nach Angeboten für Läden geschaut. Die Preise sind wirklich utopisch«, resümierte Anna.

Ute stocherte in den Resten ihrer Pommes. Sie waren mittlerweile von einer rosafarbenen Mischung aus Ketchup und Mayonnaise bedeckt. Der Pappteller sah fast so kümmerlich aus wie Utes trauriger Gesichtsausdruck. Anna fiel ein, dass ihr wahrscheinlich eine Frage auf dem Herzen lag, die sie sich nicht zu stellen traute.

»Ich möchte dich unbedingt als feste Aushilfe behalten«, sagte sie schnell und bemerkte, wie sich die Sorgenfalten auf Utes Stirn sogleich entspannten. »Dazu brauche ich aber unbedingt einen neuen Laden, der nicht zu teuer ist.«

»Es ist echt lieb von dir, in der blöden Lage auch noch an mich zu denken. Als Alleinerziehende muss man ja immer doppelt schauen, wie das Geld für die Miete und all die Rechnungen reinkommt. Linas Vater hat wieder mal ewig keinen Unterhalt bezahlt. Aber mein Gefühl sagt mir, dass wir schon was finden werden«, sagte Ute und lächelte Anna in ihrer warmherzigen Art an.

Anna nickte zustimmend, obwohl sie nicht wirklich davon überzeugt war. Es würde verdammt schwierig werden, einen neuen Laden zu entdecken, der schön und bezahlbar war. Die Einnahmen der vergangenen Monate waren zwar besser als im Jahr zuvor, aber dafür waren auch die Ausgaben gestiegen. Sie musste die teuren Bestellungen, ihre Zusatzkosten für Werbung und nicht zuletzt Utes Gehalt bezahlen. Für Anna war es eine riesige Entlastung, Arbeit an Ute abgeben zu können. Sie wollte das Geschäft auf keinen Fall mehr ganz alleine führen. Es musste unbedingt eine Lösung her. Und dabei war es vor allem wichtig, dass sie zuversichtlich blieb. Sie war die Chefin und sie konnte jetzt nicht in Selbstmitleid zerfließen. Außerdem hatten sie und Ute in diesem Jahr ja schon öfter schwierige Herausforderungen gemeistert. Wie damals bei der Modenschau. Anna hatte auf einmal eine Idee.

»Ich habe dir doch schon oft von Katjas Kalender erzählt. Heute war da ein Spruch, der lautet ungefähr so: *Suche nicht nach einem Fehler, sondern finde besser eine Lösung.* Vielleicht sollte das unser Motto für die nächsten Wochen werden«, schlug sie vor.

»Tolle Idee!«, stimmte Ute begeistert zu. »Das wird unser Mantra! Wenn wir selbst fest daran glauben, dann hilft das. Und natürlich brauchen wir auch ein bisschen Glück, aber Glück kommt meist von ganz alleine.« Sie grinste und warf den traurigen Rest Pommes in den Papierkorb. »Zur nächsten Krisensitzung treffen wir uns aber dann bei mir und ich koche uns was, das nicht schwer im Magen liegt. Hast du am Sonntag schon was vor?«

Anna musste nicht lange nachdenken. Ausnahmsweise hatte sie für den Sonntag tatsächlich bereits Pläne. »Bernd hat mich zum Wellness eingeladen«, verkündete sie vergnügt.

Nachdem sie ihm letzte Woche aufgelöst von der Kündigung erzählt hatte, schien es erst so, als habe er gar nicht richtig zugehört. Einen Tag später hatte er sie dann mit einem Gutschein für eine Partnermassage in einem luxuriösen Wellnesshotel überrascht. Es war genau das, was sie gerade dringend brauchen konnte: ein gemeinsamer Tag mit ihrem Verlobten. Diesmal war Bernd die Überraschung tatsächlich perfekt gelungen.

30. Juli: »Das Leben ist bezaubernd, man muss es nur durch die richtige Brille sehen.«

Alexandre Dumas

Die Orchideenblüte unter ihr war weiß mit einem zart rosafarbenen Rand. Sie schwamm in einer Silberschale gefüllt mit Wasser. Und das war auch alles, was Anna im Augenblick sehen konnte. Ihr Kopf steckte in dem ovalen Loch einer Massageliege. Außer dem kleinen Handtuch um ihre Hüften war Anna völlig unbekleidet. Zwei Hände kneteten gerade ihr linkes Schulterblatt. Wüsste sie es nicht besser, könnte sie glauben, dass ein kräftiger Mann am Werk war. Aber zwei junge Frauen asiatischer Herkunft hatten sie in Empfang genommen. Bernd lag auf der Liege neben ihr. Anna konnte ihn nicht sehen, aber vernahm immer wieder sein genüssliches Schnurren. Es war kaum von der Musik zu unterscheiden, die leise mit den Klängen schwingender Musikinstrumente den Raum erfüllte. Anna überlegte, ob sie gerade das Geräusch eines Gongs vernahm, der mit einem weich ummantelten Schlegel zum Klingen gebracht wurde. Sie malte sich aus, wie für die Aufnahme dieses Lieds Unmengen an Gong-Schalen und Trommeln in einem Tonstudio aufgebaut worden war. In ihrer Vorstellung brachte ein buddhistischer Mönch in einem sonnengelben Gewand die Musikinstrumente zum Schwingen. Er folgte dabei einer exakten Choreografie. Das Bild in ihrem Kopf nahm immer mehr Details an – bis Bernd die herrlich unsinnige Gedankenreise jäh beendete.

»Geht's dir gut?«, vernahm Anna von rechts. Ihr Blick war

immer noch auf die Orchideenblüte gerichtet. Die Masseurin hatte sich eben ihrem rechten Schulterblatt zugewendet.

»Sehr sogar! Das war wirklich eine tolle Idee von dir«, sagte Anna durch das Loch in der Liege. Durch die Bauchlage klang ihre Stimme etwas tiefer und brummiger als sonst.

»Jetzt, wo ich die Gehaltserhöhung wegen des erfolgreich abgeschlossenen Projekts bekommen habe, können wir uns so was öfter leisten.«

»Nix dagegen …«, brummte Anna kurz. Sie hatte eigentlich keine Lust zu sprechen und wollte lieber in aller Ruhe die Massage genießen.

Bernd sah das aber scheinbar anders. »Wenn du erst mal kein neues Geschäft findest, musst du dir auch nicht so viel Sorgen machen wegen des fehlenden Einkommens. Mein Geld reicht auch für uns zwei«, sagte er.

Annas Blick war immer noch auf die Orchidee gerichtet. Sie konnte nur Bernds Stimme hören. Sie antwortete diesmal gar nicht und hoffte, auf diese Weise das Gespräch zu stoppen. Ein vergeblicher Versuch.

»Sobald wir verheiratet sind, stehe ich steuerlich noch viel besser da. Ich hab mir das neulich mal ausgerechnet. Derzeit würde ich gleich neunhundert Euro mehr bekommen. Unsere Miete kann ich dann auch locker alleine übernehmen«, plauderte er weiter.

Anna verdrehte die Augen, was Bernd natürlich nicht mitbekam. Sie musste ihr Schweigen wohl oder übel brechen, um seines endlich zu erreichen.

»Schatz, lass uns das doch nachher in Ruhe besprechen. Wir sind ja immerhin auch nicht alleine im Raum«, sagte Anna so freundlich, wie es ihr die ungewohnte Bauchlage ermöglichte.

Dem Geräusch nach zu urteilen, drehte Bernd sich im gleichen Augenblick um. Seine nächste Ansprache galt nicht mehr ihr, sondern den beiden Masseurinnen. »Stört es sie, wenn ich mit meiner zukünftigen Frau einige private Dinge bespreche? Wir sehen uns in letzter Zeit so selten. Und hier herrscht einfach so eine entspannte Atmosphäre, in der man wunderbar plaudern kann«, hörte Anna und gleich darauf vernahm sie ein leises Kichern.

»Kein Problem. Stellen Sie sich vor, wir wären gar nicht da, sondern nur unsere magischen Hände«, sagte eine der beiden Masseurinnen.

Als bestünde die Gefahr, Anna könnte sie nicht klar und deutlich verstanden haben, wiederholte Bernd es noch mal. »Siehst du, kein Problem. Die Damen hören gar nicht zu.«

Anna blickte immer noch auf die Orchidee in der Wasserschale am Boden. Wie konnte sie dieses Gespräch nur schnell beenden, um wieder zu ihren herrlich sinnlosen Gedanken zurückzukehren? Zu den Klangschalen im Tonstudio. Zu allem Unglück hatte jemand nun auch noch die Musik leiser gedreht. Sie war kaum noch zu hören. Anna überlegte fieberhaft. Sie wollte das geheimnisvolle Bild von dem Mönch, der mit einem hölzernen Schlegel einen Gong nach dem anderen zum Schwingen brachte, nicht aus dem Kopf verlieren. Oft war Zustimmung die beste Methode, um ein unliebsames Gespräch zu beenden.

»Du hast völlig recht! Es ist gut zu wissen, dass ich wegen des Ladens keine finanziellen Sorgen haben muss. Darüber bin ich absolut erleichtert«, flötete Anna so heiter wie möglich. »Danke, Schatz!«

Anna überlegte kurz, ob sie mit ihrer Notlösung und dem begeisterten Zuspruch vielleicht übertrieben hatte. Aber Bernd schien nicht misstrauisch zu werden. Er schwieg einfach nur. Es herrschte wieder Ruhe und Anna vernahm endlich das sanfte Vibrieren eines Gongschlags. Zumindest einige Sekunden lang.

»Falls es gut läuft, werde ich im nächsten Jahr sogar dauerhaft Projektleiter. Dann können wir uns vielleicht auch was kaufen. Ein Häuschen mit Garten und Kinderzimmern und so. Ich meine, wir bleiben ja nicht ewig zu zweit …«

Die Masseurin drehte Anna jetzt auf den Rücken, um die Vorderseite ihre Arme durchzukneten. Anna vermied den Blickkontakt. Es war ihr langsam richtig unangenehm, wie viel Privates Bernd gerade ausplauderte.

»Wenn du mir eine große Freude bereiten willst, lass uns bitte später weitersprechen. Ich möchte den Rest der Massage in Ruhe genießen. Bitte!«, sagte Anna und ärgerte sich, dass sie dieses Argument nicht schon eher angebracht hatte. Sie sah zu ihm rüber. Auch er lag auf dem Rücken und warf ihr einen zerknirschten Blick zu.

»Oh sorry!«, sagte er. Seine Haut glänzte vom Massageöl und auf seiner Stirn zeichnete sich der Abdruck der Liege ab. »Ich meine, ich wollte ja nur zusätzlich zu deiner Entspannung beitragen, indem ich dich von möglichst vielen Sorgen befreie. Dann bin ich jetzt besser ruhig«, sagte er. Dann schwieg er einige Sekunden lang, ehe er sich noch mal räusperte. »Aber eine Erleichterung ist es ja schon für dich, wenn ich nun so gut verdiene, oder?«

Anna drehte ihr Gesicht weg und schloss die Augen. »Es ist eine totale Riiiiesenerleichterung«, sagte sie.

Es sollte nicht spöttisch klingen, aber Anna konnte nicht mehr anders. Bernd war es tatsächlich gelungen, durch sein endloses Gequatsche jedes Gefühl der Entspannung zu zerstören. Sie bemühte sich krampfhaft darum, dass wieder der

Mönch in ihrem Kopf auftauchte. Statt auf einen Gong klopfte er diesmal in ihrer Fantasie mit seinem weich ausgefütterten Holzschlegel auf Bernds Kopf. Nur ganz sanft zwar, aber mit strengem und unerbittlichem Gesichtsausdruck.

6. August: »Eine mächtige Flamme entsteht aus einem winzigen Funken.«

Dante Alighieri

Nach Ladenschluss radelte Anna wie so oft in den letzten Tagen durch die Straßen. Es war auch abends noch lange hell. Sie musste über ihr knielanges Baumwollkleid nicht mal eine Jacke tragen. Die Luft war noch aufgeheizt von der Mittagssonne.

Anna war auf der Suche nach leer stehenden Läden. Solchen, bei denen Schilder im Schaufenster verrieten, ob ein Mieter gesucht wurde. Anna hatte langsam aufgegeben, in Zeitungen und Onlinebörsen nach Angeboten zu stöbern. Wenn sie die als »großzügig und lichtdurchflutet« angepriesenen Läden in Wirklichkeit sah, war es meist eine riesige Enttäuschung. Jede Bahnhofstoilette schien mehr Charme zu haben als die inserierten Verkaufsflächen. Außerdem fehlte ihr auch die Zeit, immer wieder unnötige Verabredungen mit Maklern zu vereinbaren. Sie musste schließlich ihren Laden weiterführen – und zwar mit mehr Elan denn je. Trotz des unweigerlichen Umzugs sollten ihr all die neuen Kunden unbedingt erhalten bleiben.

Noch hatte sie kaum jemandem von der Kündigung erzählt. Sie würde die Nachricht erst verbreiten, wenn sie neue Räume gefunden hatte. Anna wollte keine besorgten Nachfragen und keine falschen Gerüchte, ihr Laden könne vielleicht ganz schließen. Über einen endgültigen Schlussstrich hatte sie nicht eine Sekunde lang nachgedacht. All die Arbeit, die sie sich gerade in den vergangenen Monaten mit dem neuen Konzept gemacht hatte, durfte nicht umsonst gewesen sein. Außerdem liebte sie ihr Geschäft, selbst wenn es ihr derzeit viele Sorgen bereitete. Solange sie aber keine neuen Räume gefunden hatte, hing sie ziemlich in der Luft. Für die kommende Weihnachtssaison hatte sie immer noch keine Bestellung abgeschickt. Wo sollte sie mit all den Sachen hin, wenn sie womöglich doch kein passendes Geschäft fand?

Anna versuchte, diese Angst erst mal beiseitezuschieben. Sie musste positiv denken! Irgendwann musste sie mit ihrer Suche schließlich Erfolg haben. Gerade hatte sie vom Fahrrad aus ein großes Schaufenster entdeckt, in dem ein Schild mit einer Telefonnummer und den Worten »Zu vermieten« hing. Anna näherte sich schnell dem Gebäude, stellte ihr Fahrrad ab und betrachtete den Laden durch die Schaufenster. Er war zwar hell und gut geschnitten, aber ziemlich klein. In ihrer Vorstellung versuchte sie, ihre Ladeneinrichtung in dem leeren Raum zu verteilen. Links die Kasse, rechts ein schmales Sofa, an den Wänden ihre Regale, dazwischen ihr großer Tisch. Schon hatte sie das Gefühl, dass sich die Besucher kaum umdrehen könnten, ohne an irgendwas zu stoßen. Es schien zwecklos – dieser Raum war einfach zu eng. Anna wollte unbedingt an ihrem Plan festhalten, sich zu vergrößern. Wenn sie weiterhin ihre Hochzeitskollektion zusammen mit Wohnaccessoires und Möbeln anbieten wollte, brauchte sie ausreichend Platz.

Sie stieg auf ihr Fahrrad und radelte in Richtung Innenstadt. Ganz bewusst bog sie immer wieder in Seitengassen ein. Je größer und breiter die Straßen waren, desto höher erwiesen sich in der Regel die Mietpreise. Für Anna war es wichtiger, einen geräumigen Laden zu finden, als sich in einem winzigen Raum zwischen andere Geschäfte einer allzu belebten Gegend zu drängen. Sie hatte die Erfahrung gemacht, dass die Kunden auch kamen, wenn sie dafür einen kleinen Umweg in Kauf nehmen mussten. Ihr Geschäft war immerhin nicht unbedingt für Laufkundschaft gedacht, die schnell eine Besorgung erledigen musste. Außerdem mochte Anna schmale Seitengassen, weil sich dort meistens die besonderen Boutiquen verbargen – keine eintönigen Ladenketten, die es ohnehin in jeder Stadt gab.

Als sie in einer dieser Nebenstraßen schon von weitem die leeren Schaufenster eines hellblau verputzten Altbaus sah, klopfte ihr Herz. Sie kannte diese Räume. Bis vor einigen Wochen hatte sich dort eine französische Weinhandlung befunden. Anna hatte in dem Geschäft gelegentlich eingekauft. Der Laden war gut besucht, aber der Besitzer aus Toulouse hatte immer wieder wehmütig von seiner Heimat erzählt. Er musste sich scheinbar dazu entschlossen haben, nach Frankreich zurückzukehren. Noch während Anna auf den Laden zuradelte, richtete sie die Fläche schon gedanklich nach ihrem Konzept ein. Das Geschäft bestand aus zwei ineinander übergehenden Räumen, was für Annas Pläne perfekt war. Sie könnte im linken Teil ihre Hochzeitskollektion arrangieren und rechts ihr übriges Angebot – oder umgekehrt?

Aufgeregt blieb Anna stehen und suchte das Schaufenster nach dem »Zu vermieten«-Zettel und einer Telefonnummer ab. Als sie ihn schließlich entdeckte, kramte sie sofort ihr Handy aus der Tasche. Es klingelte nicht lange, bis jemand mit einem schlichten »Ja« zu hören war. Anna war über die knappe Begrüßung etwas irritiert. Sie ließ sich aber von ihrem Vorsatz nicht beirren, schon beim ersten Telefonat einen möglichst positiven Eindruck zu hinterlassen.

»Hier spricht Anna Martens. Hoffentlich habe ich mich

nicht verwählt. Ich habe gerade den leer stehenden Laden entdeckt, wo bis vor Kurzem noch die Weinhandlung war. Ich wäre sehr daran interessiert, dort mit meinem Interieur-Laden einzuziehen. Ich habe schon langjährige Erfahrung als Geschäftsfrau …«, flötete Anna so charmant wie möglich ins Telefon und wurde abrupt unterbrochen.

»Nein«, hieß es schlicht am anderen Ende.

»Was meinen Sie damit?«, fragte sie irritiert.

»Nein, Sie haben sich nicht verwählt und nein, der Laden ist nicht mehr frei. Gestern erst wurde der Mietvertrag unterzeichnet«, antwortete jemand in nüchternem Tonfall. Es war schwer herauszuhören, ob ein Mann oder eine Frau sprach. Die blecherne Stimme klang wie ein Roboter.

»Das ist aber sehr schade«, seufzte Anna. Sie konnte ihre Enttäuschung kaum verbergen.

»Würden Sie bitte den Zettel wegmachen, damit endlich niemand mehr hier anruft?«, sagte die Stimme ohne jegliches tröstende Mitgefühl.

»Dazu müsste ich doch erst mal rein. Er hängt von innen am Schaufenster«, schnaubte Anna. Sie ärgerte sich, dass sie nicht einfach aufgelegt hatte. Erst wurde sie brüsk abgewiesen und jetzt sollte sie auch noch als Dienstmädchen herhalten.

»So ein Pech! Dann muss ich wohl extra selbst vorbeikommen. Wiedersehen!«, sagte die blecherne Stimme.

»Wohl kaum«, entgegnete Anna und schob ihr Handy zurück in ihre Tasche.

Frustriert setzte sie sich wieder auf ihr Fahrrad und fuhr los. Die Suche nach einem neuen Laden musste also weitergehen.

13. August: »Alles, was man mit Liebe betrachtet, ist schön.«

Christian Morgenstern

Der Ort hatte sich kaum verändert. Er wirkte jetzt im Hochsommer vielleicht noch etwas heller und freundlicher als beim letzten Besuch im März. Auch das Kleid war noch genauso schön wie damals. Aber irgendwas war anders. Ob es an ihrem kinnlangen Bob lag, an den Anna sich immer noch nicht richtig gewöhnt hatte? Sie betrachtete sich in Ruhe im Spiegel. Irgendwie wollte sich dieses Glücksgefühl, das sie bei der ersten Anprobe erlebt hatte, nicht mehr einstellen – obwohl das Kleid diesmal wie angegossen passte und nicht mehr mit Stecknadeln gekürzt werden musste.

»Du siehst umwerfend aus«, durchbrach Katja die Stille.

Seitdem sie ihre Haare halb goldblond, halb platinblond trug, schien ihr Kopf schon von weitem zu leuchten. Anna lächelte sie an. Sie erkannte am Blick ihrer Freundin, dass ihre Worte nicht nur dahingesagt waren. Anna war sehr froh über Katjas Anwesenheit. Diesmal hatte es endlich geklappt mit dem gemeinsamen Besuch im Brautmodenladen. Ihre Mutter war auch wieder dabei. Sie hatte sich schon im März den Termin für die »zweite Anprobe« in ihrem Kalender notiert und ihre Tochter seither mindestens einmal im Monat daran erinnert – so als bestünde die Gefahr, Anna könnte ihr Hochzeitskleid versehentlich nicht abholen, um dann ihren großen Tag einfach im Jogginganzug zu feiern. Heute war Annas Mutter jedoch ungewohnt ruhig. Seitdem sie von der Kündigung der

Ladenräume erfahren hatte, verhielt sie sich ohnehin merkwürdig wortkarg. Anna war überzeugt davon, dass sie spätestens nach der Hochzeit zu einem großen Monolog ansetzen würde, in dem sie ihrer Tochter noch mal den Abbruch ihres Studiums und die Eröffnung des unsinnigen Ladens vorhalten würde.

Heute jedoch nickte ihre Mutter nur wohlwollend. »Es passt wirklich ausgezeichnet«, bemerkte sie kaum hörbar.

Anna warf Frau Rosa einen erstaunten Blick zu. Durch die Brautmodenschau hatten sie in den vergangenen Wochen öfter Kontakt gehabt. Auch für Frau Rosas Laden hatte sich die Veranstaltung gelohnt. Viele Besucher wurden auf die Adresse aufmerksam und buchten noch am gleichen Tag einen Termin für eine Anprobe bei ihr. Die nächste geplante Modenschau für Oktober hatte Anna allerdings erst mal abgesagt. Zwischen Umzugskartons einen Laufsteg aufzubauen war sicher keine so gute Idee.

»Richtig glücklich wirken Sie heute aber nicht in dem Kleid. Ist es die Aufregung vor dem großen Tag?«, fragte Frau Rosa.

Anna dachte nach. Die Kündigung ihres Ladens und die Suche nach neuen Räumen hatten ihr gar keine Zeit gelassen, sich endlich auf die Hochzeit zu konzentrieren. Es fühlte sich unwirklich an, in einem Monat schon verheiratet zu sein.

»Ich kann mir gar nicht vorstellen, dass der große Tag bald da ist. Die vergangenen Wochen waren einfach so turbulent. Ich hatte mir die Zeit vor meiner Hochzeit immer ganz anders vorgestellt. Ich dachte, ich könnte in aller Ruhe Hochzeitszeitschriften durchblättern, Gastgeschenke basteln, Frisuren ausprobieren.« Anna seufzte und strich sich durch die kurzen Haare. »Na ja, immerhin hat sich das Frisurenproblem unfreiwillig gelöst. Bei dieser Länge kann man eh nicht viel machen.«

Anna erzählte Frau Rosa von dem Friseurbesuch und davon, wie der Brief mit der Mietkündigung für den radikalen Haarschnitt gesorgt hatte.

»Aber es steht dir wirklich ausgezeichnet!«, mischte sich Katja ein.

Anna wusste die Aufmerksamkeiten ihrer Freundin sehr zu schätzen. Katja war einfach die weltbeste Trauzeugin, die Anna sich vorstellen konnte. Sie stand ihr immer mit aufmunternden Worten zur Seite. Sich selbst ordnete Anna insgeheim als eine der schlechtesten Bräute aller Zeiten ein. Ausgerechnet sie, die schon seit Kindheitstagen ihre Hochzeit geplant hat, fühlte sich von dem Termin im September auf einmal völlig überrumpelt. Was war denn nur los mit ihr?

Annas Mutter ließ ihr keine Zeit für weitere Grübeleien. »Du hast also immer noch keinen Laden gefunden«, sagte sie, während Anna noch im Brautkleid vor dem Spiegel stand.

Frau Rosa suchte gerade zusammen mit Katja nach einem Schleier. Sie waren davon überzeugt, dass die richtige Heiratsstimmung durch einen Schleier hervorgerufen werden sollte. Merkwürdigerweise schien ihre Mutter kein Interesse zu haben, sich bei der Wahl des Schleiers einzumischen. Ob sie die Gelegenheit jetzt schon nutzen wollte, ihre Tochter auf ihre wackelige berufliche Zukunft anzusprechen?

»Bislang noch nicht. Ich hab ja auch noch Zeit. Es gibt immer wieder Angebote, aber sie passen nicht zu meinen Vorstellungen. Aber ich find schon bald was«, sagte Anna und bemühte sich, ihre Antwort optimistischer klingen zu lassen, als ihr eigentlich zumute war.

»Und was sind das genau für Vorstellungen, die du hast?«,

hakte ihre Mutter nach. Ihr Tonfall war nüchtern und wenig einfühlsam.

Anna war darauf gefasst, dass sie ihr gleich utopische Wünsche vorhalten würde. Sie formulierte ihre Antwort deshalb so vage wie möglich. »Ach, ich hab keine ganz konkrete Vorstellung. Der Laden soll hell und freundlich sein. In irgendeiner kleineren Straße, wo nicht ununterbrochen Autokolonnen vorbeifahren. Er muss Flair haben. Man soll sich dort auf Anhieb wohlfühlen.«

»Wie groß und wie teuer?«, unterbrach sie ihre Mutter.

Anna hasste diese Frage. Auch Bernd stellte sie jedes Mal, wenn sie ihm von einem verheißungsvollen Objekt erzählte. So als ob sich die Qualität eines Ortes ganz einfach an zwei kleinen Zahlen festmachen ließe: 70 Quadratmeter zu 500 Euro = spitze, 30 Quadratmeter zu 900 Euro = großer Mist. Auch wenn sich die 70 Quadratmeter vielleicht in einem Kellerloch befinden und die 30 Quadratmeter über eine eigene Terrasse verfügen. Andererseits konnte Anna bei aller Leidenschaft für schöne Räume die nüchternen Zahlen nicht ganz aus den Augen lassen. Ihre jetzige Miete betrug 850 Euro bei 47 Quadratmetern, was für München ziemlich sensationell war. Sie würde kaum ein ähnliches Angebot finden.

»Es wäre toll, wenn der Laden nicht viel mehr als 1000 Euro monatlich kosten würde. Und am liebsten wäre mir, wenn er etwas größer wäre«, antwortete sie wahrheitsgemäß. »Aber am Ende entscheide ich wohl doch aus meinem Bauch heraus.« Das hätte sie vielleicht besser nicht sagen sollen, dachte sich Anna. Ihre Aus-dem-Bauch-Entscheidungen hatte ihre Mutter nie besonders gut nachvollziehen können.

Aber ihre Mutter nickte nur und sagte nichts weiter. Was

womöglich daran lag, dass Katja und Frau Rosa gerade aus dem Nebenzimmer zurückkamen.

»Wir haben das perfekte Modell für dich gefunden«, rief Katja strahlend, während sie irgendwas hinter ihrem Rücken verbarg. »Du musst die Augen zumachen und darfst sie erst öffnen, wenn wir fertig sind.«

»Na gut«, sagte Anna.

Seit der Modenschau auf der Hochzeitsmesse hatte sie eigentlich keine Lust mehr auf Überraschungen, wenn es um ihr Hochzeitsoutfit ging. Aber sie wusste, dass sich ihre Freundin bei der Auswahl des Schleiers bestimmt Mühe gegeben hatte. Und schlimmer konnte es ja nicht mehr werden. Irgendwas musste sie unternehmen gegen das komische Gefühl im Bauch beim Anblick ihres Kleides. Sie schloss also die Augen und spürte warme Atemzüge an ihrem Hals und Hände, die ihren Kopf betasteten. Dann hörte sie ein leises Klick-Geräusch. Und dann ein Klatschen.

Anna öffnete ihre Augen. Sie stand noch immer vor dem großen Spiegel. Neben ihr hatten sich Katja, Frau Rosa und ihre Mutter aufgereiht. Anna blickte erst in ihre Gesichter, bevor sie sich selbst in Ruhe im Spiegel betrachtete. Sie hatte einen kleinen eleganten Schleier auf dem Kopf. Kein gewaltiger Spitzenvorhang, wie ihn Sarah Ferguson zu ihrer Hochzeit getragen hatte. Eher ein zartes Modell, wie Audrey Hepburn ihn vielleicht ausgewählt hätte. Anna hatte eigentlich nie an einen Schleier für ihre Hochzeit gedacht, aber auf einmal konnte sie sich ihr Kleid nicht mehr ohne ihn vorstellen. Dann fühlte sie plötzlich, wie etwas über ihre Wange lief. Anna war selbst verwundert, dass ausgerechnet dieses kleine weiße Stück Tüll mit seinen Stickereien ihr auf einmal eine Träne entlockte. Heiraten war einfach nichts für schwache Nerven.

»Den nehmen wir, oder?«, fragte Katja.

Anna strahlte. Zum ersten Mal seit Langem fühlte sie sich endlich wieder wie eine echte zukünftige Braut.

20. August: »Was machen Sie? Nichts. Ich lasse das Leben auf mich regnen.«

Rahel Varnhagen von Ense

Das Klingeln des Telefons beendete Annas Versuch einzuschlafen. Sie war heute ungewöhnlich früh ins Bett gegangen. Für den nächsten Morgen hatte sie vor der Arbeit zwei Besichtigungstermine für mögliche Läden vereinbart. Sie wollte dort einigermaßen ausgeschlafen erscheinen. Anna hörte, dass Bernd den Fernseher fast lautlos drehte und ins Telefon grüßte. Leise zu sprechen gehörte nicht zu seinen Stärken. Auch wenn er sich bemühte zu flüstern, konnte Anna seine Stimme durch die geschlossene Schlafzimmertüre hindurch hören.

»Hallo Schwiegervater in spe!«, sagte er. Bernd verwendete den Ausdruck »in spe« sehr gerne. Anna fand ihn furchtbar. Sie hatte sich zumindest verbeten, von ihm »Ehefrau in spe« genannt zu werden.

»Nein, du störst gar nicht. Ich zappe gerade ein bisschen rum«, lauschte sie weiter dem Gespräch.

Zwischendurch gab es immer wieder Pausen, in denen scheinbar ihr Vater sprach. Es war einfach für sie, grob mitzubekommen, was am anderen Ende der Leitung gesagt wurde.

»Na ja, Stress in der Arbeit erlebt man ja ständig. Aber es ist okay. Die Ruhe vor dem Sturm, wie man so sagt«, lachte Bernd und schwieg eine Weile. »Nein, ich kann dir Anna leider nicht geben, sie schläft schon. Ich möchte sie nicht aufwecken, sie hat morgen einen stressigen Tag.«

Von wegen schlafen, dachte Anna. Bernd hatte in den fünf Jahren ihrer Beziehung einfach nie richtig verstanden, warum sie nicht wie er schlafen konnte, sobald sie im Bett lag. Wenn sich Bernds Körper in senkrechter Lage befand, konnte er automatisch innerhalb weniger Minuten einschlafen. Selbst wenn sie im gleichen Raum einen Hustenanfall bekam oder wenn neben seinen Ohren ein Wasserglas zu Boden fiel, was Anna beides schon erlebt hatte. Er hatte keine Ahnung davon, dass sie seit dem Klingeln des Telefons hellwach war.

Gerade musste wohl ihr Vater etwas Längeres erzählen. Sie hörte Bernd zwischendurch nur kurz auflachen. Anna staunte darüber, wie vertraut Bernds Tonfall klang, so als würde er mit einem alten Schulfreund telefonieren. Sie wusste, dass Bernd ihre beiden Eltern trotz oder gerade wegen ihrer verschrobenen Art mochte. Der kumpelhafte Ton, in dem Bernd mit ihrem Vater scherzte, war ihr allerdings noch nie so stark aufgefallen wie jetzt.

Der Bericht ihres Vaters war scheinbar beendet, denn nun sprach Bernd wieder. »Eine echt witzige Geschichte. Anna hatte mir davon noch nie erzählt. So habe ich sie noch gar nie erlebt«, kicherte er.

Anna richtete sich entgeistert im Bett auf. Was hatte ihr Vater da Sonderbares ausgeplaudert? Warum sprach er überhaupt hinter ihrem Rücken über sie? Sie beugte ihren Kopf in Richtung der Tür, um noch besser mithören zu können.

»Wegen der Hochzeit ist alles paletti. Anna stört sich immer noch an den Bauarbeiten, aber ich bin mittlerweile echt ganz froh darüber. Ich habe ein sensationelles Angebot rausgehandelt. Mich persönlich stört der Bagger auch nicht, solange er uns die Bude stehen lässt«, sagte Bernd und lachte.

Anna ließ genervt den Kopf in ihr Kissen zurückfallen.

Musste er denn vor allen Leuten mit seinen Verhandlungskünsten prahlen? Doch Anna blieb keine Zeit, sich weiter zu ärgern. Sie reckte ihren Kopf wieder in Richtung der Tür.

»Sie ist eben auch wahnsinnig im Stress. Die Kündigung des Ladens und die Suche nach neuen Räumen lassen ihr keine Ruhe. Ich glaube manchmal, sie übernimmt sich ein bisschen«, hörte sie Bernd sprechen.

Nach einer kurzen Pause, in der wohl wieder ihr Vater etwas erzählte, redete Bernd weiter. »Ja, das kann man wirklich sagen. Sie ist sehr fokussiert.«

Wieder eine Pause. Wie gerne hätte Anna jetzt einen Spion im Haus ihres Vaters gehabt, der ihr notieren würde, was sie nicht hören konnte.

Bernd seufzte. »Also wenn es nach mir ginge, könnte sie den Laden ja auch einfach zumachen und sich anderen Dingen widmen. Finanziell war das bei allem Aufwand ja nie so der große Gewinn. Ich verdiene derzeit genug für uns beide. Für mich wäre es auch entspannter, wenn dieses ewige Drama um den Laden endlich vorbei wäre.«

Anna spürte Gänsehaut auf ihren Armen. Nie hatte sie Bernd so deutlich seine Meinung über ihren Beruf sagen hören. Aber ihr Vater musste sie doch jetzt in Schutz nehmen? Er war es doch immer, der ihre Geschäftsidee im Gegensatz zu ihrer Mutter mit ziemlichem Elan unterstützt hatte. Selbst Melanie hatte er mit seiner Begeisterung angesteckt.

Eine Weile war nur das leise Stimmengewirr des Fernsehers zu hören, bevor Bernd wieder ansetzte. »Ich sehe es ähnlich wie du. Der Laden ist ein schönes Liebhaberprojekt, aber nichts für die Dauer. Mit Familienplanung lässt er sich sowieso überhaupt gar nicht vereinbaren. So gesehen hat das alles ja sein Gutes mit der Kündigung.« Bernd schwieg ein paar Sekunden, ehe er weitersprach. »Eigentlich wäre es mir am liebsten, wenn sie keinen neuen Laden finden würde. Irgendwann gibt sie die Suche dann auf und das ganze Theater erledigt sich von alleine. Hoffentlich!«

Anna schlug die Bettdecke über den Kopf. Sie wollte jetzt gar nicht mehr weiter zuhören und wünschte sich, dass alles nur ein blöder Traum war. Sie tastete mit der Hand nach links, in der verzweifelten Hoffnung, Bernd läge direkt neben ihr – tief und fest schlafend. Aber neben ihr war niemand und obwohl sie sich die Daunendecke so fest sie konnte auf ihre Ohren presste, vernahm sie von draußen immer noch Bernds Stimme am Telefon.

27. August: »Denke immer daran, dass es nur eine wichtige Zeit gibt: Heute. Hier. Jetzt.«

Leo Tolstoi

Anna nahm das gelbe Gummibärchen wie eine Schachfigur in die Hand und hielt es über den Tisch – sie war unschlüssig, wo sie es platzieren sollte. Katja hatte sie zu sich nach Hause eingeladen. Es war abends, aber noch hell und warm, sodass sie auf dem Balkon sitzen konnten. Von unten drang das Lachen und Plaudern von Menschen herauf, die auf einem der begehrten Freiluftplätze des Restaurants einen Platz gefunden hatten. Dazu klingelten Fahrräder in verschiedenen Tonlagen. Und manchmal erklang Musik aus den Radios vorbeifahrender Autos, die langsam lauter und dann wieder leiser wurde, ehe sie in der städtischen Geräuschkulisse verschwand.

Oben auf dem Balkon herrschte jedoch Stille. Katja und Anna beugten sich über ein Blatt Papier, welches vor ihnen auf dem kleinen Holztisch lag. Es war der Saalplan von Annas Hochzeitslokal, der bereits von ein paar roten und grünen Gummibärchen und dazugekritzelten Namen bedeckt war. Sie waren dabei, die Sitzordnung auszutüfteln. Anna platzierte das gelbe Gummibärchen auf einem runden Kreis, der einen der Tische symbolisierte. Katja hatte die Idee mit den Gummibärchen gehabt – sie stellten die Gäste dar. Und das gelbe Gummibärchen war Annas Mutter.

»Soll sie wirklich ganz an den Rand?«, fragte Katja verwundert. »Ist es nicht üblich, dass die Eltern irgendwo beim Brautpaar sitzen?«

Anna seufzte. »Normalerweise ja.« Sie lehnte sich auf ihrem Stuhl zurück. Ihr Nacken war seit Tagen heftig verspannt. Sie knetete mit der linken Hand die rechte Schulter, um den Schmerz zu lindern. Dann beugte sie sich wieder nach vorne über das Blatt Papier und schüttelte den Kopf. »Aber bei mir ist ja alles etwas anders als üblich.«

»Ich weiß schon, Süße«, sagte Katja. »Es ist kompliziert mit deinen Eltern. Aber wir finden schon eine Lösung. Was meint Bernd denn dazu?«

»Dem ist das egal. Er findet Tischordnungen sowieso überflüssig. Bernd ist der Ansicht, dass sich die Leute selbst ihren Platz aussuchen sollen. Er denkt mal wieder, ich mache mir zu viel unnötige Arbeit«, erklärte Anna.

»Was heißt denn: mal wieder?«, fragte Katja und warf der Freundin einen überraschten Blick zu. »Gibt es irgendwelche Probleme, von denen ich als Trauzeugin wissen sollte?«

Anna wich ihrem Blick aus und sah über die Geranientöpfe hinweg hinunter auf die Straße. Gerade schlenderte ein junges Paar Hand in Hand den Bürgersteig entlang. Ihr glückliches Lachen versetzte ihr einen Stich in die Magengrube. Sollte sie Katja von dem heimlich belauschten Telefonat von letzter Woche erzählen? Eigentlich hatte sie sich vorgenommen, das Gespräch nicht überzubewerten. Immerhin hatte sie bei manchen Cocktailabenden mit Katja auch Dinge über Bernd und seine Arbeit gesagt, die nicht für seine Ohren bestimmt waren. Und außerdem hatte sie seit einer Weile schon geahnt, dass Bernds Begeisterung für ihren Laden längst verschwunden war. Auch ihr Interesse für seine Arbeit hatte sich im Laufe der Jahre deutlich gelegt. Anna wusste aber, wie sehr Bernd seinen Job liebte. Genau deshalb war sie davon ausgegangen, er würde auch ihre Leidenschaft für den »Vintage Salon« nachvollziehen können. Hatte er das wirklich ernst gemeint, was er letzte Woche am Telefon gesagt hatte: Das ewige Theater mit dem Laden solle lieber bald vorbei sein?

Anna löste ihren Blick von der Straße und wendete sich ihrer Freundin zu. »Ach weißt du, wir streiten in letzter Zeit öfter. Oder eigentlich ist es kein Streit. Es sind Meinungsverschiedenheiten. Ich weiß manchmal nicht, ob Bernd mich wirklich versteht.«

Katja lächelte ihr aufmunternd zu. »So eine kleine Krise vor der Hochzeit ist normal. Hatten Dave und ich auch. In den USA nennt man das »second thoughts« – es gibt hunderte Bücher und Internetseiten dazu. Mach dir keine Sorgen, das geht vorbei.«

Anna nickte. Vielleicht hatte ihre Freundin recht. Womöglich waren ihre Zweifel ganz normal. Dennoch ging ihr das Telefonat von letzter Woche nicht aus dem Kopf. »Ich weiß schon, dass ich nicht die erste Braut bin, die kurz vor der Ehe in Panik gerät. Aber letzte Woche habe ich was gehört, was mich ziemlich beunruhigt …«, setzte Anna zu erzählen an, als sich plötzlich die Balkontüre öffnete.

Dave stand dort mit einem Pappteller in der Hand. Darauf balancierte er zwei Becher, in denen sich Eiskugeln in bunten Farben türmten.

»Darf ich die Damen kurz stören?«, fragte er und lehnte sich schnaufend an den Türrahmen. Er trug noch seine Sportschuhe. Katja hatte Anna verraten, dass ihr Ehemann neuerdings laufen ging, um bis zur Hochzeit wieder in seinen alten Anzug zu passen. »Ich hab euch Eis mitgebracht. Wenn ihr hier schon so fleißig seid, habt ihr euch eine Belohnung verdient.«

Er hielt ihnen den Pappteller entgegen, doch Katja winkte ab. »Danke, Schatz! Aber ehrlich gesagt störst du gerade tatsächlich. Anna wollte mir was erzählen, nicht wahr? Kannst du kurz wieder gehen?«, forderte sie ihren Ehemann auf.

»Ah, okay … äh, klar«, sagte Dave. Er klang enttäuscht und blickte ratlos auf die Eisbecher, deren Kugeln allmählich zu schmelzen begannen.

»Nein, bleib bitte!«, mischte Anna sich ein.

Dave wegzuschicken, nachdem er so aufmerksam war, kam ihr unverschämt vor. Außerdem zweifelte sie auch schon wieder daran, ob es richtig wäre, ihrer Freundin von einem heimlich belauschten Telefonat zu erzählen. Das Gespräch war nicht für Annas Ohren bestimmt gewesen und schon gar nicht für die von Katja.

»Bleib, bitte«, wiederholte sie nochmals und nahm sich einen der Eisbecher von Daves Tablett. Dann wendete sie sich Katja zu. »Was ich sagen wollte, war nicht so wichtig.«

Katja runzelte sie Stirn. »Meinst du wirklich? Das klang aber gerade nicht so«, sagte sie und sah Anna misstrauisch an. »Du kannst es mir ja auch nachher erzählen, okay?«

Anna nickte. Sie wollte jetzt lieber das Thema wechseln. »Vielleicht hat Dave ja eine Lösung, wo wir meine Mutter hinsetzen sollten«, sagte sie und deutete auf das gelbe Gummibärchen, das immer noch einsam auf einem der aufgemalten Kreise platziert war.

Dave stelle den Pappteller mit den Eisbechern ab und hob das Gummibärchen nach oben. »Das ist also deine Mutter? Sie sieht sehr süß aus. Zum Anbeißen«, sagte er und lachte.

»Untersteh dich!«, entgegnete Katja. »Du sollst uns helfen und nicht die Hochzeitsgesellschaft aufessen.« Dann kniff sie Dave in die Seite. »Sonst wird das nie was mit deinem Anzug.«

Anna hörte den beiden nur mit halber Aufmerksamkeit zu. Während sie mechanisch ihren Eisbecher löffelte, blickte sie wieder hinunter auf die Straße und erkannte in der Ferne das Paar von vorhin. Es hielt sich immer noch an den Händen. Anna dachte darüber nach, wann sie mit Bernd zum letzten Mal so verliebt durch die Straßen gelaufen war. Sie konnte sich nicht erinnern. Erst als das Paar nicht mehr in Sichtweite war, löste sie den Blick von der Straße.

3. September: »Dumme Gedanken hat jeder. Nur der Weise verschweigt sie.«

Wilhelm Busch

Wenn sie das nächste Mal hierherkäme, dachte Anna, würde sie einen Schleier im Haar tragen. All ihre Freunde und ihre Familie würden auf sie warten, wenn sie mit Bernd im roten Cabrio angefahren käme. Das Auto wollte Bernd über seine Firma mieten. Er hatte ohnehin fast seine ganze Abteilung eingeladen. Wahrscheinlich würde es Applaus und Fotogeknipse geben, wenn sie beide im Hof des Restaurants einfuhren. Und sie würden ihren Gästen zuwinken und strahlen. Das perfekte Lächeln würde sie wohl noch üben müssen. Anna sah ihr Gesicht in der Spiegelung eines der Fenster des Lokals. Momentan gelang es ihr höchstens, die Mundwinkel irgendwie schief nach oben zu ziehen, aber das echte Lachen einer überglücklichen Braut sah völlig anders aus.

Sie war heute mit Bernd ein letztes Mal zu ihrem Hochzeitslokal gefahren, um noch einige Kleinigkeiten abzuklären. Anna hatte sich noch längst nicht an den Anblick des eingerüsteten Gebäudes gewöhnt. Anders als insgeheim erhofft war die Renovierung keineswegs schneller als geplant vorangekommen. Das Haus war immer noch eine große Baustelle. Anna und Bernd gingen vom Parkplatz aus schweigend zum Lokal und schritten durch die Eingangstür in Richtung des großen Saals, den sie für ihr Fest gebucht hatten. Selbst von hier aus konnte man durch die Fenster einen Baukran sehen. Während Bernd sofort verschwand, um irgendwas mit dem

Küchenchef zu klären, bewegte sich Anna unschlüssig durch den leeren Raum. Sie stellte sich vor, wo bei ihrer Hochzeit überall die Gäste sitzen würden. Es sollte acht große runde Tische geben. In der Mitte des Saals würden Bernd, sie und die engsten Freunde Platz nehmen. Anna hatte sich letzte Woche für eine Sitzordnung entschieden, bei der ihre Eltern möglichst weit voneinander entfernt saßen.

In den vergangenen Monaten hatte Anna die Tatsache erfolgreich verdrängt, ihrer Mutter immer noch nichts von ihrem neuen Halbbruder erzählt zu haben. Sie hatte es Woche um Woche verschoben und irgendwann mit Ernüchterung festgestellt, dass sie den richtigen Zeitpunkt für die Beichte schon längst verpasst hatte. Ihre Mutter würde die Überraschung auf der Hochzeit mit Fassung tragen und ihr später umso bitterere Vorwürfe machen. Da Anna aber ohnehin noch eine Tirade wegen des gescheiterten Ladens erwartete, war sie in ihrer Rolle als reumütige Tochter auf alles gefasst. Sie und ihre Mutter würden nie so was wie Freundinnen werden. Damit hatte sie sich längst abgefunden.

Annas Blick fiel auf jene Hälfte des Raums, die bei ihrer Hochzeit als Tanzfläche dienen sollte. Sie stellte sich vor, wie sie dort in zwei Wochen mit Bernd einen Hochzeitswalzer tanzen würde, umrahmt von allen Gästen. Dann würde sie ihr Vater ablösen, um mit seiner Tochter weiterzutanzen. Und bei diesem Gedanken fiel ihr unweigerlich wieder das Telefonat ein. Sie hatte zwar nicht direkt gehört, was ihr Vater gesagt hatte, aber es war ihr klar, dass er Bernds Haltung ihrem Laden gegenüber insgeheim teilte. Anna hatte weder mit ihm noch mit Bernd darüber gesprochen. Eigentlich wollte sie das Telefonat am liebsten vergessen. Aber es gelang ihr nicht.

Bedächtig schritt sie über die Tanzfläche und blickte auf den

Boden. In zwei Wochen würde sie statt ihrer Turnschuhe weiße Sandalen tragen, umschmeichelt von ihrem wunderschönen Kleid. Anna musterte ihre Schuhe, die wieder mal schmutzig waren von der nassen Erde rund um die Baustelle. Und in zwei Wochen sollten an ihren Füßen tatsächlich ihre zarten Brautschuhe mit den Lederblüten und silbernen Spangen glänzen? Es war für Anna einfach nicht vorstellbar.

»Na, was stehst du hier so verlassen rum?«, sagte Bernd auf einmal.

Anna drehte sich um. Bernd hatte sich unbemerkt angeschlichen und legte seine rechte Hand um ihre Hüften. Sein Gesicht mit dem Grübchen am Kinn und den beiden Muttermalen auf der linken Wange kam ihr so unwahrscheinlich vertraut vor. Aber hatte sie irgendeine Vorstellung davon, was in seinem Kopf vorging? In jedem Fall schien Bernd keine Ahnung zu haben, welche Gedanken sie gerade beschäftigten. Sonst wäre ihm wohl nie in den Sinn gekommen mit seiner linken Hand nach ihrer Hand zu greifen, um sie in weiten Bögen durch den Saal zu führen – erst langsam, dann immer schneller. Bernd war ein ziemlich guter Tänzer.

»Kommst du denn endlich in Hochzeitsstimmung?«, fragte er, während er sie weiter im Walzertakt durch den Saal führte.

Anna wollte ihm nicht die Wahrheit sagen. Die Wahrheit wäre nämlich gewesen, dass ihr vom Drehen ziemlich schwindelig war. Was daher kam, dass sie heute noch nichts gegessen hatte. Und der Grund dafür war, dass sie seit einer viel zu langen Weile schon an Appetitlosigkeit litt. Und das wiederum kam … ja woher eigentlich?

»Ja«, antwortete sie also einfach. Ihr Kopf lag an seiner Schulter. So musste sie ihm zumindest nicht in die Augen sehen, während sie ihn anschwindelte.

Endlich blieb Bernd stehen. »In zwei Wochen ist es nun so weit«, sagte er begleitet von schnellen Atemgeräuschen. Das Tanzen schien ihn erschöpft zu haben. Aber er grinste trotzdem zufrieden.

»Und danach?«, fragte Anna. Die Worte waren ohne nachzudenken aus ihrem Mund gepurzelt. Jetzt standen sie wie unerwünschte Gäste mitten im Raum und Anna erschrak selbst über die Größe, die sie auf einmal hatten. Es waren immerhin nur zwei kleine Worte gewesen.

»Und danach? Was meinst du damit? Unsere Flitterwochen? Habe ich gerade besprochen. Geht auf Kosten des Hauses wegen der Renovierungsarbeiten. Das weißt du doch«, erklärte Bernd lächelnd.

»Das meine ich nicht«, antwortete Anna. Sie hätte auch einfach sagen können »Alles klar« oder »Dann ist ja gut«. Aber sie brachte es nicht über die Lippen. »Ich möchte wissen, was in der Zukunft aus uns wird?«, sagte sie stattdessen.

Bernd wischte sich über die Stirn, auf der sich kleine Schweißperlen gebildet hatten. Noch immer standen sie sich auf der Tanzfläche gegenüber. Bernd blickte ihr irritiert in die Augen. »Was soll denn schon aus uns werden? Wir sind glücklich und zufrieden. Haben ein Haus und zwei oder drei reizende Kinder und …«

Anna unterbrach ihn. »Und du bist erfolgreicher Projektleiter und ich kümmere mich um den Nachwuchs und wenn du abends nach Hause kommst, steht das Essen auf dem Tisch.«

»Äh ja, ich meine, so ähnlich. Also ich werde natürlich auch mal kochen, falls du das denkst«, sagte er. Sein Grinsen war nun einem irritierten Gesichtsausdruck gewichen.

Es war völlig ruhig im Saal. Nur von weitem hörte man Stimmen und das Geklapper von Besteck.

Anna merkte, dass Bernd nicht richtig verstand, worauf ihre Fragen abzielten. Sie überlegte eine Weile, bevor sie die nächsten Sätze formulierte.

»Bitte sei ganz ehrlich. Wäre es in deinem Sinn, wenn ich mir keinen neuen Laden mehr suche und dafür ganz für dich da bin?«

Bernd rollte die Augen nach oben. Anna merkte, dass er mit dieser Frage nicht gerechnet hatte. Das Thema war ihm sichtlich unangenehm.

Er nahm ihre beiden Hände, bevor er antwortete. »Was heißt denn für mich? Wenn wir erst mal verheiratet sind, gibt es kein dein und mein, sondern nur uns.«

»Auch unser Laden?«, warf Anna ein.

Bernd räusperte sich, bevor er weitersprach. »Hattest du denn wirklich geplant, das Geschäft bis in alle Ewigkeit zu führen? Ich meine, ich dachte immer, das sei ein vorübergehendes Projekt für dich. Du kannst doch deine Talente anderweitig einsetzen. Warum willst du dich denn ewig an diesen Laden ketten, der dir so viele Mühen macht?«

»Dein Job macht dir auch Mühe. Wo ist bitte der Unterschied zwischen uns?«, fragte Anna. Ihre Stimme war ruhig, klar und bestimmt. Sie wendete auch nicht ihren Blick von Bernd ab. Er blickte dagegen suchend im Saal umher, so als ob sich in irgendeiner der Ecken die richtige Antwort verbergen könnte.

»Das ist doch was anderes. Ich meine, bei mir geht es beruflich immer aufwärts und du strampelst dich ab und es kommt nicht so viel dabei rum. Jetzt stehst du sogar vor dem Ende.« Er drückte Annas Finger so fest, dass es fast schon schmerzhaft war. »Es wäre doch viel besser, also speziell auch für dich, wenn du diese Sorgen los hättest. Du dürftest zum Beispiel zukünftig die Events in meinem Betrieb dekorieren. Ich hab schon allen dort erzählt, wie gut du so was kannst«, sagte Bernd. Endlich ließ er ihre Hände los.

Reflexartig verschränkte Anna ihre Arme. Sie wusste, wie es ganz einfach wäre, das Gespräch versöhnlich zu beenden. Sie könnte jetzt so was sagen wie: »Du hast recht. Ich bin so froh, dass jetzt alle deine Kollegen wissen, wie hübsch ich den Tisch decken kann. Nun verstehe ich auch, warum du die ganze Abteilung einladen wolltest und sogar einen deiner Kollegen als Trauzeugen bestimmt hast. Wie klug du immer mitdenkst!« Anna könnte sagen: »Vielen Dank, dass du mir diesen Laden ersparst und mir dessen Sinnlosigkeit endlich bildhaft vor Augen führst. Hier und da ein bisschen dekorieren ist ja viel angenehmer, als ein überflüssiges Geschäft zu führen.«

Stattdessen sagte sie aber nur: »So siehst du das also!« Ihre Stimme klang traurig.

Bernd wischte sich wieder über die Stirn. »Was soll denn jetzt diese Diskussion? Wir sind doch hier, um zu heiraten. Alles andere können wir später klären. Gerade gibt es echt dringendere Sachen zu erledigen. Die Cocktails für unser Fest zum Beispiel. Ich muss das mit dem Barkeeper besprechen«, sagte er und drehte sich um.

Das Gespräch schien für ihn beendet. Er ging aus dem Saal in die Richtung, wo sich der Getränkeausschank befand. Anna blieb auf der Tanzfläche zurück. Sie musste nachdenken. Nicht über Cocktails, sondern über ganz andere Dinge.

10. September: »Schreiben ist leicht. Man muss nur die falschen Wörter weglassen.«

Mark Twain

Vielleicht würde der Schleier ihr helfen? So wie kürzlich in Frau Rosas Laden, als sie sich für eine Weile wie eine richtige Braut gefühlt hatte. Anna öffnete den Schrank ihres Schlafzimmers und nahm eine cremeweiße Schachtel heraus. Sie schlug einige Schichten weißes Seidenpapier beiseite und hob den Schleier nach oben. Er war leicht und zart. Nur die Klammer, mit der sie ihn im Haar befestigen konnte, schien überhaupt Gewicht zu haben. Sie betrachtete ihn eine Weile und ging ins Badezimmer.

Sie musste keine Angst davor haben, dass Bernd sie mit dem Schleier sehen würde. Er war längst in der Arbeit. Anna ließ sich gerade von Ute vertreten. Sie nahm ihr derzeit so viele Stunden wie möglich ab, ehe ihr Vertrag mangels neuer Räume erst mal nicht verlängert werden konnte. Anna hatte sich für heute vorgenommen, endlich in Ruhe die Rede für die Hochzeit zu schreiben. Sie hatte extra Kerzen angezündet und eine CD mit Liebesliedern von Elvis aufgelegt, die Bernd ihr irgendwann mal zum Valentinstag geschenkt hatte. Zu einem schmachtend dahingehauchten »I can't help falling in love with you« musste ihr doch irgendwas Romantisches einfallen. Doch trotz aller Bemühungen hatte sie schon eine ganze Stunde vor dem leeren Bildschirm ihres Laptops gesessen, ehe ihr die Idee mit dem Schleier gekommen war. Jetzt stand sie im Badezimmer und knipste sich die hauchfeinen Tüllschichten seitlich ins Haar, ungefähr so, wie Katja ihn damals im Brautmodenladen platziert hatte. Anders als vor ein paar Wochen, als er wie ein Krönchen auf ihrem Kopf gethront hatte, wollte er heute keinen richtigen Halt finden. Er saß schief und wackelig wie ein Fremdkörper auf ihrem Kopf. Anna betrachtete sich im Spiegel. Völlig ungeschminkt und im karierten Schlafanzug sah sie beim besten Willen einfach nicht wie eine Braut aus. Es war eine bescheuerte Idee gewesen. Sie entfernte den Schleier schnell aus ihrem Haar und ging zurück zum Esstisch, wo ihr Laptop mit seinem leeren Bildschirm auf sie wartete.

»Lieber Bernd«, das war das Einzige, was sie bislang getippt hatte. Der heutige Kalenderspruch war ausnahmsweise auch keine gute Hilfe: »Schreiben ist leicht. Man muss nur die falschen Wörter weglassen.« Was war denn bitte in ihrem Fall das Richtige und was das Falsche? Anna verfluchte ihren Vorschlag mit der selbst verfassten Liebeserklärung. Nachdem Bernd ihr bereits vor Wochen verkündet hatte, sein Text sei längst geschrieben, konnte sie jetzt keinen Rückzieher mehr machen.

Sie hatte sich die Sache mit der Rede zu Beginn des Jahres noch so herrlich romantisch vorgestellt. Sie hatte sich so vieles rund um die Hochzeit wie in einem märchenhaften Hollywoodfilm ausgemalt. Aber dann war alles komplett anders gekommen. Die Baustelle beim Restaurant, der Fehlkauf beim Ring, ihre verpatzte Frisur, die vielen Auseinandersetzungen mit Bernd und ihre plötzlich so ungewisse berufliche Zukunft – all das hätte sie sich im Traum nie vorstellen können. Höchstens vielleicht in einem schrecklichen Albtraum.

»In diesem Jahr ist vieles anders gekommen, als ich es erwartet hatte«, tippte Anna und überlegte. Was sollte sie jetzt schreiben? All die unangenehmen Überraschungen vor den

Gästen aufzuzählen schien keine gute Idee zu sein. Für Selbstmitleid war ein Hochzeitsfest immerhin nicht der richtige Ort. »Aber so ist das eben im Leben. Es läuft meistens anders als man denkt«, schrieb Anna. Sie dachte kurz darüber nach, ob sie den letzten Satz nicht besser weglassen sollte. Eigentlich mochte sie diese Floskeln nicht. Aber löschen konnte sie ihn auch später noch.

Anna tippte weiter. »Seitdem ich als kleines Mädchen auf dem Schulweg im Schaufenster die Hochzeit von Sarah Ferguson gesehen habe, war mir klar, dass ich irgendwann selbst heiraten möchte.« Die Geschichte mit den roten Haaren ließ sie lieber weg, denn das war zu persönlich – gerade vor den ganzen Arbeitskollegen von Bernd. Stattdessen entschied sie sich für einen Zeitsprung in die Zukunft. »Heute sitze ich hier mit dir und bin total glücklich darüber«, schrieb sie. Anna löschte schnell das »total« – sie mochte das Wort nicht, es klang nach Werbesprache: Total günstig, total erfrischend, total genial. Sie ersetzte es durch ein »wirklich« und las den Satz nochmals. »Heute sitze ich hier mit dir und bin wirklich glücklich darüber.«

Noch schlimmer, dachte Anna. Das hörte sich so an, als ob sie es sich selbst einreden würde. Aber war es vielleicht auch so? Wusste sie nicht längst, dass sich Glück eigentlich anders anfühlte? Wollte sie sich weiter vormachen, allein vor Aufregung und Vorfreude seit Monaten nicht mehr schlafen zu können? Heute war zwar noch kein Hochzeitstermin, aber je näher er rückte, desto unwirklicher kam ihr alles vor. Dabei war sie doch eigentlich bestens aufs Heiraten vorbereitet – nachdem sie ihre Hochzeit gedanklich all die Jahre zuvor bis ins Detail durchgeplant hatte. Sie musste jetzt nur hingehen. War sie einfach ein Angsthase? Eine Braut, die sich nicht traut? Wie bei diesem Film mit Julia Roberts und Richard Gere?

Anna ging in ihr Schlafzimmer, öffnete die Schublade ihres Nachtkästchens und nahm den Zettel heraus, den sie dort seit Beginn des Jahres aufbewahrt hatte. Sie las ihn erneut. »Liebe Anna, möchtest du mich heiraten? PS: Wenn ja, darfst du mich gerne aufwecken. PPS: Ist mir die Überraschung gelungen?«

Die Überraschung war Bernd damals eindeutig gelungen. Er hatte sie regelrecht an der Nase herumgeführt. Und es war nicht das erste und auch nicht das letzte Mal gewesen, dass Anna sich von ihm nicht ernst genommen fühlte. Sie hatte von Beginn ihrer Beziehung an gewusst, wie unterschiedlich sie beide waren. Genau diese Gegensätzlichkeit hatte sie an Bernd fasziniert. Aber je länger sie sich kannten, desto fremder schien er ihr. Der Streit wegen der Einladungskarten, sein uneinsichtiges Verhalten bei der Wahl der Hochzeitstorte – und dann noch seine seltsame Vermutung, sie würde sich darüber freuen, wenn sie ihren Beruf nicht mehr ausüben musste. Wenn er ihr eine Immobilie kaufte und sie sich um die gemeinsamen Kinder kümmern würde und um das Abendessen. So hatte sie sich ihr Leben nie vorgestellt. Sie wollte immer unabhängig sein und einen Job haben, der ihr gefällt. Der Laden war die schönste Arbeit, die sie sich vorstellen konnte. Trotz aller Mühen in der letzten Zeit.

Aber all das konnte sie ihm ja nicht am Hochzeitstag sagen. Anna dachte nach. Sie musste die Geschichte in die passenden romantischen Worte verpacken. Schließlich tippte sie weiter. »Wir sind zwar verschieden, aber passen trotzdem zusammen – so ähnlich wie Tom & Jerry oder wie Vanilleeis und heiße Himbeeren. Wahrscheinlich haben wir uns die Hochzeitsvorbereitungen unkomplizierter vorgestellt. Aber all die großen und kleinen Hürden haben uns nur näher zusammengebracht. Und jetzt sind wir einfach nur glücklich, dass wir endlich hier sind und unsere gemeinsame Zukunft startet.«

Beim letzten Satz hörte Anna auf zu schreiben. Es war alles gelogen. Sie wusste es längst. Mit klopfendem Herzen las sie den Text nochmals durch, schüttelte den Kopf und klappte langsam den Laptop zu.

17. September: »Am Ende wird alles gut. Wenn es nicht gut ist, ist es nicht das Ende.«

Oscar Wilde

Was hatte sie da nur getan? Anna saß auf der Couch ihres Wohnzimmers und konnte es selbst nicht fassen. Sie war heute keine Braut, sondern ein Häufchen Elend. Jetzt hatte sie der schwachsinnige Kalenderspruch mit seinem doofen Versprechen von einem Happy End auch noch völlig aus der Bahn geworfen. »Am Ende wird alles gut«, wiederholte sie spöttisch. »Von wegen! Am Ende ist alles mieser als am Anfang! Total beschissen! Nichts ist gut! Rein gar nichts!«

Am Morgen war sie noch mit der Gewissheit aufgewacht, das Richtige getan zu haben. Und jetzt hatte sie die erste richtig große Krise. Sie hatte sich selbst, Bernd und den Gästen das Drama ersparen wollen, erst am Tag der Hochzeit einen Rückzieher zu machen. Fünf Tage vor dem Termin hatte sie Bernd ihren Entschluss mitgeteilt, dass sie nicht bereit war, ihn zu heiraten, solange ihre Zukunftspläne in völlig unterschiedliche Richtungen gingen. Zunächst dachte Bernd, sie mache nur einen Spaß. Aber nachdem Anna ihm all die Gründe aufgezählt hatte, warum sie an ihrem gemeinsamen Glück zweifelte, erkannte er endlich, wie ernst sie es meinte. Und dann erlebte Anna zum ersten Mal, wie Bernd regelrecht ausflippte.

»So einen wie mich wirst du nie mehr bekommen! Du bist doch völlig durchgeknallt! Du wirst schon noch sehen, wo dich deine Spinnerei hinführt. Ich jedenfalls stehe dir als Bräutigam sicher nicht mehr zur Verfügung!«, hatte er sie angeschrien und war polternd aus der Wohnung gestürmt.

Anna hatte mit Unverständnis oder Traurigkeit gerechnet, aber nicht mit solchen Beschimpfungen. Bernds schroffe und uneinsichtige Reaktion hatte sie jedoch auch insgeheim in ihrem Entschluss bestätigt.

Ihre eigenen Freunde und ihre Familie hatte sie persönlich angerufen, um ihnen von der Absage zu berichten. Ihre Mutter und ihr Vater schienen so überrumpelt, dass sie kaum Fragen stellten. Anna war heilfroh, nicht jedem die Geschichte in aller Ausführlichkeit erzählen zu müssen. Nur Katja wollte natürlich alles bis ins Detail wissen. Und nachdem sie ihr während eines endlos langen Telefonats alles erzählt hatte, reagierte auch sie anders, als Anna es erwartet hatte. Nicht mit tröstenden Worten, sondern mit einer ziemlich nüchternen Beobachtung.

»Weißt du, so überrascht bin ich auch wieder nicht. Ich habe nie eine Braut gesehen, die immer blasser wurde, je näher die Hochzeit kam – und das auch noch im Sommer«, hatte sie gesagt. Dann hatte sie noch versprochen heute vorbeizukommen und ihr beizustehen: am Tag der geplatzten Hochzeit.

Beim Aufstehen hatte Anna sich vor allem auf den Besuch ihrer Freundin gefreut. Die Stunden hätten womöglich einigermaßen erträglich dahinplätschern können, wäre ihr nicht dieser Kalenderspruch dazwischengeraten. Anna war klar, dass sie sich erfolgreich in einer Phase der Verdrängung befand. Sie hatte die Entscheidung, Bernd nicht zu heiraten, einfach aus dem Bauch heraus gefällt. Sie hatte diesmal keine Liste angefertigt, auf der sie aufgezählt hatte, was dafür- und was dagegensprach. Natürlich wären ihr auch viele Punkte eingefallen, die ihren Entschluss als reinen Wahnsinn entlarvt hätten:

Ihre finanzielle Lage, ihre berufliche Zukunft, das zu erwartende Gerede von anderen. Und die bohrende Frage, ob sie nicht maßlos überreagiert hatte. Vielleicht würde sie es noch bereuen, Bernd nicht geheiratet zu haben. Womöglich sollte am Ende rein gar nichts mehr gut werden und sie als einsame und verbitterte Frau enden, die ihre Chance auf das große Glück leichtsinnig verspielt hatte.

Anna griff schnell nach ihrem Handy und tippte eine SMS:

Hallo Katja,
kannst du bald kommen? Bin ziemlich verzweifelt. Hab ich einen Riesenfehler gemacht????
Panische Grüße
Anna

Schon kurz nach dem Senden vibrierte ihr Handy.

Bin schon unterwegs. Und hör auf zu grübeln! Macht nur Falten, die nie mehr weggehen!
Kopf hoch & smile :-)
Katja

Als sie die Nachricht las, musste Anna lächeln. Grübeleien waren tatsächlich sinnlos. Sie konnte das Geschehene ohnehin nicht mehr rückgängig machen. Bevor Katja kam, musste sie noch ein bisschen Ordnung schaffen. Ihr Gast sollte sie nicht im Chaos auffinden. Sie sammelte alle Kleidungsstücke auf, die sie in den letzten Tagen achtlos in der Wohnung verteilt hatte. Dann öffnete sie die Fenster, um frische Luft durch die Räume ziehen zu lassen. Beim Abwischen des Esstisches überlegte sie schließlich, was sie Katja eigentlich anbieten sollte. Sie war seit Tagen nicht mehr richtig einkaufen gewesen. Anna ging in die Küche und öffnete den Kühlschrank. Er war fast leer bis auf das riesige Ungetüm. Sie hob den Karton vorsichtig aus dem Kühlschrank. Es war nicht mehr möglich gewesen, die Hochzeitstorte abzubestellen. Anna hatte diesbezüglich auch gar nicht lange diskutieren wollen. Dem Konditor zu erzählen, dass die Hochzeit geplatzt war, hatte sie nicht übers Herz gebracht. Sie hatte ihn nur darum gebeten, die Torte direkt in ihre Wohnung zu liefern. Und da war sie jetzt immer noch. Verpackt in einer riesigen Schachtel. Während Anna misstrauisch den Deckel betrachtete und überlegte, ob es eine gute Idee wäre, ihn zu öffnen, klingelte es.

Anna lief aus der Küche und eilte zur Tür. Katja begrüßte sie mit einer ebenso stürmischen wie herzlichen Umarmung, die Anna unendlich guttat. Erst jetzt merkte sie, wie viel Kraft sie die letzte Zeit gekostet hatte. Sie hatte die vielleicht wichtigste Entscheidung ihres bisherigen Lebens ganz alleine für sich getroffen. Auch mit den Konsequenzen musste sie zukünftig alleine zurechtkommen. Aber gerade heute war es eine große Erleichterung für sie, jemanden bei sich zu haben, dem sie vertrauen konnte.

»Ist es wirklich so schlimm?«, fragte Katja nach einer Weile.

Sie standen immer noch Arm in Arm im Hauseingang. Anna wischte sich schnell mit dem rechten Oberarm eine Träne aus dem Augenwinkel, bevor sie sich aus der Umarmung löste.

»Es geht schon. Aber ich bin echt froh, dass du da bist. Meinst du, es war die falsche Entscheidung?«, fragte sie. Es fiel Anna schwer, den letzten Satz auszusprechen. Es war das erste Mal, dass sie jemanden so direkt nach seiner Meinung zu ihrem großen Entschluss fragte.

Katja zögerte ein bisschen, bevor sie antwortete. »Ich kann

dir das leider nicht sagen. Aber irgendwo in dir findest du bestimmt die richtige Antwort. Du hast es dir ja nicht leicht gemacht damit. Es war auf jeden Fall eine mutige Entscheidung.«

Anna atmete tief durch. Sie wusste, wie sehr Katja recht hatte. Wahrscheinlich wäre es ihr lieber gewesen, wenn sie nur genickt hätte. Aber da Katja eine echte Freundin war, hatte sie ehrlich geantwortet. Sie würde irgendwann erkennen, ob es der richtige Entschluss gewesen war. Die Zeit würde es ihr zeigen. Aber vorerst gab es noch ein ganz anderes Problem zu lösen. Wortlos führte sie Katja in die Küche und deutete auf den Karton.

»Was soll ich jetzt damit machen? Ich hab noch nicht reingeschaut. Hab mich irgendwie nicht getraut«, gestand Anna.

»Vor einer Torte musst du ja eigentlich keine Angst haben! Die beißt nicht«, sagte Katja und hob den Deckel nach oben. Ein riesiges Herz dicht belegt mit Weintrauben und kandierten Walnüssen kam zum Vorschein. In der Mitte thronte ein Fähnchen mit der Aufschrift »Anna & Bernd: 17. September«. Katja entfernte schnell das Papierfähnchen und steckte es in ihre Handtasche. »Was für eine hübsche und harmlose Torte. Zum Wegwerfen wäre sie doch wirklich zu schade. Oder meinst du nicht?«, fragte Katja und stupste Anna in die Seite.

Anna erinnerte sich daran, wie sie um die Torte hatte kämpfen müssen. Mit dieser blöden Münze, die Bernd unbedingt hatte werfen wollen. Es war nicht möglich gewesen, in Ruhe mit ihm über die Sache zu sprechen. So wie es leider viel zu oft unmöglich war, einen gemeinsamen Weg zu finden, mit dem beide glücklich waren. Der Gedanke daran regte Anna so sehr auf, dass sie einen großen Löffel aus der Schublade nahm und ihn mitten hineintauchte in das Herz aus Trauben, Nüssen und Creme. Dann balancierte sie ihn zum Mund und verschlang den süßen Berg gierig. Es war ihr egal, ob die Creme ihre Lippen verschmierte. Die Kostprobe schmeckte exakt so, wie sie sich ihre Hochzeitstorte immer gewünscht hatte, dachte Anna. Nur war sie heute keine Braut. Und genau daran würde sie sich erst mal gewöhnen müssen.

24. September: »Das Schwierigste ist die Entscheidung zu handeln. Der Rest ist nur Hartnäckigkeit.«

Amelia Earhart

Anna hasste, was sie da tat, aber es blieb ihr keine andere Wahl. Solange sie immer noch keinen neuen Laden gefunden hatte, musste sie den Ausverkauf ankündigen. Sie hatte in ihrer Wohnung aus Packpapier ein großes Schild ausgeschnitten und die ungeliebten Buchstaben mit schwungvollem Pinselstrich aufgemalt: »Räumungsverkauf«. Noch bevor heute die ersten Kunden kamen, befestigte sie den Papierbogen zusammen mit Ute auf der Glasscheibe des Schaufensters. Als die Rolle mit Klebefilm leer war und das Schild endlich fest an der Scheibe fixiert schien, schritten sie wortlos auf den Bürgersteig vor dem Laden, um das neue Schaufenster zu betrachten.

»Es hängt auf jeden Fall schön gerade«, sagte Ute. »Und es fällt sofort ins Auge.«

»Stimmt«, brachte Anna mühsam hervor.

Sie wusste es zu schätzen, wie Ute darum bemüht war, alles möglichst positiv zu sehen. Sie ersparte ihr sogar jede Fragerei zur Zukunft des Ladens, obwohl ihre eigene finanzielle Situation davon abhing. Seit der geplatzten Hochzeit tat Ute so, als ob es das Problem mit der Kündigung gar nicht gäbe. Während eines ihrer ersten Krisengespräche hatten Anna und Ute sich darauf geeinigt, zunächst nicht vor den Kunden über den Umzug zu sprechen, solange es keine neue Adresse gab. Da der Laden aber nun mal in einem Monat geräumt werden musste, konnten sie nicht weiterarbeiten wie bisher. Sollte Anna im letzten Augenblick kein neues Geschäft finden, mussten alle Waren so schnell wie möglich ausverkauft werden. Wo sollte sie auch sonst damit hin? In ihrer Wohnung konnte Anna höchstens ein paar Lieblingsstücke wie ihren Sessel oder den Vitrinenschrank lagern. Vorausgesetzt, sie durfte die Wohnung überhaupt behalten.

»Alles okay?«, fragte Ute.

Sie standen immer noch vor dem Laden und betrachteten das »Räumungsverkauf«-Schild so andächtig, als sei es ein berühmtes Gemälde in einem Museum.

»Klar! Ich meine, so weit eben alles okay sein kann, wenn das Leben drunter und drüber geht«, murmelte Anna.

»Hattest du mit Bernd eigentlich nochmals Kontakt, seit – du weißt schon?« Zum ersten Mal brachte Ute das Thema mit der geplatzten Hochzeit selbst zur Sprache.

»Du meinst, seit ich den Rückzieher gemacht habe? Leider nicht«, sagte Anna und drehte sich zu Ute, die ihr einen mitfühlenden Blick zuwarf. Anna fand, dass es an der Zeit war, ihre Kollegin nicht weiter mit einsilbigen Antworten zu ihrem Privatleben abzuspeisen. »Er geht nie ans Handy, wenn ich versuche, ihn zu erreichen«, offenbarte sie. »Immer wenn ich abends nach Hause komme, fehlen wieder ein paar Sachen von ihm. Ein Paar Schuhe, Anzüge, der Computer, Briefe. Aber vieles ist auch noch da. Ich weiß nicht, was er vorhat. Ob er langsam auszieht, oder ob er in einem Hotel wohnt und sich überlegt, wie er mich aus der Wohnung bekommt. Er verhält sich mir gegenüber auf jeden Fall wie ein unsichtbarer Geist. Das ist unheimlich. Ich hätte nicht gedacht, dass es so weit kommt. Wir hätten fast geheiratet und jetzt können wir nicht mal wie zwei erwachsene Menschen miteinander sprechen.«

Anna schüttelte traurig den Kopf. Sie konnte es selbst noch nicht richtig fassen, wie merkwürdig sich Bernd benahm.

»Verletzter Stolz bei Männern ist das Schlimmste. Aber das wird schon wieder. Ich bin mir ganz sicher«, sagte Ute. Ihr Tonfall klang allerdings nicht so zuversichtlich wie sonst.

»Ich glaub auch«, sagte Anna, obwohl sie kein bisschen davon überzeugt war. So hatte sie Bernd nie zuvor erlebt. Und sie hatte keine Ahnung, was sie machen sollte, um alles in Ruhe mit ihm zu besprechen. Ohne Beschimpfungen und Vorwürfe. Wobei sie momentan sogar damit zufrieden wäre, wenn er sie beschimpfen würde. Das bedeutete ja immerhin, dass er überhaupt mit ihr sprach. Aber es herrschte absolute Funkstille.

Anna wollte Ute jedoch nicht weiter beunruhigen. Außerdem war gerade kein guter Zeitpunkt, um noch länger über ihre privaten Probleme zu sprechen. »Lass uns jetzt reingehen. Das wird ein stressiger Tag. Ab heute will jeder hier noch ein Schnäppchen machen. Wir werden alle Hände voll zu tun haben«, sagte sie und öffnete die Tür zu ihrem Laden.

1. Oktober:
»Ich werde dorthin gehen, wohin meine Natur mich führt. Es widerstrebt mir, mich von jemand anderem führen zu lassen.«

Emily Brontë

Schon am Sonneneinfall durch die Ritzen der Jalousien erkannte Anna, dass sie viel später als üblich aufgewacht war. Sie hatte vergangene Nacht wieder ziemlich lange gebraucht, bis sie einschlafen konnte. Ganz allein in dem großen Bett zu liegen fühlte sich immer noch komisch an. Bernds gleichmäßiger Atem hatte auf Anna stets eine beruhigende Wirkung gehabt. Selbst wenn sie tagsüber durch den turbulenten Räumungsverkauf im Laden kaum zum Nachdenken kam, musste sie abends im Bett automatisch an Bernd denken. Hätten sie vor zwei Wochen geheiratet, wären beide jetzt noch entspannt in den Flitterwochen. Und Anna würde den Räumungsverkauf ohne größere Zukunftsängste regeln. Es war nicht so, dass sie ihre Meinung geändert hatte. Es schien ihr nicht plötzlich erstrebenswert, Bernds Vorzeigefrau zu sein, die ab und an die Dekoration für eine Firmenfeier gestaltete. Doch wenn sie so alleine im Bett lag und ihr alles über den Kopf zu wachsen drohte, wünschte sie sich Bernd manchmal herbei. Einen Bernd allerdings, der sie unterstützte. Einen Bernd, wie er früher mal gewesen war. Einen, auf den sie sich verlassen konnte.

In dieser Nacht hatte sie besonders lange gegrübelt, aber irgendwann musste sie dann doch eingeschlafen sein. Warum hatte der Wecker morgens nicht geklingelt? Annas Blick fiel auf das Nachtkästchen, wo der blaue Funkwecker normalerweise stand. Aber dort entdeckte sie nur eine leere Sprudelflasche und die Nachttischlampe. Anna beugte sich aus dem Bett, suchte den Teppichboden ab und verschob den kleinen Nachttischschrank. Sie konnte das Gerät nirgendwo finden. Sie stand auf und ging ums Bett herum, um auch auf Bernds Seite danach zu suchen. Dort dürfte der Wecker allerdings nicht stehen, dachte Anna. Es sei denn, ein Geist hätte ihn umplatziert. Und dann musste Anna sich vor Schreck auf die Bettkante setzen. Bernd hatte ihn heimlich geholt!

Sie erinnerte sich, wie er ihn im vergangenen Jahr während einer Urlaubsreise in einem spanischen Supermarkt gekauft hatte. Ihr Reisewecker hatte damals den Geist aufgegeben. Es war ein ganz einfaches Gerät, keine 15 Euro wert. Bernd hatte ihn nur unter Protest erworben, weil er günstigen Elektrogeräten aus dem Supermarkt prinzipiell misstraute. Wie oft hatte er nach dem Klingeln des Weckers angekündigt, demnächst mal ein richtiges Modell zu kaufen. Und nun hatte er tatsächlich diesen Wecker mitgenommen, den er nie hatte besitzen wollen.

Anna war fassungslos. Sie konnte ja verstehen, warum er seine Kleidung mitnahm, seinen Computer und seinen Rasierapparat. Aber jetzt auch diesen Wecker, den er nie hatte haben wollen? Nur aus Prinzip, oder weil er sie ärgern wollte? Dann auch noch so heimlich wie ein Einbrecher, der unbemerkt ins Haus schleicht und nach einzelnen Stücken greift. Was würde denn morgen fehlen? Vielleicht das halbe Wohnzimmersofa? Das hatten sie damals immerhin zusammen gekauft. Würde er es mit einer Motorsäge mittig wie eine Leberwurst halbieren?

Es war höchste Zeit, ein klärendes Gespräch zu führen. Anna wollte diesen Zustand keinen Tag länger erdulden. Aber sie konnte Bernd einfach nie erreichen. Wenn sie ihn auf dem Handy anrief, nahm er nicht ab und seine neue Adresse kannte sie nicht. Anna ging in der Wohnung auf und ab und überlegte. Als sie im Wohnzimmer stand, fiel ihr Blick auf die große Standuhr. Es war ein skandinavisches Modell, das Anna auf einem Antikmarkt entdeckt hatte. Sie hatte die Uhr lange vor der Beziehung mit Bernd erworben und musste sich um ihren Verbleib nicht sorgen. Ihr verschnörkelt geformter Stundenzeiger deutete auf zehn Uhr, der Minutenzeiger war nach unten gerichtet. Bernd musste um diese Zeit längst in der Arbeit sein.

Anna hatte eine Idee. Sie würde ihn einfach im Büro anrufen. Sie wusste, dass er sich einen Raum mit einem Kollegen teilte. Wenn sie es lange genug klingeln ließ, musste er irgendwann ans Telefon gehen. Er musste sogar einigermaßen höflich bleiben, denn Bernd würde sich während der Arbeit nie die Blöße geben, emotional zu reagieren. Sie fand es zwar fies, ihn so in die Ecke zu drängen, aber es blieb ihr nichts anderes übrig. Solange es für ihn in Ordnung war, heimlich die Wohnung leer zu räumen, durfte er nicht weiter auf ihre Fairness zählen. Anna holte tief Luft und wählte die Nummer, die noch in ihrem Telefon gespeichert war. Es klingelte vier Mal, ehe er abhob.

»Bernd Schmidt«, sagte er in sachlichem Tonfall. Er hatte ihre Nummer bestimmt auf dem Display erkannt. Es war das erste Mal, dass er sich ihr gegenüber mit vollem Namen meldete.

»Ich bin's, Anna. Eigentlich wollte ich dich nicht in der Arbeit stören, aber privat erreiche ich dich nicht. Es dauert nur kurz. Bitte leg nicht gleich wieder auf«, erklärte sie hastig. Sie wartete einen Moment, um zu prüfen, ob er nicht vielleicht doch aufgelegt hatte.

Ein leises Schnaufen im Hörer verriet seine Anwesenheit. Trotz aller Nervosität und Anspannung bemühte sich Anna darum, freundlich zu bleiben. »Ich habe gemerkt, dass du immer wieder Sachen aus der Wohnung mitnimmst. Können wir nicht mal in Ruhe darüber sprechen, wie wir das in Zukunft machen? Hast du schon was Neues gefunden? Kann ich die Wohnung behalten?«

»Offensichtlich«, sagte Bernd.

Anna wartete noch einen Moment, ob er noch mehr sprechen wollte, aber es blieb bei der einsilbigen Antwort.

»Okay. Und wegen deiner Sachen. Du kannst natürlich gerne alles abholen, was dir gehört. Aber vielleicht kannst du mir mal eine Liste davon schicken, was du jetzt noch mitnehmen möchtest. Also auch von den gemeinsamen Dingen – wir können das ja aufteilen.« Anna sprach schnell. Einerseits, weil sie immer angespannter wurde. Und andererseits, weil sie jederzeit damit rechnete, dass Bernd doch noch auflegen würde.

»Mal sehen«, sagte Bernd. Seine Stimme klang so monoton wie bei einem Computer-Sprachprogramm.

»Weißt du, ich verstehe ja, warum du nicht gut auf mich zu sprechen bist. Aber ich würde mich wirklich freuen, wenn wir uns einfach normal unterhalten könnten. Und warum du heimlich den Wecker mitgenommen hast, den du doch gar nicht mochtest, hat mich schon ein bisschen verwundert. Ich meine, fast hätten wir unser Leben miteinander geteilt. Dann können wir uns doch jetzt mal an einen Tisch set…«, mitten im Satz wurde sie unterbrochen.

»Ich habe gerade leider wenig Zeit. Auf Wiederhören«, sagte Bernd und legte auf.

Anna starrte eine Weile auf den Hörer, ehe sie ihn zurück auf die Kommode legte. Sie ging zum Esstisch und setzte sich auf einen der Stühle. Wie oft hatten sie gemeinsam hier gesessen und jetzt verhielt er sich so, als wäre sie eine Fremde. Natürlich war er verletzt. Aber musste er sie deshalb so kalt abservieren? Konnte er ihre Entscheidung kein bisschen nachvollziehen? Oder sich zumindest vorstellen, wie verdammt gemein es war, heimlich ausgeplündert zu werden, wenn die Existenz ohnehin in der Schwebe hing? Annas Blick fiel wieder auf ihre Uhr. Eigentlich müsste sie längst in der Arbeit sein und Ute unterstützen. Dabei wünschte sie sich gerade mal wieder nur, einfach kurz einzuschlafen und beim Aufwachen festzustellen, dass die letzten Minuten nur ein sonderbarer Traum gewesen waren.

Das Klingeln des Telefons riss sie aus ihren Gedanken. Ob es vielleicht Bernd war? Womöglich wollte er sich für das abrupte Ende des Telefonats entschuldigen. Schnell lief Anna zum Hörer.

»Anna am Appara…«, sagte sie und wusste schon in dem Augenblick, als sie unterbrochen wurde, dass nicht Bernd angerufen hatte.

»Komm nächsten Sonntag bei mir vorbei. Da dürftest du ja freihaben, oder?« Es war ihre Mutter.

»Äh, na ja. Eigentlich habe ich momentan gar keine Zeit«, sagte Anna. Dann fiel ihr auf, dass sie so einen ähnlichen Satz heute schon einmal gehört hatte. In den letzten paar Wochen war es Anna erfolgreich geglückt, ein längeres Gespräch mit ihrer Mutter zu vermeiden. Als sie ihr am Telefon von der Absage der Hochzeit berichtet hatte, war ihre Mutter sprachlos und beendete den Anruf ohne irgendeine Gefühlsäußerung. Wahrscheinlich wollte sie mit ihrer Tochter endlich die längst überfällige Aussprache inklusive einer gewaltigen Standpauke führen. Darüber, was alles schiefgelaufen war in ihrem Leben. Anna hatte überhaupt keine Lust dazu. Aber anders als ihr Fast-Ehemann wollte sie sich nicht weiter vor einer Auseinandersetzung drücken.

»Alles klar, Mama. Ich komme auf jeden Fall. Ich muss aber jetzt wirklich auflegen, weil ich dringend in die Arbeit muss«, sagte sie.

Der letzte Satz war nicht ganz wahr. Sie würde nicht sofort zum Laden fahren, sondern Ute Bescheid geben, dass sie sich noch etwas verspätete. Dann würde sie sich eine Tasse Kaffee aufbrühen und sie in Ruhe trinken. Es war höchste Zeit für das erste angenehme Erlebnis dieses Tages.

8. Oktober: »Glaubt mir, die Welt wird euch nichts schenken. Wenn ihr ein Leben wollt, so stehlt es.«

Lou Andreas-Salomé

Das neue Zuhause ihrer Mutter war Anna mindestens ebenso wenig vertraut wie die Villa ihres Vaters. Der Unterschied lag allerdings im Größenverhältnis. Anders als ihr Vater musste sich ihre Mutter mit wenigen Quadratmetern zufriedengeben. Ihre Wohnung befand sich unter dem Dach eines imposanten Altbaus. Auf jedem Stockwerk führte eine weite Flügeltür in eine große Wohnung mit vier oder fünf Zimmern. Und dann gab es jeweils einen schmalen Eingang daneben. Auch die Wohnung ihrer Mutter verbarg sich hinter einer dieser kleinen Türen. Anna wusste, dass diese Unterkünfte früher für die Dienstboten erbaut wurden. Die Zimmermädchen der reichen Familien wurden dort einquartiert. Wenn ihre Mutter also verkündete, sie wohne in einer Jugendstilvilla, war das nicht falsch. Aber es weckte andere Vorstellungen, die nicht viel mit der Realität zu tun hatten.

Mit jeder Treppenstufe, auf der Anna sich dem obersten Stockwerk näherte, verstärkte sich bei ihr das flaue Gefühl im Magen. Es gab längst kein Zurück mehr. Anna fühlte sich wie eine Verbrecherin, die sich nun freiwillig der Anklage aussetzte. In ihrem Fall bestand das Vergehen in unüberlegter Berufswahl und der noch unüberlegteren Absage einer vermeintlichen Traumhochzeit. Als Anna im obersten Stock des Treppenhauses angekommen war, zögerte sie einen Augenblick. Dann holte sie tief Luft und drückte die Klingel.

Kurz darauf öffnete sich schwungvoll die Wohnungstüre. Ihre Mutter sah in ihrem fliederfarbenen Kostüm so fein zurechtgemacht aus, als hätte sie sich mit Anna zu einer Theateraufführung verabredet. Für einen kurzen Moment schämte sich Anna für ihre nachlässige Kleidung – in letzter Zeit zog sie meist das erstbeste Outfit an, das sie greifen konnte. Heute war es ein graues Sweatshirt und eine Jeans, die vom Frühstück einen Fleck hatte. Sie hatte in aller Eile ein Glas mit Orangensaft umgeworfen, dessen Inhalt auf ihr Bein getropft war. Und weil es ihr momentan egal war, wie sie aussah, hatte sie einfach mit dem feuchten Geschirrtuch darübergewischt und war losgeradelt. Anna legte schnell ihre Hand auf den rechten Oberschenkel, um den Fleck zu verdecken. Ihre Mutter schien ihn jedoch nicht bemerkt zu haben. Sie begrüßte ihre Tochter wie immer mit in die Luft gehauchten Küsschen jenseits ihrer Wangen und führte sie in ihr Wohnzimmer, das zugleich auch das Schlafzimmer war.

Neben Küche und Bad gab es nur diesen einen Raum. Er hatte große Fenster. Ein Kronleuchter und graziles Mobiliar aus dunklem Nussholz verliehen ihm das elegante Flair eines Empfangssalons aus dem 19. Jahrhundert. Eigentlich ist es hier wirklich sehr gemütlich, dachte sich Anna. Gerade deshalb war es für sie kaum vorstellbar, wie ihre Mutter das Sofa jeden Abend in ein Bett verwandelte und dann morgens wieder alle Spuren der Nachtruhe unsichtbar machte. Anna war erst wenige Male hier gewesen. Ihre Mutter hatte die Wohnung vor zwei Jahren bezogen. Einige Einrichtungsstücke waren Anna noch aus ihrer Kindheit vertraut, obwohl sie kaum Altersspuren zeigten.

»Ich wollte dir etwas geben«, sagte ihre Mutter, nachdem Anna auf einem der beiden kleinen Sessel Platz genommen hatte.

Sie war nicht erstaunt darüber, dass ihre Mutter ohne Umschweife zum Thema kam. Eher überraschte sie, was sie eben gesagt hatte. Was wollte sie ihr denn geben? Neugierig beobachtete Anna, welchen Gegenstand ihre Mutter aus ihrer Kommode entnahm. Er war schmal und weiß: ein Kuvert.

»Du solltest das hier eigentlich zur Hochzeit bekommen«, sagte sie und reichte Anna den Umschlag.

»Mama, es gab doch gar keine Hochzeit. Und ich hab gesagt, ich will bloß keine Geschenke!«, protestierte Anna.

Doch ihre Mutter streckte ihr den Umschlag weiter entgegen und so nahm ihn Anna schließlich mit spitzen Fingern. Sie drehte ihn widerwillig um und erschrak, als sie sah, wer der Absender war. Sie kannte die Schrift ziemlich gut: Simon hatte ihn geschrieben.

»Wie …«, stotterte Anna. »Ich meine, wieso hast du diesen Brief?«

Seit ihrem Streit nach dem Spaziergang hatte Anna nichts mehr von Simon gehört. Nie hätte sie damit gerechnet, dass er sich so rasch noch mal melden würde – und schon gar nicht auf diesem Weg.

»Er hat mich vor einigen Wochen angerufen und gefragt, ob ich dir seine Karte zur Hochzeit mitbringen könnte. Er wollte so etwas Persönliches nicht einfach in den Laden schicken«, erklärte Annas Mutter in sachlichem Tonfall, so als würde sie über ihre Steuererklärung sprechen.

»Und dann empfängst du meine Briefe und spielst Postbote?«, fragte Anna erstaunt.

»Wäre es dir denn lieber gewesen, wenn ich ihm einfach

deine private Adresse gegeben hätte?«, antwortete ihre Mutter und hob dabei die rechte Augenbraue.

»Äh nein, ich meine, vielleicht, also zumindest hättest du …«, sagte Anna, doch bevor sie weitersprechen konnte, wurde sie unterbrochen.

»Lies ihn einfach in Ruhe. Ich mache uns inzwischen Tee.«

Und schon saß Anna alleine mit dem Umschlag im Zimmer, während ihre Mutter in der Küche verschwand. Das Kuvert war länglich und schmal. Sie drehte es ein paar Mal und riss es dann langsam auf.

Eine schlichte Karte aus schwerem weißem Papier kam zum Vorschein. Auf der Vorderseite war nur das Wort »Glückwunsch« in feingliedrigen Buchstaben zu lesen. Anna klappte sie mit klopfendem Herzen auf und las den handgeschriebenen Text.

Liebe Anna,
ich möchte dir alles Gute wünschen: für deinen großen Tag und für die gemeinsame Zukunft mit deinem neuen Ehemann. Es tut mir leid, wie unglücklich unser letztes Gespräch verlaufen ist. Wenn ich dich verärgert haben sollte, verzeih mir bitte! Es würde mich freuen, irgendwann wieder von dir zu hören. Pass gut auf dich auf, denn du bist ein ganz besonderer Mensch! Genieße ein unvergessliches Fest!
Aus der Ferne grüßt
Simon

Fast wäre ihr die Karte aus der Hand gefallen. Anna legte sie schnell auf dem Sofatisch ab, ehe sie sich auf ihrem Stuhl zurücklehnte und die Augen schloss, damit keine Träne herauskullern konnte. Diese Post hatte ihre mühsam wiedergewonnene Ausgeglichenheit augenblicklich zerstört. Jetzt bloß nicht weinen, dachte sie. Zu Hause vielleicht, aber jetzt nicht. Anna bemühte sich krampfhaft, den Satz *»Genieße ein unvergessliches Fest«* aus dem Kopf zu bekommen und an irgendwas Banales zu denken. Den Müll rausbringen! Sie musste nachher dringend noch den Müll rausbringen. Und die leeren Glasflaschen, die sich seit Wochen unter dem Spülbecken stapelten. Darunter war bestimmt noch irgendeine Flasche, die sie mit Bernd getrunken hatte. Und einige, die sie mit Katja gegen den Kummer wegen Bernd geleert hatte. Anna dachte an das klirrende Geräusch, wenn die Flaschen im Container zersprangen. Es beruhigte sie tatsächlich. Sie stellte sich vor, wie sie eine Flasche nach der anderen in den großen Eisenbehälter warf und sie schrill zerbarsten.

»Alles okay bei dir?«, hörte sie ihre Mutter fragen.

Anna hatte immer noch die Augen geschlossen. Sie rieb sich schnell die Lider.

»Ja, hab nur Probleme mit meinen Kontaktlinsen«, sagte sie und öffnete langsam die Augen. Sie stellte erleichtert fest, dass der Trick tatsächlich funktioniert hatte. Nur ein kleines Tränchen musste sie wegwischen.

Ihre Mutter goss den dampfenden Tee langsam in die kleinen Tassen. Dieses Porzellan kannte Anna seit ihrer Kindheit. Schon damals hatte sie die dünnwandigen Becher nicht gemocht. Sie lagen nicht gut in der Hand. Mit ihren zierlichen Henkeln konnte man sie kaum halten.

Heute war es Anna aber egal. Sie griff nach einer Tasse und trank vorsichtig einen Schluck. Der heiße Tee brannte in ihrem Mund. Dann wartete sie darauf, dass ihre Mutter loslegte. Mit ihrer Sicht der Dinge zur geplatzten Hochzeit, zur Post von

Simon, zum Laden - aber sie rührte nur in aller Ruhe einige Stücke Kandiszucker in ihren Tee.

»Mama, wenn du irgendwas loswerden willst, dann tue es bitte jetzt«, platzte es aus Anna heraus. Das Schweigen ihrer Mutter schien ihr noch unerträglicher, als wenn sie ihr die gewohnten Vorwürfe machte. Darauf immerhin war Anna heute vorbereitet.

Ihre Mutter holte tief Luft, um dann nur weiter in ihrem Tee zu rühren. Anna stellte genervt ihre Tasse zurück und steckte Simons Karte in ihre Handtasche. Sie machte Anstalten, aufzustehen. »Dann gehe ich jetzt«, brummte sie.

»Bleib doch sitzen. Wir sehen uns doch so selten!« Ihre Mutter schien über Annas Reaktion tatsächlich überrascht.

Anna ließ sich wieder auf den Stuhl zurückfallen. »Aber hast du mich nur wegen der Karte von Simon herbestellt? Ich meine, du wolltest doch bestimmt noch was sagen wegen der Hochzeit ...«

»Herbestellt? Wie das schon klingt. Wir haben uns einfach nur verabredet wie tausend andere Mütter und ihre Töchter.«

»Verabreden wäre, wenn du mich anrufst und fragst, wann ich Zeit und Lust habe, dich zu sehen. Aber du rufst doch an und sagst: Komm am Sonntag! Und keine Widerrede. Also das sagst du nicht, aber so klingt es eben«, erklärte Anna. Sie konnte sich nicht erinnern, wann sie zum letzten Mal so offen mit ihrer Mutter gesprochen hatte.

Diese saß jetzt ganz aufrecht auf ihrem Stuhl und hatte die Tasse abgestellt. »So siehst du das also. Das war mir nicht klar«, erklärte sie mit leiser Stimme. »Ich hatte immer das Gefühl, wenn ich keinen genauen Termin vorschlage, dann klappt es nicht mit einem Treffen. Von alleine meldest du dich ja kaum.«

Das stimmte natürlich, dachte Anna. Aber das lag daran,

dass sie schon viel zu lange von einer Katastrophe zur nächsten trudelte, während andere Töchter ein herrlich langweiliges Leben führten. Und es lag daran, dass sie Angst vor den Vorwürfen ihrer Mutter hatte, die ihr bislang überraschenderweise erspart geblieben waren.

Anna seufzte. »Es ist ja nicht so, als ob du mein größter Fan wärst. Wie oft hast du mir schon Dinge vorgehalten, die ich deiner Meinung nach falsch gemacht habe? Und da ich das weiß, gehe ich deiner Kritik eben gerne aus dem Weg.« Sie hatte sich wieder die Tasse genommen und trank einen Schluck daraus. Sie wollte etwas Zeit zum Nachdenken gewinnen, bevor sie den nächsten Satz formulierte. »Du hältst meinen Entschluss, die Hochzeit abzusagen, doch bestimmt für genauso unüberlegt wie die Sache damals mit meinem Studium. Als ich es kurz vor dem Examen abgebrochen habe, um meinen Laden zu eröffnen.«

Ihre Mutter nahm die Kanne und schenkte beiden Tee nach. Vielleicht brauchte auch sie diesmal Zeit, etwas nachzudenken, bevor sie antwortete.

»Du hast recht«, begann sie den Satz, bevor sie abbrach und neu begann. »Also, du hast recht: Ich konnte nicht verstehen, warum du dein Studium nicht beendet hast. Ich wollte einfach nicht, dass du den gleichen Fehler machst wie ich. Damals habe ich deinem Vater zuliebe meine eigene Karriere zurückgestellt. Nach der Scheidung war es für den Wiedereinstieg in meinen alten Beruf als Ärztin leider zu spät. Und jetzt wohne ich in dieser winzigen Wohnung und habe nicht mal ein eigenes Schlafzimmer. Es war mir immer wichtig, dass dir so was später erspart bleibt. Für mich schien es einfach unvorstellbar, wie du von so einem Laden gut leben könntest …« Bevor Anna irgendwie reagieren konnte, sprach ihre Mutter schon weiter.

»Aber insgeheim habe ich dich bewundert. Du hast nicht das gemacht, was man von dir erwartet hatte, sondern das, was du für richtig hieltest. Ich hätte mich so was nicht getraut! Und ich hätte mich auch nicht getraut, deinen Vater einfach nicht zu heiraten. Obwohl ich vor der Hochzeit schon wusste, wieso es kein gutes Ende nehmen würde.«

»Wieso wusstest du das?«, fragte Anna erstaunt. Ihr Vater hatte sich zwar irgendwann für Melanie entschieden, aber davor schienen die beiden ein glückliches Paar gewesen zu sein.

Ihre Mutter stand auf, ging zum Fenster und blickte nach draußen. So konnte Anna ihr Gesicht nicht sehen. »Melanie war ja nicht die erste andere Frau, für die sich dein Vater interessiert hat. Ich wollte dir das eigentlich nie erzählen, denn ihr steht euch ja sehr nahe. Und es war schließlich eine Sache zwischen uns und nicht zwischen euch«, sagte sie in einem Tonfall, den Anna noch nie gehört hatte. Weinte sie etwa?

Anna überlegte, ob sie auch aufstehen und zum Fenster gehen sollte. Aber sie wusste nicht, ob sie ihrer Mutter damit zu nahe trat. Sie hatte sie noch nie so erlebt. Ihr wurde auf einmal klar, dass sie sich eigentlich nicht mehr richtig kannten. Anna hatte sie immer als distanziert und streng wahrgenommen, aber womöglich war das nur ihr Selbstschutz wegen zu vieler Verletzungen. Vielleicht war sie als junge Frau eigentlich ganz anders gewesen und die Ehe mit ihrem Vater hatte sie nach und nach verwandelt. Anna kamen plötzlich alte Fotos in den Sinn, die ihre Mutter als vergnügten Teenager auf dem Schulball zeigten. Schon auf ihrem Hochzeitsfoto wirkte das Lächeln im Vergleich dazu eher verkrampft.

»Aber weißt du, ich wollte dich eigentlich nicht treffen, um Geheimnisse über deinen Vater auszuplaudern. Es gibt da noch was außer Simons Brief«, sagte ihre Mutter auf einmal.

Sie stand immer noch am Fenster, hatte sich jetzt aber umgedreht. Durch das Gegenlicht konnte Anna ihr Gesicht wieder nicht genau sehen. Aber ihre Stimme hatte sich verändert. Sie wirkte beinah vergnügt. »Ich habe vielleicht einen neuen Laden für dich. Er gehört einer guten Bekannten, die in Rente geht. Es ist etwas Besonderes mit viel Flair, so wie du es wolltest. Schau ihn dir doch einfach in den nächsten Tagen mal an.«

Anna glaubte im ersten Moment, sich verhört zu haben. Hatte ausgerechnet ihre Mutter ihr eben einen Laden vorgeschlagen? Ihr Mund war ganz trocken.

Sie griff nach der Tasse und setzte sie gleich wieder ab. »Mama, gibt es hier noch was anderes außer Tee?«, stammelte sie aufgeregt. »Einen Schnaps vielleicht?«

15. Oktober: »Mancher Umweg ist keiner.«

Emil Gött

Eigentlich war Anna nur ihrer Mutter zuliebe hingefahren. Nach dem überraschend offenen Gespräch vergangene Woche sollte sie sich nicht vor den Kopf gestoßen fühlen. Immerhin war es sehr aufmerksam von ihr gewesen, Anna bei der Suche nach neuen Räumen zu helfen. Aber es stellte sich bald heraus, dass der Laden ihrer Bekannten viel zu ungünstig gelegen war. Anna setzte zwar nicht auf Laufkundschaft, aber die Adresse musste zumindest einigermaßen gut erreichbar sein. Wer würde sich schon in ein völlig abseitiges Wohnviertel verirren, um nach Wohnaccessoires oder Hochzeitsartikeln zu suchen?

»Es ist einfach zu weit draußen«, sagte Anna.

Sie saß mit Ute in Katjas Auto auf dem Weg zu der Besichtigung. Anna hatte sich bewusst Verstärkung mitgenommen. Sie wollte nicht undankbar wirken, wenn sie das Angebot ablehnen würde. Ihre Mutter und deren Bekannte sollten von verschiedenen Seiten hören, warum ein Laden in dieser Lage keinen Erfolg haben konnte. Und man konnte Anna nicht vorwerfen, sie hätte für die Besichtigung nicht zwei der zuversichtlichsten Menschen ausgesucht, die es gab. Ute und Katja meckerten nur, wenn es gar nicht anders ging.

»Viel zu weit draußen«, ergänzte Ute und ließ ihre Armbänder leise klirren. Sie saß hinten auf dem Rücksitz, während Katja fuhr und Anna auf dem Beifahrersitz saß. Anna hatte längst kein Auto mehr. Bernds Firmenwagen war so schnell und geräuschlos aus ihrem Leben verschwunden wie ihr Ex selbst.

»Viel, viel zu weit draußen, leider. Ist das hier überhaupt noch München? Ich war hier jedenfalls noch nie«, sagte Katja und wandte sich an Anna. »Oder sind wir schon vorbeigefahren?«

»Nein, es muss da hinten sein. Meine Mutter meinte, die Adresse ist ganz am Ende der Straße.«

»Welches Geschäft wurde hier denn überhaupt geführt? Ein Bestattungsinstitut oder so was?«, fragte Ute und lehnte sich zwischen die beiden Vordersitze.

»Es war ein Kosmetikstudio. Die Besitzerin möchte nun endlich in Rente gehen. Ihr gehört auch das ganze Haus. Aber das Studio schien wohl eigentlich gut gelaufen zu sein – so habe ich es zumindest gehört«, fasste Anna knapp zusammen, was ihre Mutter ihr vergangene Woche erzählt hatte.

Sie fuhren an Wohnhäusern mit schmalen Vorgärten vorbei, in denen letzte Hortensien und Dahlien blühten. Eine Bäckerei und ein kleiner Lebensmittelladen schienen die einzigen Geschäfte im Umkreis. Außer ihnen war kaum jemand unterwegs. Obwohl der Tag sonnig und mild war, gab es nur wenige Fußgänger: Ein paar Frauen mit ihren Kinderwagen und einige Teenager, die gerade aus der Schule kamen.

»Ich glaube, hier ist es. Parkplätze gibt es auf jeden Fall reichlich«, sagte Katja und hielt an der rechten Seite.

Sie waren am Ende der Straße angelangt. Hinter der Siedlung erstreckten sich Wiesen und Wälder. Katja, Anna und Ute stiegen aus und gingen auf das silbergraue Haus zu. Es war nicht sehr breit, aber dafür ziemlich hoch gebaut. Ganz oben thronte ein spitz zulaufendes Dach aus roten Ziegeln. Ein kleiner Gartenweg führte zur Tür. Das Gebäude selbst musste rund hundert Jahre alt sein. Eine echte Villa, wie man sie früher gebaut hatte. Sie blieben vor der Tür aus weiß lackiertem Holz stehen.

»Da muss man scheinbar klingeln, um in den Laden zu kommen«, sagte Ute und drückte, begleitet vom Klirren ihrer Armreifen, die Klingel. Der Name »Petterson« stand dort in großen Buchstaben.

Es dauerte nicht lange, bis eine ältere Dame mit grauen, zum Zopf gebundenen Haaren und einem makellosen Lidstrich die Haustür öffnete.

»Haben Sie den Weg gleich gefunden? Es ist ja nicht ganz zentral«, sagte sie lächelnd.

»Ja, das ist richtig«, sagte Anna. Bevor sie jedoch dazu kam, schon anzukündigen, dass ebenjene abseitige Lage für ihre Geschäftspläne ungeeignet war, sprach Frau Petterson weiter. »Das ist eigentlich nicht der normale Eingang für die Gäste des Ladens. Es geht auf die andere Seite. Da entlang.« Und schon lief sie flink um das Haus herum.

Anna, Katja und Ute blickten sich erst irritiert an und folgten Frau Petterson in die Richtung, in der sie verschwunden war. Ein kleiner Weg führte ums Haus. Er war von Sträuchern und Bäumen umsäumt und endete in einem Garten mit einer Terrasse. Von der Straße aus hatte man den Umfang des Grundstücks kaum erahnt. Obwohl die Fläche nicht übermäßig groß war, sah man keines der angrenzenden Häuser. Die Bäume waren so geschickt platziert, als stünde man mitten in der Natur. Frau Petterson stand vor einer breiten Glastür. Mit einer winkenden Bewegung deutete sie an, dass alle ihr folgen sollten. Der Reihe nach betraten Anna, Katja und Ute den Laden. Im Inneren erwartete sie ein großer Raum, von dem zwei Türen in weitere Zimmer führten. Der Boden war mit hellem

Parkett ausgelegt und die Wände schienen mindestens drei Meter hoch zu sein.

»Das ist mein Reich. Besser gesagt war es mein Reich. Ich suche jetzt einen würdigen Nachfolger«, sagte Frau Petterson und lächelte. »Schauen Sie sich in Ruhe um!«

Anna, Ute und Katja gingen durch die riesigen Räume. Platz gab es tatsächlich reichlich. Der Laden war größer als Annas Wohnung. Ihre Mutter hatte ihr erzählt, der Besuch im Kosmetikstudio sei für sie immer wie ein kleiner Urlaub im Grünen gewesen. Nach der Gesichtsbehandlung tranken die Gäste einen Tee und setzten sich in den Garten. Frau Petterson musste nicht viel Werbung machen. Der Salon wurde von Freundin zu Freundin weiterempfohlen. Auf diese Art war auch ihre Mutter zum ersten Mal hergekommen. Frau Petterson hatte ihr irgendwann erzählt, dass sie bei der Suche nach einem neuen Mieter sehr wählerisch sei. Sie wohnte selbst im ersten Stock des Gebäudes. Als ihre Mutter von Annas altem Laden berichtet hatte, war sie scheinbar gleich sehr angetan. Die Räume standen jetzt schon ein paar Wochen lang leer. Angeblich hatte Frau Petterson die Mieteinnahmen auch nicht nötig. Ihr verstorbener Mann hatte ihr ein kleines Vermögen hinterlassen. Sie konnte es sich leisten, eine Weile auf das Geld zu verzichten.

Als Frau Petterson gerade um die Ecke gebogen war und im Nebenzimmer verschwand, flüsterte Ute leise: »Schön ist es ja. Aber einfach zu weit draußen. Das geht nicht.«

Katja nickte.

Anna schritt langsam durch den Laden und stellte sich vor, wie sie sich hier ausbreiten könnte. Eigentlich war es genau das, was sie sich vorgestellt hatte. Die Räume waren hell und großzügig geschnitten. Sie boten sogar ausreichend Platz für eine kleine Café-Ecke. Davon hatte Anna immer geträumt. Doch dann verwarf sie schnell wieder alle Gedanken. So weit abgelegen einen Laden zu eröffnen war zu riskant. Sie hatte kein Erbe eines vermögenden Ehemannes. Und der letzte halbwegs vermögende Mann in ihrem Leben wollte nichts mehr mit ihr zu tun habe. Sie war Single und musste mit dem Geschäft ausreichend Geld verdienen, um ihre Miete, ihren Lebensunterhalt und Utes Lohn zu bezahlen. Anna musste mit Frau Petterson darüber sprechen. Sie konnte hier keinen Neustart wagen.

22. Oktober: »Eilen hilft nicht. Zur rechten Zeit aufbrechen ist die Hauptsache.«

Jean de La Fontaine

Die Regale des Geschäftes waren mittlerweile halb leer. Jeden Morgen bemühten sich Anna und Ute darum, das verbliebene Sortiment geschickt zu verteilen. Die Besucher sollten zumindest das Gefühl einer großen Auswahl haben. Zu Beginn hatte Anna der Schlussverkauf noch ein bisschen Spaß gemacht. Viele Kunden schauten vorbei und sie machte den doppelten oder sogar dreifachen Umsatz. Außerdem hatte Anna anfangs noch gehofft, neue Räume zu finden. Fast jeden Tag wurde sie danach gefragt, wie es denn mit dem Laden nun weiterginge. Zu Beginn hatte Anna einfach so getan, als ob sie kurz vor der Unterzeichnung eines neuen Mietvertrags stand. Es war ihr unangenehm, zuzugeben, wie ungewiss die Zukunft eigentlich war. Und jetzt ging ihr dieser seltsame Gedanke nicht mehr aus dem Kopf. Heute hatte sie sogar davon geträumt …

»Möchtest du wirklich das Parfum in der Blumenvase versenken?«, fragte Ute.

Anna war so in Gedanken versunken, dass sie gar nicht bemerkt hatte, wie sie einen Flakon mit Raumduft in einer Glasschale platziert hatte. Schnell hob sie ihn wieder heraus. »Ich war in Gedanken ganz woanders«, entschuldigte sie sich. »Komischerweise geht mir dieser Laden von letzter Woche nicht mehr aus dem Kopf. Ich hatte ihn doch eigentlich schon abgeschrieben, aber jetzt taucht er immer wieder auf. Wie eine

Mücke, die sich einfach nicht vertreiben lässt. Stell dir vor: Heute habe ich sogar davon geträumt. Was sagst du dazu?«

Ute blickte sie überrascht an. Sie hatten sich schon öfter zum Spaß über das unterhalten, was sie in der Nacht zuvor geträumt hatten. Ute hatte zum Thema Traumdeutung mal einen Kurs in ihrem Yogastudio besucht und seither stets irgendeine geheimnisvolle Interpretation parat. Aber diesmal reagierte sie ganz anders als sonst. Sie sprudelte nicht mit allerlei Vermutungen los, sondern antwortete nur ganz knapp.

»Vielleicht hat der Traum recht«, flüsterte sie, so als ob sie über etwas Verbotenes sprach.

»Wie? Der Traum hat recht?«, protestierte Anna erstaunt. »Es ist doch nur ein nächtliches Hirngespinst in meinem Kopf. Wie soll er recht haben?«

»Meistens träumen wir ja eine abenteuerliche Geschichte. Schon am nächsten Morgen fällt es uns schwer, uns an alle Einzelheiten zu erinnern. Da kann man vieles reininterpretieren. Träume sind in diesem Fall einfach nur eine verrückte Ruhepause von unserem Gehirn, in der wir den Kopf nicht richtig unter Kontrolle haben. Nur in deinem Fall hast du ja was ganz Konkretes geträumt«, erklärte Ute. Sie wendete sich direkt zu Anna. Was sie zu sagen hatte, schien ihr wichtig zu sein – wie bei einem Geständnis, das längst überfällig war. »Seit ein paar Tagen habe ich ganz ähnliche Gedanken. Ich konnte mir absolut nicht vorstellen, wie ein Laden in dieser Lage laufen würde. Aber die Räume sind toll und dann noch der Garten dazu. So was findet man in der Stadt nicht. Vielleicht sollte man einfach mal völlig unvernünftig denken und nur auf sein Gefühl hören. So wie meine Tochter Lina es tun würde – nicht groß nachdenken, einfach machen. Die Miete war ja auch erschwinglich, oder?«

Anna musste sich erst mal hinsetzen, bevor sie antworten konnte. Sie schnappte sich den nächstbesten Hocker und plumpste unelegant nieder. Mit so einem Sinneswandel hatte sie überhaupt nicht gerechnet. Immerhin hatte Ute ja vergangene Woche am lautesten gegen den Laden protestiert. Gerade von ihr hätte sie erwartet, dass sie ihren Traum als reinen Unsinn abtun würde. Und jetzt schien genau das Gegenteil der Fall zu sein. Was ihr in diesem Jahr gerade noch fehlte, war eine weitere falsche Entscheidung, die sie neu überdenken musste.

»Anna?«, riss Ute sie aus ihren Gedanken. »Ist alles okay? Soll ich dir ein Glas Wasser holen?«

»Äh, nein. Ist schon alles okay. Bin nur etwas übermüdet.« Sie stand von ihrem Hocker auf und streckte sich kurz. Sie wollte nicht, dass Ute mitbekam, wie sehr sie das Gespräch verwirrt hatte. Sie wollte endlich mal eine Chefin sein, die alles unter Kontrolle hatte. Anna bemühte sich darum, ihre Gedanken zu sortieren. Hatte Ute sie nicht noch was gefragt? »Ach so, ja der Mietpreis«, fiel es Anna wieder ein. »Der ist nicht so hoch. Frau Petterson hat das Geld nicht so dringend nötig. Sie ist eine wohlhabende Witwe. Wahrscheinlich konnte sie ihr Kosmetikstudio deswegen so weit draußen führen, weil sie ja nicht davon leben musste.«

»Meinst du, sie hat gelogen? Mit ihrer Behauptung, das Geschäft wäre immer sehr gut gelaufen?«, fragte Ute.

Anna hätte das Gespräch am liebsten rasch beendet, aber Utes Frage war berechtigt. Ihre Mutter hatte ihr versichert, dass sie oft wochenlang auf einen Termin warten musste.

»Nein, gelogen war es nicht. Aber ein Kosmetikstudio ist auch was anderes als ein Laden. Man kann das nicht vergleichen. Ich vergebe ja keine heiß begehrten Termine. Bei mir müssen die Leute einfach so vorbeikommen«, sagte Anna. Um das Thema schnell zu beenden, fügte sie noch ein weiteres Argument hinzu. »Außerdem war Katja ja auch der Meinung, dass die Räume nicht passen.«

»Ich wollte dir das eigentlich gar nicht erzählen, weil ich dich nicht verunsichern wollte«, sagte Ute. Sie stand immer noch neben ihr und rückte sogar noch ein Stück näher, ehe sie weitersprach. »Als ich gestern einkaufen war, habe ich Katja zufällig getroffen. Weil mir der Laden von Frau Petterson selbst nicht mehr so recht aus dem Kopf ging, hab ich sie darauf angesprochen. Stell dir vor: Ihr geht es wohl genauso wie uns. Womöglich war unser erster Eindruck einfach falsch.« Nachdem sie Anna mit einem ungewöhnlich eindringlichen Blick fixiert hatte, schüttelte Ute plötzlich den Kopf. »Aber ich sehe schon, ich bring dich ganz durcheinander. Vielleicht ist das alles auch nur Quatsch, was ich sage.«

Anna schwieg eine Weile. Es war kein Quatsch. Sie hatte ihre Zweifel in den letzten Tagen immer schnell beiseitegeschoben. Jetzt wusste sie, dass sogar andere Menschen die gleichen Gedanken hatten wie sie selbst. Sie konnte das nicht länger als lästiges Hirngespinst abtun.

»Nein, du hast völlig recht«, gestand Anna endlich. Sie hatte das Gefühl, als würde ihr mit diesem Satz eine heimliche Last von den Schultern fallen. »Nach der Sache mit Bernd wollte ich mich am liebsten verkriechen. Ich hatte mir insgeheim gewünscht, das Problem mit dem Laden würde sich in Luft auflösen. So wie bei einem Kind, wenn es sich die Augen zuhält und meint, dann selbst nicht gesehen zu werden. Aber es ist wohl an der Zeit für mich, mal wieder eine wichtige Entscheidung zu treffen.«

Ein klopfendes Geräusch beendete das Gespräch. Eine

Kundin stand an der Tür und konnte sie nicht öffnen. Anna blickte auf die Uhr. Es war schon einige Minuten nach zehn Uhr.

»Mist, wir haben uns total verquatscht«, sagte sie und eilte zur Tür, um diese aufzuschließen. Die große Entscheidung musste vorerst bis zum Abend verschoben werden.

29. Oktober:
»Eine Idee muss wirklich werden können, sonst ist sie eine eitle Seifenblase.«

Berthold Auerbach

Ohne ihre Liste hätte Anna längst den Überblick verloren. Sobald irgendwas erledigt war, hakte sie den Punkt mit einem kurzen Gefühl der Erleichterung ab. Da ihr aber immer wieder neue Sachen einfielen, die es noch zu tun gab, schien die Menge der Aufgaben endlos zu sein:

- Umzug organisieren √
- Lampen ausbauen und einbauen
- Schlüssel für alten Laden abgeben (Kaution nicht vergessen!)
- alten Laden besenrein putzen
- Wandfarbe kaufen √
- Wände streichen
- Warenreste verpacken
- Bestellung neuer Waren mit Expressversand √
- Ladenschild abmontieren (mitnehmen + neu aufhängen)
- Einladung gestalten √
- Einladung verschicken
- neue Räume einrichten (auch an Terrasse denken)

– Buffet für Neueröffnung vorbereiten (Katja nach Rezepten fragen)

Den Punkt »Warenreste verpacken« hakte Anna mit einem schwungvollen Häkchen seufzend ab. Es war schon tiefdunkel draußen. Überall türmten sich Umzugskisten. Ute hatte sie längst nach Hause geschickt, sodass Anna alleine im Laden war. Die vielen Überstunden, die Ute in der vergangenen Zeit angehäuft hatte, mussten schließlich irgendwann auch noch bezahlt werden. Anna hatte deshalb beschlossen, so viel wie möglich selbst zu erledigen, damit der Umzug ihr Budget nicht völlig sprengte. »Kontoauszüge kontrollieren«, schrieb Anna nun auch noch schnell auf die Liste. Es war wie verhext: Jede erledigte Aufgabe schien eine weitere nach sich zu ziehen.

Heute war das Geschäft zum letzten Mal geöffnet gewesen. Seitdem sie den neuen Mietvertrag unterzeichnet hatte, hing ein großes Schild im Schaufenster: »Wir ziehen um …« und darunter die Adresse von Frau Pettersons Haus. Anna hatte nach Ladenschluss unermüdlich die letzten Reste vom Schlussverkauf in Kisten verpackt. Sie hatte sich das ehrgeizige Ziel gesetzt, ihr neues Geschäft schon im November zu eröffnen. Zur Weihnachtszeit machte sie schließlich immer die höchsten Umsätze. Natürlich würde es ihr nicht gelingen, alle Räume in der kurzen Zeit komplett mit Waren zu füllen. Sie wollte erst einmal klein anfangen – zunächst plante sie ein Eröffnungs-Event in zwei Wochen, zu dem sie ihre Stammkunden einladen würde. Katja hatte ihr angeboten, weihnachtliche Einladungskarten zu basteln. Neben dem Umzug musste Anna sich derzeit vor allem um ausreichend neue Waren kümmern, was eine ebenso große Herausforderung war. Weihnachtsartikel hätte sie eigentlich spätestens im Sommer bestellen müssen – aber damals kam das Kündigungsschreiben ihres Ladens dazwischen.

Sie musste nun improvisieren. Einige Händler hatten ihr angeboten, noch ein paar Reste aus den Lagern zu schicken. Von anderen Firmen hatte sie per Express-Lieferung die Neuheiten für das kommende Jahr bestellt. Auch die Hochzeitslieferanten hatte sie angeschrieben. Jetzt konnte sie nur abwarten, welche Pakete in den nächsten Tagen rechtzeitig zur Neueröffnung eintrudeln würden. Um das Angebot aufzufüllen und ausreichend weihnachtliches Flair zu verbreiten, würde eine befreundete Floristin noch einige Kränze und Gestecke binden. Eigentlich hatte Anna sich in den vergangenen Jahren immer selbst um die Blumendekoration gekümmert, aber diesmal konnte sie das nicht auch noch übernehmen. Sie war so müde von der vielen Arbeit. Heute war es ein ganz besonders anstrengender Tag gewesen. Eigentlich fehlte ihr sogar die Energie, nach Hause zu fahren, um sich für eine Weile schlafen zu legen. Genug Elan, das Chaos aus herumliegendem Zeitungspapier und Luftpolsterfolie zu beseitigen, hatte sie sowieso nicht mehr.

Anna knipste das Licht im Laden aus – und dann knipste sie es wieder an. Auf einmal musste sie an Bernd denken. Er hatte ihr den Kronleuchter im Frühjahr angeschlossen. Wie er geflucht hatte, als die Sicherung ausgefallen war und er auf der Leiter herumbalanciert war. Hatte sie sich früher nicht gewünscht, er käme öfter in ihrem Geschäft vorbei? Aber es war das letzte Mal, dass er hier gewesen war. Selbst die Modenschau hatte er ausfallen lassen. Und trotzdem steckte der Laden voller Erinnerungen an Bernd. Einmal hatte er sie im Laden besucht und einen Picknickkorb gefüllt mit Baguette und Käse dabei. Selbst an eine Thermoskanne mit selbstgemixtem

Cocktail hatte er gedacht. Sie saßen damals bis in die späten Abendstunden auf ihrem Sofa. Genau dort, wo jetzt zwei große Umzugskisten den ganzen Platz einnahmen.

Anna fürchtete sich immer noch vor dem Ungewissen, auf das sie sich eingelassen hatte, seitdem Bernd völlig von der Bildfläche verschwunden war. So erschöpft wie sie war, sehnte sie sich sehr nach einem geordneten Alltag – so einen, wie sie ihn noch vor wenigen Monaten gehabt hatte. In ihrem verpassten Leben als Ehefrau könnte sie sich jetzt so herrlich unkomplizierten Dingen widmen, wie den Gardinen, mit denen sie die neue Eigentumswohnung von sich und Bernd ausstatten würde. Und sich in aller Seelenruhe in Möbelgeschäften herumtreiben auf der Suche nach einem familientauglichen Fernsehsofa. Nebenbei würde sie Hochzeitsfotos in ein Album kleben und die letzten Karten an ihre Gäste mit einem Gruß versehen: »Tausend Dank für den schönsten Tag in unserem Leben! Wir werden ihn nie vergessen.«

Anna knipste schnell das Licht aus, bevor sie sich weiter in sinnlosen Gedanken verlor. Schließlich gab es längst keinen Weg mehr zurück.

5. November: »Manche Leute schlafen nur deshalb so gut, weil sie so langweilige Träume haben.«

Germaine de Staël

Du bleibst jetzt hier liegen und trinkst brav deinen Vitaminsaft!«, befahl Katja. Dann stupste sie Dave mit dem Ellenbogen in seine breite Hüfte, die ein kariertes Hemd umspannte. Er blickte sie erstaunt an. »Wolltest du nicht auch noch was sagen?«, raunte sie ihm zu.

»Äh ja, also ich wollte dir auch sagen, dass du bitte liegen bleiben sollst. Wände streichen ist heute Männersache. Keine Widerrede!«, sagte er und Katja begleitete jedes Wort mit einem energischen Nicken.

Plötzlich kicherten alle drei los. Die Situation war bei aller Tragik zu komisch. Katja und Dave standen mit einem Tablett beladen mit Saft, Obst und Keksen am Fußende ihres Betts. Anna lag unter einem Berg von Decken. Ihre Frühjahrsgrippe hatte sie leider schon im Herbst heimgesucht. Mit dem Umzug auf eigene Faust hatte sie sich zu viel zugemutet. Als sie gestern im neuen Laden auf die Leiter geklettert war, um die Wände zu streichen, war ihr plötzlich so schwindelig geworden, dass sie sich nur mit Mühe an den Sprossen hatte festhalten können. Mit schweißnassen Händen war sie in Zeitlupentempo nach unten geklettert. Sie hatte Katja angerufen, die eilig herbeigefahren war, um sie nach Hause zu bringen. Anna konnte gerade noch abwehren, von ihrer Freundin direkt in der Notaufnahme abgeliefert zu werden. Angeblich sah sie wie ein wandelnder Zombie aus. Die von Katja daraufhin befohlene Bettruhe hatte ihren Zustand zwar verbessert, aber sobald Anna aufstand, merkte sie immer noch, wie wackelig sie auf den Beinen war.

Es blieb ihr tatsächlich nichts anderes übrig, als eine Weile zu pausieren. Dave wollte sich mit ein paar Freunden um den frischen Anstrich der Wände kümmern. Zum Glück hatte sie den Umzug vor zwei Tagen noch selbst organisiert. Die Kisten und Möbel standen seither kreuz und quer in den neuen Räumen herum. Sobald sie sich wieder fit fühlte, würde sie allem einen festen Platz zuweisen. Aber es gab so viele andere Dinge, die es noch zu erledigen galt.

»Kannst du mir vielleicht noch meine Liste geben?«, fragte Anna.

»Diesen Zettel, den du in letzter Zeit ständig mit dir rumträgst? Kommt nicht in Frage!«, erwiderte Katja in einem Tonfall, bei dem jeder Widerspruch zwecklos schien. »Und du brauchst auch gar nicht danach zu suchen, ich habe ihn vorläufig versteckt. Sonst kommst du nur auf dumme Gedanken und erholst dich nicht richtig.«

»Und das Telefon?«, fragte Anna kleinlaut.

Katja schüttelte vehement den Kopf. »Du ruhst dich jetzt aus und wir kümmern uns um alles. Heute Abend komme ich nochmals kurz vorbei und schaue, wie es dir geht.«

Dann ging sie zur Tür und warf Anna noch eine Kusshand zu. Anna wusste, dass ihre Freundin es nur gut meinte. Aber sie konnte trotzdem nicht den ganzen Tag völlig nutzlos im Bett rumliegen.

»Ich wollte kurz noch was mit Anna wegen des Anstrichs besprechen«, rief Dave seiner Frau hinterher. Im gleichen Moment griff er hastig in seine Jackentasche und blickte sich nochmal zur Tür um, ehe er Anna sein Handy auf das Bett legte. »Damit kannst du telefonieren, bis der Akku leer ist. Katja übertreibt es manchmal ein bisschen. Vielleicht ist das eine Revanche, weil wir sie mit ihrem Gipsbein so bemuttert haben. Aber sie hat sich einfach große Sorgen um dich gemacht«, flüsterte er.

»Ich weiß schon, dass sie mir eigentlich helfen will. Und ich werde das Handy auch nicht lange brauchen. Aber so kann ich wenigstens ein paar Anrufe erledigen«, sagte Anna. Sie war Dave sehr dankbar.

»Aber das bleibt unter uns, okay?« Dave zwinkerte ihr zum Abschied mit einem Auge zu und ließ Anna alleine im Schlafzimmer zurück.

Wenig später hörte sie, wie die Wohnungstür ins Schloss fiel. Anna schaute aus dem Fenster. Dort stand eine große Pappel, deren verbliebene Blätter goldgelb gefärbt waren. Mit jedem Windhauch wurden sie nach und nach davongetragen. Bei ihrer Adventseinladung nächste Woche würden wohl kaum noch Blätter an den Bäumen hängen. Schnee wäre wunderbar, aber darauf durfte sie nicht hoffen. Anna rechnete lieber mit dem üblichen nasskalten Novemberwetter. Sie musste wohl mit vielen Lichtern und Tannenzweigen für Weihnachtsflair sorgen.

»Tannenzweige organisieren« würde sie jetzt gerne auf ihre Liste schreiben. Anna zweifelte allerdings nicht daran, dass Katja das dicht vollgekritzelte Blatt Papier tatsächlich versteckt hatte. Sie hob Daves Handy von der Bettdecke auf und überlegte, wen sie überhaupt anrufen könnte, ohne in ihr Telefonbuch zu schauen. Die Nummer der Floristin wusste sie nicht auswendig, ebenso wenig wie die Nummer der neuen Vermieterin. Ihre Lieferanten erreichte sie sowieso am besten per Mail. Aber irgendwen gab es doch, bei dem sie sich längst hatte melden wollen, aber es nie geschafft hatte …

Anna überlegte eine Weile und tippte schließlich eine Nummer aus dem Gedächtnis. Es klingelte nur zwei Mal, ehe sie eine Stimme hörte.

»Ja, bitte?« Ihre Mutter klang anders als sonst – seltsam förmlich. Da fiel Anna ein, dass sie unter Daves Nummer anrief.

»Ich bin es, Anna. Ich telefoniere mit dem Handy von Katjas Mann«, erklärte sie schnell.

»Ach so. Ich hab mich schon gewundert, wer da anruft. Hast du dein Telefon verloren?«

»Nein, alles okay. Ich hab es nur verlegt.« Anna entschloss sich spontan, ihrer Mutter nicht zu erzählen, warum sie nicht vom eigenen Telefon aus anrief. Nichts davon, dass sie im Bett lag, weil sie sich mit dem Umzug des Ladens übernommen hatte. Weshalb sie heute wiederum zu wackelig auf den Beinen war, um im Wohnzimmer nach ihrem eigenen Telefon zu suchen, und deswegen von Daves Handy aus anrief. Ihre Mutter würde sich nur unnötige Sorgen machen. Außerdem wusste sie eine wichtige Sache noch gar nicht.

»Ich wollte mich schon längst bei dir melden, um mich zu bedanken: wegen deines Tipps mit dem Laden. Ich habe vor ein paar Tagen den Mietvertrag unterzeichnet«, sagte Anna.

»Aber ich dachte, er ist dir zu weit draußen«, entgegnete ihre Mutter erstaunt.

Nach dem ersten Besichtigungstermin mit Ute und Katja hatten sie das letzte Mal telefoniert. Damals war Anna noch davon überzeugt gewesen, dass die Lage zu schlecht sei für ihr Geschäft.

»Ich weiß, aber irgendwie gingen mir die Räume dann doch

nicht aus dem Kopf. So viel Platz wie dort finde ich in keinem bezahlbaren Laden in der Innenstadt. Ich dachte auch an Frau Rosas Brautmodenladen, der ja auch weit draußen liegt. Und ihr Geschäft läuft trotzdem gut.«

Ihre Mutter schwieg. Ob sie enttäuscht war, weil Anna sie nicht schon früher informiert hatte? Anna sprach hastig weiter. »Entschuldige! Ich hätte dich schon eher anrufen sollen. Es war jetzt so viel zu tun. Nächste Woche ist ja unsere Eröffnung. Ich hoffe, du kommst auch. Du müsstest auch eine Einladung bekommen haben.«

Ihre Mutter schwieg wieder eine Weile, bevor sie antwortete. »Hast du dich eigentlich bei Simon gemeldet wegen der Karte?«

Mit dieser Frage hatte Anna überhaupt nicht gerechnet. Sie schüttelte heftig den Kopf, ehe ihr klar wurde, dass diese Reaktion bei einem Telefongespräch ziemlich albern war. Als sie Simons Karte vor ein paar Tagen wieder zufällig in ihrer Handtasche entdeckt hatte, gab es einen kurzen Moment, in dem sie darüber nachgedacht hatte, ihm zu antworten. Aber was hätte sie schreiben sollen? Die ganze Geschichte um die gescheiterte Hochzeit? Oder einfach nur »Danke für die Glückwünsche« und so tun, als ob nichts passiert sei? Sie hatte die Karte in eine Schublade gesteckt und bis gerade eben völlig vergessen.

»Meiner Ansicht nach wäre es angemessen, sich zu bedanken. Aber das ist natürlich deine Sache«, hörte sie ihre Mutter sprechen.

Anna überlegte kurz, bevor sie antwortete. »Du hast recht. Es ist unhöflich, gar nicht zu reagieren. Er weiß ja nichts von der abgesagten Hochzeit. Ich überleg mir noch was. Ganz bestimmt!«

»Wie du meinst«, sagte ihre Mutter und legte nach einer knappen Verabschiedung auf.

Anna blickte noch eine Weile ratlos auf das Handy. Womöglich war sie doch enttäuscht, weil sie nicht früher von ihren geänderten Plänen bezüglich Frau Pettersons Laden erfahren hatte. Anna entschloss sich, bei der nächsten Begegnung nochmal mit ihr darüber zu sprechen. Bei Telefonaten mit ihrer Mutter hatte es schon zu oft Missverständnisse gegeben. Seit dem Besuch in ihrer Wohnung hatte Anna das Gefühl, dass sie sich viel öfter hätten aussprechen müssen – nicht am Telefon, sondern bei einer gemütlichen Tasse Tee.

Aber wie sollte sie jetzt die Sache mit Simon lösen? Sich mit ihm verabreden? Beim letzten Mal war sie damit ja nicht sehr erfolgreich gewesen. Da kam ihr die Idee: Wieso schickte sie ihm nicht einfach eine Einladung zu ihrer Ladeneröffnung? Er würde bestimmt nicht kommen, weil er nicht in der Stadt war, sondern bei einem Filmdreh irgendwo auf der Welt. Vermutlich würde er die Post erst öffnen, wenn der Termin schon längst vorbei war. Aber so könnte sie ihm zeigen, dass sie ihn nicht vergessen hatte. Wahrscheinlich würde er sie irgendwann in ein paar Monaten mit einem plötzlichen Besuch im Laden überraschen. Und bis dahin hatte sie bestimmt auch genug Abstand von der geplatzten Hochzeit, um ihm alles in Ruhe zu erzählen.

Anna entschloss sich, Katja heute Abend zu bitten, eine weitere Einladungskarte zu gestalten und sie an Simon zu schicken. Ihre Freundin würde sich gewiss darum kümmern. Sie würde sich natürlich ein paar Neckereien anhören müssen. Aber es war nicht so, wie Katja dachte. Anna wollte all die Dinge, die in diesem Jahr schiefgelaufen waren, nur einigermaßen wieder in Ordnung bringen. Bei Simon war das vielleicht noch möglich – bei Bernd hatte sie die Hoffnung schon fast aufgegeben. Seit er vor einigen Wochen seinen Wohnungsschlüssel kommentarlos in ihrem Briefkasten hinterlassen hatte, gab es kein einziges Lebenszeichen mehr von ihm.

12. November: »Jeder Tag ist ein neuer Anfang.«

George Eliot

Als Anna auf die Terrasse lief, konnte sie ihr Glück kaum fassen: Eine Schneeflocke landete auf ihrer Nase und verwandelte sich in einen nassen Tropfen. Der Winter hatte sich pünktlich zum heutigen Tag eingestellt. Es war wie ein Wunder. Gerade hatte sie noch eine letzte Lieferung mit Laternen bekommen, die sie auf dem Tisch im Freien verteilte. Sie stellte Kerzen hinein und zündete eine nach der anderen an. Sobald die ersten Gäste eintreffen würden, sollte alles perfekt sein.

Das Klackern von aneinander klirrenden Armreifen verriet ihr, dass Ute sich näherte. Heute schien sie zur Feier des Tages extra viel Schmuck zu tragen.

»Wow! Sogar der Winter ist eingeladen. Du hast echt die besten Beziehungen«, sagte Ute lachend.

Die beiden standen eine Weile im Kerzenschein nebeneinander auf der Terrasse und beobachteten den Tanz der Schneeflocken. Die Eiskristalle waren noch zu zart, um auf der Wiese weiße Spuren zu hinterlassen. Aber in der Luft wirbelten sie dafür umso temperamentvoller in weiten Schwüngen umher, ehe sie auf dem Boden unsichtbar wurden.

»Wie viele Gäste kommen denn sonst noch? Meinst du, das Buffet wird ausreichen?«, fragte Ute nach einer Weile.

»Ich hab ungefähr zweihundert Einladungen geschrieben. Und ein paar Leute habe ich auch so noch informiert. Aber lass uns mal reingehen – es wird langsam kalt«, sagte Anna und öffnete die Terrassentür.

Seit ein paar Tagen ging es ihr wieder besser, aber sie wollte ihre Gesundheit nicht erneut aufs Spiel setzen. Sie schnappte sich ihre kuschelige Fellweste, die über einer Stuhllehne hing. Dann schritt sie zusammen mit Ute durch den Laden, um ein letztes Mal zu kontrollieren, ob alles für die Eröffnung bereit war.

Das große Zimmer vor der Terrasse war das Herzstück des Geschäfts. Hier sah es ein bisschen so aus wie im alten Laden. Anna hatte den Verkaufstresen mit der Kasse mitgenommen – außerdem noch das alte Sofa, einige Regale und den großen Tisch. Heute türmte sich darauf das Buffet: Pasteten, winzige Quiches, Bratapfelcreme in Gläsern und ein dampfender Topf voller Glühwein. Anna hatte alles bei einer Cateringfirma bestellt. Das war zwar sehr teuer, aber am Ende hatte ihr einfach die Zeit gefehlt, selbst irgendwas vorzubereiten. Der Umzug hatte ohnehin längst das geplante Budget überschritten. Sie musste darauf hoffen, dass der Laden die Unkosten bald wieder einbringen würde.

Die Räume waren zwar noch nicht vollständig mit Waren gefüllt, aber für eine erste Eröffnungseinladung war es ausreichend. Für ihr Hochzeitssortiment hatte Anna jetzt einen eigenen Raum zur Verfügung. Nach ihrer gescheiterten Trauung hatte sie eine Weile überlegt, ob sie überhaupt noch Lust hatte, sich weiter diesem Thema zu widmen. Und dann war sie zu dem Entschluss gelangt, dass die eine Sache nichts mit der anderen Sache zu tun hatte. Diese Geschäftsidee war womöglich sogar das Beste, was sich aus Bernds Antrag für sie entwickelt hatte. In ihrem neuen »Hochzeits-Salon« hatte sie endlich ausreichend Platz für ein großes Sortiment an Brautmodenaccessoires, Karten, Tischdeko, Gastgeschenken und vielem mehr.

»Hab ich dir schon von meinem neuesten Plan erzählt? Ich möchte eine Fotowand gestalten. Alle zukünftigen Bräute, die hier einkaufen, sollen mir Bilder von ihrem Fest schicken. Und dann wird die Collage immer größer und größer. Es ist herrlich, wenn man so viel Platz hat«, sprudelte Anna los.

»Das ist eine tolle Idee«, antwortete Ute begeistert. »Haben wir nicht schon ein paar Dankeskarten in diese Richtung bekommen? Hast du die aufgehoben?«

»Ja, die müssten irgendwo stecken«, sagte Anna und grübelte, in welchem Umzugskarton die Schachtel mit den Karten wohl liegen könnte. Ein paar Kisten stapelten sich noch im zweiten kleinen Raum, den sie für heute zugesperrt hatte. Dort herrschte gewaltiges Chaos. Irgendwann wollte sie dort eine Café-Ecke einrichten. Im Januar oder Februar, wenn die ruhige Zeit wieder begann. »Ich finde sie bestimmt noch. Außerdem hoffe ich ja, dass wir bald viele neue Karten bekommen.«

»Doch dazu müssen erst mal möglichst viele Besucher kommen. Ab wann hast du die Gäste denn für heute eingeladen?«, fragte Ute.

Anna hatte »ab 15 Uhr im neuen/alten Vintage Salon« auf die Einladung geschrieben. Sie blickte zur Uhr an der Wand. Es war schon einige Minuten später. Aber Anna beruhigte sich. Niemand möchte bei so einer Veranstaltung der allererste Gast sein. Bestimmt würden die meisten Besucher etwas später eintreffen.

»Die kommen sicher gleich. Wahrscheinlich erscheinen dann alle in einem Schwung – ist ja immer so«, vermutete Anna.

Nach ein paar Minuten näherten sich endlich die ersten Schritte über den Kiesweg zur Tür. Frau Petterson brachte einen großen Blumenstrauß mit, rauschte kurz durch alle Räume und verschwand wieder. Sie war auf dem Sprung zu einer Urlaubsreise nach Teneriffa. »Ich bin froh, dass mein Haus jetzt nicht mehr so leer ist«, sagte sie noch zum Abschied und ließ Anna und Ute alleine zurück.

Anna hielt noch die Tasse mit Glühwein in der Hand, die sie für Frau Petterson eingeschenkt hatte. Sie entschloss sich, einfach selbst davon zu trinken. Der Alkohol stieg Anna schnell zu Kopf. Sie hatte den ganzen Tag noch kaum etwas gegessen. Eigentlich hatte sie sich vorgenommen, diese Ehre ihren ersten Gästen zu überlassen, aber es blieb ihr nichts anderes übrig: Sie eröffnete selbst das Buffet und verschlang rasch eine kleine Ziegenkäse-Quiche. Dann löffelte sie zwei Portionen Bratapfelcreme mit einem großen Klecks Schlagsahne hinterher. Noch während sie kaute, tippte ihr jemand auf die Schulter. Katja und Dave hatten sich unbemerkt herangeschlichen.

»Stören wir?«, fragte Katja.

Anna schluckte die Creme so schnell sie konnte hinunter. Sie war sehr süß und etwas klebrig. »Ihr stört gar nicht. Ich wollte mit dem Essen auch eigentlich warten, aber ich hatte so Hunger«, sagte sie hastig.

»Ist das die Ruhe vor dem Sturm?«, fragte Dave und umarmte Anna so fest, dass ihr kurz die Luft wegblieb.

Ich hoffe es, dachte Anna. Doch ehe sie richtig antworten konnte, hob Katja triumphierend einen Korb nach oben. In einem luftigen Bett aus Seidenpapier waren darin Dutzende Macarons gestapelt. Anders als beim letzten Versuch sahen sie diesmal aus wie vom Konditor.

»Ich hab fleißig geübt«, erklärte Katja grinsend.

»Äh, danke. Ich teste sie nachher, ja? Mir liegt die Apfelcreme so komisch im Magen. Wahrscheinlich ist es auch nur die Aufregung«, sagte Anna und stellte den Korb zum Buffet, das immer noch fast unberührt war.

Es war mittlerweile 16 Uhr und bis auf ein paar Frauen aus der Nachbarschaft, die Anna gestern Abend zufällig auf der Straße kennengelernt und eingeladen hatte, gab es keine weiteren Besucher. Anna merkte, wie das entspannte Gefühl von vorhin immer mehr einer aufsteigenden Panik wich. Das hastige Essen und der Glühwein hatten ihr nicht gutgetan. Aber vor allem verunsicherte sie, dass niemand kam. War ihre erste Vermutung, der Laden sei zu weit abgelegen, vielleicht doch richtig gewesen?

»Ich muss kurz an die frische Luft«, sagte Anna zu den spärlichen Besuchern. Durchatmen und nicht gleich wieder zu negativ denken schien ihr gerade das einzig Sinnvolle, das sie tun konnte. Sie öffnete die Tür der Terrasse. Genau in diesem Moment lief ihr Simon entgegen.

»Du bist auch hier?«, platzt es aus Anna heraus.

Simon blickte sie überrascht an. Er trug einen grauen Wintermantel und einen breiten Schal, der seinen Mund fast verbarg. »Ja, du hast mich doch eingeladen«, murmelte er hinter dem Wollstoff hervor. »Meine Tante feiert morgen ihre goldene Hochzeit. Da dachte ich mir, ich nutze gleich die Gelegenheit, hierherzukommen. Aber ist alles okay bei dir? Du siehst so blass aus.«

Anna musste sich erst sammeln. Ob alles okay war? Eigentlich überhaupt gar nicht. Sie hatte viel eher das Gefühl, dass ihr ganzes Leben mal wieder aus dem Ruder gelaufen war. Mit so vielen Gästen, die eingeladen waren, hatte sie gerechnet. Und jetzt war niemand davon gekommen. Nur der einzige Gast, bei dem sie felsenfest davon ausgegangen war, er würde wegbleiben. Das alles ging ihr durch den Kopf und verursachte ein unangenehmes Schwindelgefühl. Aber sie konnte Simon nicht davon erzählen. Sie konnte ihm unmöglich verraten, dass sie mit ihm am allerwenigsten gerechnet hatte.

»Nein, es ist alles gut. Es sind nur ein paar Leute weniger da als gedacht. Aber dafür ist das Buffet noch nicht leer gegessen«, bemühte sich Anna zu scherzen. Sie hatte das Gefühl, einen knallroten Kopf zu haben. Sie war einfach eine miserable Schauspielerin.

Simon warf ihr einen verwunderten Blick zu. »Echt? Das erstaunt mich. Ihr habt euch mit der Karte doch so viel Mühe gemacht. Hat deine Freundin sie wieder gebastelt?«, fragte er.

Anna nickte. Ihr fiel ein, wie Simon sie vor einigen Monaten bei Katjas Kreativ-Workshop im Laden überrascht hatte. Und dann fiel ihr auf einmal noch etwas ein. Etwas Unfassbares! Sie schlug sich mit der flachen Hand auf die Stirn. Er war ihre Rettung!

»Ich bin echt so froh, dass du gekommen bist! Sonst wäre ich noch richtig verzweifelt«, sagte sie und umarmte ihn fest. Simon musste sie langsam für komplett verrückt halten. Es war dringend nötig, ihm zu erzählen, welchen Geistesblitz sie gerade gehabt hatte. »Katja hat deine Karte abgeschickt. Und um die anderen hätte ich mich kümmern sollen. Aber es war so viel zu tun in den letzten Wochen, dass ich es einfach vergessen habe. Ich hatte es mir in meinen Kalender geschrieben und irgendwas war dazwischengekommen. Und dann habe ich es echt verschwitzt. Ausgerechnet ich! Das gibt es eigentlich gar nicht!«, sagte Anna und holte tief Luft. Sie hatte fast atemlos gesprochen und dabei jeden Satz mit einem ungläubigen Kopfschütteln begleitet.

Sie fühlte sich einerseits erleichtert, weil sie endlich wusste, warum so wenige Leute gekommen waren. Andererseits konnte sie es noch gar nicht fassen: Ihr war genau das Gleiche passiert wie Bernd, als er vor ihrer Hochzeit die Einladungen nicht abgeschickt hatte. Wäre er jetzt hier, würde sie sich bei ihm entschuldigen, weil sie ihn damals so angefahren hatte. Aber statt Bernd stand Simon da und er schien immer noch ziemlich verwirrt über ihren Gefühlsausbruch.

»Ich glaube, es gibt noch ein paar Sachen, die ich dir erzählen muss. Es ist viel passiert seit unserem letzten Treffen. Aber sollen wir vielleicht zu den anderen gehen? Ich hoffe, du hast Lust auf die weltbesten Macarons«, sagte Anna, öffnete die Terrassentür und winkte Simon in ihr neues Reich.

19. November: »Es ist erstaunlich, wie wenig Zeit es für sehr schöne Dinge braucht, um zu geschehen.«

Frances Hodgson Burnett

Bevor Anna ins Bett ging, fiel ihr noch etwas ein. Sie musste Katjas Kalender endlich mal wieder umblättern. Es war schon lange dunkel draußen. Sie knipste das Licht des Esszimmers an und drehte das oberste Blatt nach hinten. Eine neue Seite kam zum Vorschein: Ein weißes Blatt bedruckt mit filigranen blauen Buchstaben.

»Es ist erstaunlich, wie wenig Zeit es für sehr schöne Dinge braucht, um zu geschehen«, las Anna.

Auf der Rückseite des Blattes wurde noch verraten, dass Frances Hodgson Burnett (1849–1924) diesen Gedanken formuliert hatte. Sie war eine britisch-amerikanische Schriftstellerin, die zahlreiche Kinderbücher geschrieben hatte. Ihr bekanntestes Werk »Der kleine Lord« wurde in vielen Sprachen veröffentlicht und mehrfach verfilmt. Anna kannte natürlich den wunderbaren Film mit Alec Guinness und dem jungen Ricky Schroder im strohblonden Pagenschnitt, der jedes Jahr zu Weihnachten seinen ungetrübt treuherzigen Augenaufschlag im Fernsehen zeigte. Nur hatte sie bislang nicht die geringste Ahnung gehabt, dass eine gewisse Frances Hodgson Burnett das Buch zu dieser Geschichte geschrieben hatte. Sie hatte den Film immer als Selbstverständlichkeit hingenommen. Wie bunte Blätter im Herbst. Wie die ersten Lebkuchen im

Advent. Oder eben die Tatsache, man müsse Dinge einfach nur perfekt genug planen, um Erfolg zu haben.

Der Kalender hatte sich im Laufe der Zeit zu einem mysteriösen Orakel entpuppt. Und wie bei den Horoskopen aus Zeitschriften, an die sie eigentlich nicht glaubte, schien doch immer ein Fünkchen Wahrheit dahinterzustecken. Anna hatte am 20. Dezember Geburtstag. Ihr Sternzeichen war somit Schütze. Laut ihren Horoskopen war sie eine abenteuerlustige Nomadin, für die es keinen Stillstand geben durfte. Außerdem wünschten sich Schützen keine Abhängigkeit von einem Partner. Anna kam es so vor, als ob sie sich in diesem Jahr zur perfekten Schützin entwickelt hatte. Von Stillstand konnte in den vergangenen Monaten kaum die Rede sein. Und dass sie von niemandem abhängig sein wollte, hatte sie mit der Trennung von Bernd eindrucksvoll bewiesen. So eindrucksvoll, wie sie es sich zuvor niemals selbst hätte ausmalen können.

Genauso so war auch der Satz aus dem Kalender heute fast schon auf unheimliche Weise passend. Wie wenig Zeit brauchte es doch manchmal, bis sehr schöne Dinge passierten. Wie wenig Zeit, damit sich ein Missgeschick unverhofft in etwas Positives verwandelte! Nachdem sie die verpatzte Eröffnungsfeier ein paar Tage später nachgeholt hatte, lief es endlich so, wie sie es sich vorgestellt hatte. Anna hatte die Gäste diesmal telefonisch eingeladen. Sie durfte mit dem Nachholtermin nicht zu lange warten, sonst würde keiner mehr Lust darauf haben, noch einen Adventskranz oder einen Kalender zu kaufen.

Die zweite Eröffnungsfeier wurde trotz ihres improvisierten Charakters zum Erfolg. Statt wieder eine teure Cateringfirma zu beauftragen, hatte sie beim Bäcker allerlei Brote gekauft und dazu eine große Auswahl an Dips und Aufstrichen vorbereitet. Statt Glühwein, den sie seit letzter Woche erst mal nicht mehr riechen konnte, gab es heißen Apfelsaft mit Zimt. Obwohl der Schnee sich diesmal nicht blicken ließ und es stattdessen den ganzen Tag regnete, war die Stimmung wunderbar. Anna hatte das Gefühl, dass ihre Kunden vom neuen Laden wirklich begeistert waren.

Heute hatte Anna ihren zweiten regulären Öffnungstag. Die Spuren der Eröffnungsparty waren mittlerweile beseitigt. Es waren nicht viele Besucher da gewesen, aber die paar Gäste, die kamen, blieben ziemlich lange. Sie stöberten in Ruhe durch das ganze Sortiment und schwärmten von den großen Räumen und der wunderbaren Lage. »Das ist wie eine Auszeit vom Alltag«, hatte eine der Kundinnen ihr erklärt. Sie wollte nächste Woche gleich wiederkommen und eine Freundin mitbringen. Natürlich musste Anna noch viel Umsatz machen, ehe sie die Ausgaben für den Umzug wieder eingenommen hatte. Aber heute Abend war sie diesbezüglich sehr zuversichtlich.

Anna hielt immer noch den Kalender in der Hand. Im Nachthemd stand sie in ihrer Küche und lächelte. Sie hatte längst beschlossen, dieses Geschenk ihrer Freundin nicht wegzuwerfen. Gemeinsam mit Katja hatte sie überlegt, dass sie aus den Sprüchen kleine Karten gestalten würde, die jeder Besucher als Geschenk bekommen sollte. Auch Annas versehentlich nicht versendeten Einladungskarten hatte Katja auf die Schnelle in sensationelle Werbeflyer verwandelt. Sie hatte wirklich ein Talent für besondere Papeterie.

Anna hängte den Kalender zurück an die Wand, schaltete das Licht aus und ging in ihr Schlafzimmer. Und diesmal legte sie sich nicht auf die rechte Seite, so als ob sie noch einen Übernachtungsgast erwartete. Sie legte sich quer übers Bett mit den Füßen dort, wo Bernd immer geschlafen hatte. Es fühlte sich komisch an, aber nicht unangenehm. Es war jetzt ihr Bett ganz allein. Solange es keinen neuen Mann in ihrem Leben gab, durfte sie sich ausbreiten, wie immer sie mochte. Bald würde sie ein neues Bett geliefert bekommen: ein französisches Eisenbett mit verschnörkeltem Rahmen und einer extra weichen Matratze, in der man wie eine Kirsche in der Sahnehaube versank. So eines, wie sie es längst hatte kaufen wollen, hätte Bernd nicht stets dagegen protestiert. Jetzt brauchte sie auf niemanden mehr Rücksicht zu nehmen. Ihre neue Freiheit musste sie endlich ausgiebig auskosten.

26. November: »Ein neues Leben kann man nicht anfangen, aber täglich einen neuen Tag.«

Henry David Thoreau

Wann hatte sie das zum letzten Mal gemacht, überlegte Anna. Den Tisch für zwei Personen decken? Mit schönem Porzellan, Servietten und einem silbernen Kerzenleuchter? Nach kurzem Überlegen tauschte sie den Kerzenleuchter doch gegen ein kleines Windlicht aus. Die Einladung sollte nicht unbedingt nach Candle-Light-Dinner aussehen. Sie hatte Simon als Dankeschön eingeladen. Weil er sie – wenn auch zufällig – vor einer echten Sinnkrise bewahrt hatte. Wäre er bei der verpatzten Eröffnungsfeier nicht aufgetaucht, hätte sie wohl viele Tage lang verzweifelt gegrübelt, warum keine Besucher gekommen waren. An die versehentlich nicht verschickten Einladungskarten hätte sie so schnell bestimmt nicht gedacht.

Anna stellte zwei Glasteller mit Walnuss-Granatapfel-Salat auf den Tisch. Die dampfende Kürbissuppe auf dem Herd rührte sie kurz um. Sie hatte auf eine komplizierte Hauptspeise verzichtet, die leicht anbrennen oder sonst irgendwie danebengehen konnte. Kochen war einfach nicht ihre Stärke, deshalb goss sie noch einen großen Becher Sahne in die dickflüssige Masse. Wenn es schon keinen richtigen Hauptgang gab, musste die Suppe wenigstens sättigend sein. Als Anna die Sahne einrührte, färbte sich die Suppe langsam in ein helles Orange. Sie drehte den Herd auf die niedrigste Stufe, ging ins Schlafzimmer und zog das bereitgelegte Kleid an: ein dunkelblaues knielanges Etuikleid aus Wolle mit einem weich fließenden Kragen. Sie musterte sich im Spiegel von oben nach unten. Die Müdigkeit der letzten Wochen war aus ihren Augen verschwunden und ihre Haare waren endlich wieder lang genug, um sie zu einem Zopf zu binden. Das Kleid hatte einen perfekt legeren Schnitt – nicht zu eng und auch nicht zu weit. Nur untenrum gab es ein Problem. Ihre lilafarbenen Pantoffeln mit aufgestickten Fliegenpilzen waren ein eindeutiger Stilbruch zu ihrer Garderobe.

Anna eilte schnell zu ihrem Schuhschrank, um ihre braunen Wildlederstiefel zu suchen. Aber dort waren sie nicht. Ihr fiel ein, dass sie das Paar wegen der abgelaufenen Absätze noch zur Reparatur gebracht hatte. Sie hatte völlig vergessen, sie abzuholen. Und dann klingelte es. Hastig griff sie nach schwarzen Pumps und zog sie an. Ihre Wollstrumpfhose mit Flechtmuster wölbte sich aus den zierlichen Schuhen. Diese Kombination sah unmöglich aus. Aber was sollte sie jetzt tun? Schnell eine andere Strumpfhose anziehen? Es klingelte erneut. Annas Blick streifte verzweifelt ihre Turnschuhkollektion und ihre sommerlichen Sandalen. Nichts davon schien zu passen. Wo waren denn nochmal ihre schwarzen Stiefeletten? Es klingelte zum dritten Mal. Anna seufzte, streifte die Pumps von den Füßen und glitt zurück in ihre Hausschuhe. Immerhin war es ja kein richtiges Date. Sie konnte ihren Gast genauso gut auch in Pantoffeln willkommen heißen.

Sie öffnete die Tür und konnte Simon hinter dem Tannenbäumchen kaum erkennen.

»Statt Blumen. Dieses schiefe Etwas hat mich vorhin in der Stadt so verzweifelt angeschaut. Ich dachte mir, es muss zu einem Profi, der noch was daraus machen kann«, sagte Simon und hielt ihr den Topf entgegen.

Er schaute dabei rechts neben dem Baum hervor und Anna konnte erkennen, dass er frisch rasiert war und ein dunkelbraunes Cordsakko trug.

Anna nahm ihm das Geschenk aus der Hand und stellte es auf ihre Kommode. Die kleine Tanne machte einen ziemlich kümmerlichen Eindruck. Auf der einen Seite hatte sie kaum Äste, während die andere Seite fast komplett zugewuchert war. Simon konnte eigentlich nichts von ihrem Faible für solche schief gewachsenen Christbäume wissen. Während ihrer Beziehung damals waren sie zu jung gewesen, um sich über den Kauf von Weihnachtstannen zu unterhalten. Aber seit Anna eine eigene Wohnung hatte, suchte sie sich immer den Baum aus, der am wenigsten perfekt war. Genau wie das Exemplar, das jetzt vor ihr stand.

»Ist es ein hoffnungsloser Fall?«, fragte Simon noch an der Tür stehend.

»Eine echte Herausforderung, würde ich sagen«, erwiderte Anna. »Aber komm doch rein!«

Simon blieb im Türrahmen stehen und deutete auf Annas Füße. »Hast du denn noch ein Paar so todschicke Fliegenpilzschuhe für mich?« Er grinste. Dabei bildeten sich schräg unter seinen Augen zwei Grübchen, die er schon in Schulzeiten gehabt hatte. Sie waren einer jener Gründe gewesen, warum Anna sich Hals über Kopf verliebt hatte. Selbst heute konnte sie sich dem Charme seines vergnügten Gesichtsausdrucks kaum entziehen.

»Den Neid auf meine Glückspantoffeln kann ich gut verstehen. Aber ich befürchte, sie sind einmalig und du musst deine normalen Schuhe anlassen«, sagte Anna lachend und wies Simon den Weg ins Esszimmer.

Nachdem beide am Tisch Platz genommen hatten und begannen, den Salat zu essen, erzählte Anna in Ruhe von der geplatzten Hochzeit. Bei der Ladeneröffnung hatte sie es schon angedeutet, aber benommen vom Glühwein und durch die Aufregung des Tages war es ihr schwergefallen, alles der Reihe nach zu berichten. Simon hörte ihr aufmerksam zu. Schließlich verschwand Anna in der Küche und kam mit zwei großen Tellern voller dampfender Suppe zurück.

»Aber jetzt hab ich schon wieder so viel geredet. Verrate mir endlich mal was von dir. Warum bist du jetzt so häufig in München?«, sagte Anna und rührte in ihrer Suppe. Sie war so stark eingekocht, dass sie mittlerweile mehr einem Brei glich.

Simon erzählte ihr von seinem verwitweten Vater, der nach einem Schlaganfall auf die Hilfe seiner Familie angewiesen war. Sein Bruder und er wechselten sich ab und besuchten ihn regelmäßig. Seine Wohnung in Wien hatte Simon vorerst sogar untervermietet. Sein letztes Filmprojekt über junge Spitzenköche hatte er so schnell wie möglich fertiggestellt. Gerade verhandelte er mit einem deutschen Sender über einen Beitrag, den er in München drehen könnte.

»Möchtest du vielleicht über heimliche Spitzenköche hier drehen? Über mich zum Beispiel?«, fragte Anna lachend und ließ die zähe Suppe von ihrem Löffel in den Teller gleiten. Sie war absolut misslungen und hatte kaum Geschmack. Anna hatte völlig vergessen, sie zu würzen. Außerdem hatte sie viel zu viel Sahne verwendet.

Simon lachte. »Prima Idee. Du musst dann im Film unbedingt verraten, wie du diese raffinierte Kalorienbombe hinbekommen hast. Also, wie man Sahne heiß macht, weiß ich ungefähr, aber wie du dieses dezente Kürbisaroma reingezaubert hast …«

Anna stupste mit ihrem Pantoffel gegen seinen Fuß. »Nur

die Gastgeberin darf sich offen über die Gastgeberin lustig machen«, erklärte sie mit gespielter Empörung. »Aber ich merke schon. Ich bin für dich jetzt die Witzfigur schlechthin. Die seltsame Ex mit komischen Schuhen und miesen Kochkünsten.«

»Du bist gar keine Witzfigur!«, protestierte Simon. Seine Empörung klang nicht gespielt.

»Aber zu meinem Entschluss, die Hochzeit abzusagen, hast du vorhin nichts gesagt. So wie damals bei unserem Spaziergang findest du doch bestimmt, dass ich mich in was verrannt habe. Du denkst doch sicher immer noch, ich wäre einfach sehr unentspannt«, sagte Anna. Auch sie hatte mittlerweile einen ernsten Ton angenommen.

Über den Streit von damals hatte sie bislang nicht wieder mit Simon gesprochen. Anna hatte sich eigentlich vorgenommen, das Thema zu vermeiden. Aber es gelang ihr nicht. Es schien auf einmal so, als ob der Streit erst gestern gewesen wäre. Auch Bernd hatte ihr nach der abgesagten Hochzeit vorgehalten, sie wäre eine kopflose und völlig überspannte Hysterikerin. Sie fand diesen Vorwurf immer noch ungerecht. Anna hatte sich die Entscheidung gewiss nicht leicht gemacht.

Simon schüttelte langsam den Kopf, ehe er antwortete. »Ich hab dir schon geschrieben, dass es mir leidtut, was ich damals gesagt habe. Du warst in einer schwierigen Situation und ich hab dir einen überflüssigen Ratschlag gegeben. Ich meine, ich kenne deinen Bernd nicht und möchte nicht wieder ein Urteil über etwas fällen, wovon ich nicht genug Ahnung habe. Aber ich sehe auf jeden Fall, dass du jetzt viel glücklicher als damals wirkst. Du lachst viel mehr und deine Augen strahlen. So wie die Anna von früher.«

Anna schaute aus dem Fenster. Der Himmel war tiefdunkel.

Irgendwo in der Ferne glaubte Anna einen Stern leuchten zu sehen, aber vielleicht bildete sie sich das auch nur ein. Sie war gerührt von dem, was Simon gerade gesagt hatte. Weil sie nicht genau wusste, wie sie jetzt reagieren sollte, starrte sie noch eine Weile weiter nach draußen, so, als ob es dort irgendwas zu entdecken gäbe.

Dann räusperte sie sich und lächelte Simon an. »Nach diesen netten Worten hast du dir ein Dessert verdient.« Sie nahm die noch fast vollen Suppenteller und ging in die Küche.

»Ich helfe dir. Ein kleiner Verdauungsspaziergang kann jetzt nicht schaden!« Simon sprang von seinem Stuhl auf und nahm ihr einen der Teller aus der Hand.

In der Küche holte Anna zwei Dessertschalen aus dem Schrank und füllte sie Schicht für Schicht mit Vanilleeis und frischen Beeren. Simon stand neben ihr und sah ihr wortlos dabei zu.

»Siehst du, beim Gestalten hübscher Desserts bin ich unschlagbar«, sagte Anna und drehte sich zu Simon um. Er war nur ein paar Zentimeter von ihr entfernt. Anna wollte sich gerade wieder wegdrehen, als er die rechte Hand hob und eine Haarsträhne aus ihrem Gesicht strich.

»Du bist in ganz vielen Dingen unschlagbar. Ich hab nie mehr eine Frau kennengelernt, die so besonders ist wie du«, sagte er und sein Gesicht kam dabei immer näher und näher. Dann küsste er sie. Und Anna fiel spontan überhaupt kein sinnvoller Grund ein, warum sie sich dagegen hätte wehren sollen.

3. Dezember: »Wer Freude genießen will, muss sie teilen. Das Glück wurde als Zwilling geboren.«

Lord Byron

Katja hatte das Paket vor wenigen Stunden bekommen. Die dick verklebte Schachtel hatte sie dann sofort ins Auto gepackt und war zum Laden gefahren. Ohne ihren roten Wollmantel auszuziehen, stürmte sie durch die Tür und ließ das Paket auf den Verkaufstresen fallen. Das Öffnen des Kartons schien endlos zu dauern. Anna wackelte in ihren Winterstiefeln nervös mit ihren Zehen, während Katja den letzten Klebestreifen löste und abzog. Endlich sprangen die beiden Deckel nach oben. Anna öffnete sie. Dann lächelte sie verzückt den Inhalt an, so als stünde vor ihr ein Babybett mit einem schlummernden Neugeborenen.

»Wunderschön!«, sagte sie und fischte einen Stapel Postkarten aus dem Karton.

Katja hatte sie in den vergangenen Wochen aus den Sprüchen des Kalenders gestaltet. Sie war nicht nur im Umgang mit Papier und Kleber, sondern auch mit Design-Programmen am Computer sehr talentiert. Die Karten waren schwarz, weiß und rot und zeigten verspielte Schriftzüge: Mal romantisch verschnörkelt und mal wie mit einer alten Schreibmaschine getippt.

»Am Ende wird alles gut. Wenn es nicht gut ist, ist es nicht das Ende«, las Anna die Karte vor, die ihr als Erstes ins Auge fiel. »An diesem Spruch hatte ich ganz schön zu knabbern«, ergänzte sie lächelnd. Sie erzählte Katja davon, wie sie den

Spruch von Oscar Wilde genau am Tag ihrer ausgefallenen Hochzeit aufgeblättert hatte. »Ich habe diese Weisheit echt verflucht und aus lauter Ärger zerknüllt und in die Ecke geworfen«, gestand sie ihrer Freundin.

»Oh nein, da habe ich genau die falschen Erinnerungen geweckt«, erwiderte Katja besorgt.

»Nein, gar nicht. Mach dir keine Sorgen. Ich hab mir damals einfach nicht vorstellen können, wie am Ende noch alles gut werden sollte. Das war einfach der schwärzeste Tag in meinem Jahr. Und jetzt ist alles viel besser, als ich es vermutet hätte, weil …« Anna überlegte kurz, ob es nicht zu früh war, ihrer Freundin von Simon zu erzählen. Gerade gegenüber Katja war ihr die Geschichte fast ein bisschen peinlich. Immerhin hatte sie stets vehement abgestritten, dass zwischen ihr und Simon irgendwelche Gefühle im Spiel waren. Davon war sie auch wirklich überzeugt gewesen – zumindest bis letzte Woche.

Wobei auch nicht viel passiert war. Nach dem Kuss und einer unangenehmen Schweigepause hatte Anna ihrem Gast das Dessert in die Hand gedrückt. Dann hatte sie ihn nach seinem letzten Film ausgefragt, um die Stille zu überbrücken. Simon hatte bereitwillig geantwortet. Fast hätte Anna den Kuss am Ende des Abends schon wieder vergessen gehabt, hätte er nicht während des Gesprächs auf einmal ihre Hand berührt. Er hatte sie ganz behutsam gestreichelt, wie etwas, das sehr kostbar war. Kurz darauf war er gegangen und hatte ihr noch in der gleichen Nacht eine SMS geschrieben, ob sie sich bald wiedersehen könnten.

»Und wie hast du reagiert?«, fragte Katja aufgeregt, nachdem Anna ihr alles berichtet hatte – sie hatte es letztlich nicht übers Herz gebracht, ihrer Freundin diese Neuigkeiten zu verschweigen.

»Wir treffen uns morgen«, antwortete Anna.

Katjas erwartungsvoller Blick gab ihr zu verstehen, dass ihre knappe Antwort nicht ausreichend war. »Ich dachte, wir könnten vielleicht auf den Weihnachtsmarkt gehen und dann vielleicht ins Kino oder so. Ich weiß es noch gar nicht.«

»Klingt ja sehr nach einem echten Date. Ihr beide im Kino eng aneinander gekuschelt …«, bemerkte Katja.

»Findest du? Doch besser einfach nur in ein Restaurant gehen? Ich weiß ja auch echt nicht, was da jetzt daraus werden soll«, erwiderte Anna. Während sie mit ihrer Freundin darüber sprach, merkte sie, wie sehr Simons Kuss ihr Leben durcheinandergewirbelt hatte. »Wirklich, ich hab selbst nicht mit so was gerechnet.«

»Soso«, sagte Katja und grinste.

»Was meinst du mit: Soso?«, fragte Anna, obwohl sie sich die Frage eigentlich hätte sparen können. Sie wusste, was ihre Freundin meinte. »Soso« bedeutete »ich-hab-es-doch-längst-vorausgesagt-und-du-wolltest-es-nicht-glauben«. Weil Katja wusste, dass Anna wusste, was »soso« bedeutete, sparte sie sich die Antwort und grinste weiter.

»Statt ewig zu grinsen, sag mir lieber, was du von der Sache hältst«, sagte Anna. Ihr letztes richtiges Date war bereits ewig her. Genauer gesagt fünf Jahre – damals, als sie Bernd kennengelernt hatte. Jetzt war es auch noch viel komplizierter. Sie hatte ein Date mit jemandem, den sie schon lange kannte. Einer, mit dem sie mal zusammen war und auch wieder Schluss gemacht hatte. Das letzte erste Date mit Simon lag mehr als fünfzehn Jahre zurück. »Findest du mich furchtbar? Ich meine, weil ich Simon schon kannte, bevor ich Bernd getroffen habe. Du musst dich ja fragen, ob ich nicht doch wegen Simon die Hochzeit platzen lassen habe … Aber das war wirklich nicht so. Ehrlich! Ich dachte immer, Bernd wär der Richtige. Und Simon wäre ein Kapitel, das längst abgeschlossen schien.« Bevor Anna weiterreden konnte, hatte Katja den Arm um sie gelegt.

»Ich denke überhaupt nicht so einen Quatsch. Ich weiß doch, wie sehr du dich auf diese Hochzeit gefreut hast. Und ich weiß auch, dass du Bernd nicht wegen Simon verlassen hast. Es ist eben alles anders gekommen als erwartet. Statt dir zu viele Gedanken darüber zu machen, was jemand über dich denken könnte, solltest du das Leben jetzt einfach genießen. Simon tut dir jedenfalls gut. Du strahlst so, wenn du über ihn sprichst.«

Anna hätte jetzt gerne protestiert. Aber hatte Simon nicht auch neulich zu ihr gesagt, sie würde so glücklich aussehen? Wenn sie sich selbst im Spiegel betrachtete, warf sie sich meist einen kritischen Blick zu. Die lachende Anna kannte sie eher vom Hörensagen als durch eigene Beobachtung. Auch daran könnte sie vielleicht arbeiten. Sie lief zur anderen Seite des Raumes und schnappte sich einen der versilberten Handspiegel, die sie in ihrem Sortiment hatte.

»Was hast du jetzt vor?«, fragte Katja irritiert.

»Wenn alle sagen, dass ich in letzter Zeit immer so strahle, muss ich das selbst mal überprüfen.« Dann blickte sie so vergnügt wie möglich ihrem Spiegelbild zu. Tatsächlich wirkte das Lächeln nicht verkrampft, sondern ganz natürlich. Auf einmal tauchte Katja neben ihr im Spiegelbild auf.

»So siehst du also aus, wenn du bis über beide Ohren verliebt bist«, bemerkte Katja.

Anna legte den Spiegel zur Seite. »Ich bin nicht bis über beide Ohren verliebt«, protestierte sie.

Doch Katja sagte dazu nichts. Sie grinste einfach nur.

10. Dezember: »Wer wagt, selbst zu denken, der wird auch selber handeln.«

Bettina von Arnim

Diese Verabredung hatte Anna so weit es ging vor sich hergeschoben. Natürlich hätte sie den Termin auch wieder absagen können – wegen einer Magenverstimmung, eines Wasserrohrbruchs oder etwas anderem. Aber irgendwie wollte Anna dieses Treffen auch endlich hinter sich bringen. Und vielleicht war jetzt der beste Zeitpunkt dafür. Es ging ihr so gut wie lange nicht mehr. Anna saß im Zug auf dem Weg nach Hamburg zu ihrem Vater. Sie hatte am frühen Morgen einen Fensterplatz ergattert und versuchte sich abwechselnd mit Landschaftsbeobachtungen und Zeitschriftenlektüre abzulenken, aber beides wollte nicht so ganz gelingen. Anna war ziemlich aufgeregt.

Bernd hatte sich früher bei den Familienbesuchen nicht wirklich als moralische Unterstützung erwiesen. Er fand Annas schwierige Familienverhältnisse in erster Linie unterhaltsam. Aber dennoch war sie immer froh gewesen, eine Begleitung an ihrer Seite zu wissen. Seit Anna das Gespräch zwischen ihrem Vater und Bernd heimlich belauscht hatte, war ihr Vertrauen zu ihrem Vater reichlich angeknackst. Es war das erste Mal seit Jahren, dass Anna alleine nach Hamburg reiste. Nach der eigenen gescheiterten Hochzeit nun das makellose Glück des erfolgreichen Zahnarztehepaares erleben zu müssen, bereitete ihr nicht die geringste Vorfreude.

Nachdem Anna am Bahnhof angekommen war, fuhr sie mit

dem Taxi weiter. Es war Sonntagmittag und deshalb sehr ruhig auf den Straßen. Anna bestaunte die üppige Weihnachtsdekoration der Geschäfte. Seitdem sie ihren Laden in beschaulich grüner Randlage führte, war sie selten in der Innenstadt gewesen. Die vielen Lichter und die glitzernden Auslagen in den Schaufenstern wirkten auf Anna seltsam grell. Sie selbst hatte gar kein Schaufenster mehr, sondern nur die Terrasse mit dem Blick ins Freie. Auch wenn der Laden in letzter Zeit gut besucht war, herrschte kein hektischer Vorweihnachtsstress. Bei ihr kam niemand auf die Schnelle reingelaufen, um etwas zu kaufen. Dafür lag das Geschäft viel zu weit abseits. Wer kam, brachte Zeit mit und suchte in aller Ruhe nach passenden Geschenken.

Als sich das Taxi immer weiter aus der Hamburger Innenstadt entfernte, änderte sich das winterliche Flair der Stadt. Statt Lichtergirlanden über den Straßen gab es vereinzelt geschmückte Bäume in den Gärten. Anna vermutete, dass sich vor der Villa ihres Vaters bereits ein Sammelsurium an Leuchttieren befinden würde. Melanie hatte ein Faible für Rehe und Schlitten aus LED-Lichtern. Doch als das Taxi vor dem Haus einbog, sah das Grundstück ungefähr aus wie im Februar, als sie zum letzten Mal hier gewesen war. Buchsbaumsträucher umsäumten kahle Bäume auf einer großen Wiese, der nur ein paar kümmerliche Schneereste etwas Struktur verliehen.

Anna klingelte. Diesmal hatte sie extra ein Kartenspiel für Tibor gekauft. Weil sie damit rechnete, dass er wieder die Tür öffnete, kramte sie das kleine Päckchen gleich aus ihrer Tasche. Doch entgegen ihrer Erwartungen öffnete ihr Vater die Tür. Wie immer trug er einen leuchtend weißen Pullover und ließ zur Begrüßung seine strahlend hellen Zähne aufblitzen. Nur die ungewohnt dunklen Augenringe bildeten dazu einen harten Kontrast.

»Wo ist Tibor? Ich hab heute sogar ein Geschenk für ihn dabei. Versteckt er sich irgendwo?«, fragte Anna, während ihr Vater sie ins Wohnzimmer führte.

»Melanie ist mit Tibor bei ihren Eltern. Das hat sich ziemlich kurzfristig ergeben. Aber ich soll dich herzlich grüßen«, sagte ihr Vater.

Seine Antwort unterstrich nur, was Anna ohnehin sah. Der Tisch war für zwei Personen gedeckt. Um die Vorbereitung der Tafel hatte sich zweifellos ihr Vater gekümmert. Bis auf zwei Teller und Besteck war der große Tisch leer – selbst an Servietten hatte er nicht gedacht.

Noch bevor Anna weitere Fragen stellen konnte, war er in die Küche verschwunden. Von dort kam er mit einem Tablett zurück, das er etwas umständlich auf dem Tisch abstellte. Es war reich bedeckt mit italienischen Antipasti. Gefüllte Auberginen, eingelegte Artischocken, Feigen und Parmaschinken stapelten sich kunstvoll nebeneinander.

»Wir hätten doch auch essen gehen können, bevor du extra etwas bestellst …«, platzte es aus Anna heraus, noch bevor ihr einfiel, dass dieser Kommentar unhöflich war. Immerhin vermittelte sie ihrem Vater deutlich, wer hier der Koch gewesen war – nicht er selbst, sondern irgendeine Cateringfirma.

Anna kannte diese Art von kalten Platten noch sehr genau von früher. Ihr Vater hatte in ihrer Kindheit oft zu Festen eingeladen und dafür Häppchen von einem Restaurant kommen lassen. Die mitgelieferten Servietten mit einem Werbeaufdruck ließ er immer im Papierkorb verschwinden. Stattdessen platzierte er in der Küche allerlei Kochbücher und Töpfe mit frischen Kräutern. Anna erinnerte sich an einen riesigen Streit zwischen ihren Eltern, weil ihre Mutter dieses Schauspiel zu peinlich fand. Seitdem er mit Melanie zusammen war, hatte sie diese Feinkostplatten nie mehr erlebt. Anna hatte sie schon fast wieder vergessen.

»Hier ist es doch am gemütlichsten«, antwortete ihr Vater und wechselte schnell zu einem anderen Gesprächsthema. Er erkundigte sich nach Annas Laden und sie berichtete ihm davon, wie gut alles bislang angelaufen war.

»Das ist doch wunderbar. Ich habe immer gewusst, dass dein Geschäft ein Erfolg ist«, sagte ihr Vater, während er sich eine Portion getrockneter Tomaten in den Mund schob.

Anna war schon nach wenigen Bissen der Appetit vergangen. Sie ärgerte sich darüber, wie sich ihr Vater die Wahrheit zurechtrückte. Und noch mehr ärgerte sie sich über sich selbst. Weshalb hatte sie ihn so lange als ihren Verbündeten gesehen?

»Komisch – da habe ich aber was anderes gehört über deine Haltung zu meinem Laden. Bernd wollte ja vor der Hochzeit gerne, dass ich meinen Job aufgebe, weil er seiner Ansicht nach sinnlos war. Zu viel Stress bei zu wenig Gehalt oder so. Und er meinte, es gab ein Gespräch zwischen euch kurz vor der Hochzeit, in dem du ihm ziemlich klar zugestimmt hättest«, sagte Anna. Der letzte Satz war ein bisschen gelogen. Sie hatte mit Bernd nie direkt über das Telefonat gesprochen. Aber sie wusste noch ganz genau, was sie damals mitgehört hatte: »Ich sehe es ähnlich wie du. Der Laden ist ein schönes Liebhaberprojekt, aber nichts für die Dauer«, hatte Bernd damals am Telefon gesagt.

»Tatsächlich? So etwas hat dein Bernd über mich behauptet? Das muss ein Irrtum sein. Wahrscheinlich hat er mit seinen Eltern solche Gespräche geführt. Wieso sollte ich dir denn so in den Rücken fallen?«

Während ihr Vater redete, beobachtete Anna ihn genau. Er klang sehr überzeugend. Sie war für einen Moment lang dazu geneigt, ihm zu glauben. Aber das ging nicht. Er sagte nicht die Wahrheit. »Schwiegervater in spe« hatte Bernd ihn damals am Telefon genannt. So eine Bezeichnung vergisst man nicht, wenn man sie einmal gehört hat. Aber es machte keinen Sinn, ihm zu widersprechen. Hatte sie nicht im letzten Jahr gelernt, dass Streit die nutzloseste Beschäftigung war, die es überhaupt gab?

»Mama arbeitet jetzt übrigens bei mir im Laden«, erwiderte Anna stattdessen und beobachtete genau, wie ihr Vater reagieren würde.

Diesmal war er weniger gefasst. Er erstarrte plötzlich in seiner Bewegung – dabei purzelte eine Schinkenrolle von seiner Gabel auf den Tisch. Sie selbst hatte beinah ebenso überrascht reagiert, als ihre Mutter sie vor Kurzem gefragt hatte, ob sie nicht ihre Hilfe bräuchte. Sie hatte ihre Tochter bereits länger fragen wollen, aber sich zunächst nicht getraut. Eine Weile lang hatte sie sich sehr seltsam verhalten. Anna dachte schon, ihre Mutter sei beleidigt, weil sie fast als Letzte vom Umzug in den neuen Laden erfahren hatte – welcher immerhin nur durch ihre Vermittlung zustande gekommen war. Als sie ihre Mutter irgendwann direkt darauf ansprach, druckste sie eine Weile herum. Sie erklärte ihrer Tochter, dass sie gerne wieder arbeiten würde. Es ginge ihr nicht nur ums Geld, sondern vor allem darum, beruflich wieder Fuß zu fassen. Beide einigten sich auf ein paar Probetage. Annas anfängliches Misstrauen erwies sich bald als unbegründet. Die Teamarbeit mit ihrer Mutter funktionierte erstaunlich gut und ihre neue Mitarbeiterin entpuppte sich als echtes Verkaufstalent. Gerade bei

Frauen in ihrem Alter hatte sie das richtige Gespür für deren Geschmack.

Nachdem ihr Vater sich aus seiner Starre gelöst hatte, piekste er mit der Gabel die abhandengekommene Schinkenrolle auf und stopfte sie sich in den Mund.

»Na, das kann ja heiter werden«, murmelte er kauend. »Hast du dir das auch gut überlegt?«

»Ja, habe ich«, entgegnete Anna, ohne zu zögern.

»Na, du musst es ja wissen. Es ist ja dein Laden. Aber wenn du mich fragst, …«

»Tue ich aber nicht«, sagte Anna und entschuldigte sich knapp, dass sie ins Bad müsse.

Sie stand schnell auf, eilte durch den langen Flur, setzte sich im Badezimmer auf die zugeklappte Toilette und holte tief Luft. Sie war sauer wegen des überflüssigen Kommentars ihres Vaters. Und sie war sauer auf sich selbst, weil ihr keine schlagfertigere Reaktion eingefallen war, als sich auf die Toilette zu verabschieden. Vor einem halben Jahr noch hätte sie das Gerede ihres Vaters überhaupt nicht aufgeregt. Immerhin hätte sie sich damals nie vorstellen können, ausgerechnet mit ihrer Mutter zusammenzuarbeiten. Aber vor einem halben Jahr hatte sie auch noch keine Ahnung davon gehabt, warum ihre Mutter oft so streng und abweisend war. Sie wusste nichts von den vielen Affären ihres Vaters und davon, wie schwer es für sie war, nach der Scheidung wieder Fuß zu fassen.

Anna starrte verärgert vor sich hin. Dabei blieb ihr Blick am Waschtisch hängen. Im Haus ihres Vaters war es immer penibel ordentlich, aber heute schien das Bad fast wie leer geräumt. Selbst Melanies Parfumsammlung fehlte. Anna stand auf und öffnete langsam den Spiegelschrank über dem Waschbecken. Sie erschrak. Bis auf die Rasiercreme und ein Gesichtswasser ihres Vaters war er völlig leer. Anna sah jetzt, dass auch an der Badewanne nur eine einzelne Shampooflasche stand. Melanie besaß immer eine ganze Kollektion teurer Friseurprodukte, die der Größe nach sortiert am Beckenrand aufgereiht waren. Wieso sollte sie die alle mitnehmen, wenn sie nur übers Wochenende zu ihren Eltern gefahren war? Wohnte sie gar nicht mehr hier? Hatten sie sich getrennt? Bevor Anna das Badezimmer verließ, drückte sie die Toilettenspülung und drehte den Wasserhahn auf. Ihr Vater sollte keinen Verdacht schöpfen. Er sollte nichts davon ahnen, wie sie heimlich im Badezimmer spioniert hatte. Sie fühlte sich auf einmal wie ein Detektiv, der etwas Verbotenes entdeckt hatte.

»Geht es dir besser? Du warst so plötzlich verschwunden«, fragte er, als sie zum Tisch zurückkehrte. Dann trank er noch einen Schluck Weißwein, eher er weitersprach. »Ich hatte übrigens keine Ahnung, dass du und deine Mutter auf einmal die besten Freundinnen seid.«

»Das sind wir auch nicht«, sagte Anna. Sie hatte keine Lust, dieses Thema weiter zu vertiefen. Eine andere Frage interessierte sie viel mehr. »Geht es Melanies Eltern denn sehr schlecht? Ist sie länger weg?«

»Nein, nur übers Wochenende. Morgen kommt sie wieder. Sie hätte dich auch gerne gesehen, aber diesmal geht es leider nicht anders«, sagte ihr Vater. Während er sprach, kratzte er mit der Gabel über den leeren Teller. Anna kam er auf einmal sehr unsicher vor. So kannte sie ihn gar nicht. Er wirkte wie jemand, der ein Geheimnis hatte und es nicht zugeben wollte. Dann legte er plötzlich die Gabel weg, wischte sich über die Stirn und zeigte wieder sein typisch selbstsicheres Lächeln. »Magst du noch ein Dessert? Ich hab Pannacotta gemacht. Das

Kochbuch mit dem Rezept liegt noch in der Küche«, sagte ihr Vater, während er dorthin verschwand.

Als Anna am späten Abend wieder im Zug nach Hause saß, war sie erleichtert. Sie hatte sich eine Ausrede einfallen lassen, warum sie doch nicht übernachten konnte. Ihr Vater hatte nicht weiter nachgefragt. Vielleicht war er insgeheim auch froh, weil er ihr nicht länger etwas vorspielen musste. Es gab so vieles, was sie hätte sagen können, und es dann doch nicht getan hatte. Sie hätte ihren Vater fragen können, warum er nicht darüber sprechen wollte, dass Melanie offensichtlich ausgezogen war. Sie hätte ihn fragen können, weshalb er hinter ihrem Rücken schlecht über ihren Laden sprach und es ihr gegenüber nicht zugab. Sie hätte ihn auch fragen können, warum er ihre Mutter überhaupt geheiratet hatte, wenn er andere Frauen scheinbar immer schon interessanter fand. Und wieso er um Himmels willen all die Jahre dieses Theater mit seinen angeblichen Kochkünsten spielte. Was war denn so schlimm daran, einfach zuzugeben, wenn man etwas nicht konnte?

Aber er würde sowieso alles abstreiten und wäre nicht zu einer ehrlichen Antwort bereit. Vielleicht später – irgendwann. Im Moment genügte Anna zu wissen, dass sie selbst die Wahrheit endlich erkannt hatte.

17. Dezember: »Freude ist einfach eine gute Jahreszeit über dem Herzen.«

Rainer Maria Rilke

Anna hatte keine Ahnung, was sie mitnehmen sollte, deswegen hatte sie einfach alles eingepackt: zwei Pullover, Jeans, eine Jacke, Sandalen, Turnschuhe, einen Minirock und ein langärmliges Kleid aus dünnem Baumwollstoff. Der Koffer war bis zum Rand gefüllt, aber Anna war noch nicht zufrieden. Irgendetwas Schickes musste unbedingt noch mit. Sie wollte Simon beim romantischen Weihnachtsdinner schließlich nicht im Strickpulli gegenübersitzen.

Sie hatten vorgestern spontan eine Reise nach Barcelona gebucht. Die Feiertage und ihren 33. Geburtstag würden sie dort zu zweit verbringen. Ganz ohne Verpflichtungen für Verwandtschaftsbesuche. Da sie weder Annas Mutter noch Simons Familie vor den Kopf stoßen wollten, weil sie in München waren und sich nicht blicken ließen, hatten sie sich für einen Kurzurlaub entschieden. Es war ihre erste gemeinsame Reise – oder vielmehr die erste Reise des zweiten Anlaufs ihrer Beziehung.

Vor vierzehn Jahren waren sie schon mal zusammen weggefahren. Ihr Geld hatte gerade für ein Flugticket nach Athen gereicht. Von dort waren sie mit großen Fähren von einer Insel zur nächsten gereist: Milos, Naxos, Ios, Santorini. Sie deckten sich in kleinen Lebensmittelläden mit Brot, Oliven und Käse ein und übernachteten trotz der Verbotsschilder am Strand. Wenn ein Polizist auf dem Motorrad vorbeifuhr und mit einer

Taschenlampe über den Strand leuchtete, legten sie sich flach und reglos in eine Sandmulde. Sobald der Lichtkegel der Taschenlampe verschwand, hatten sie sich wie zwei Geheimagenten gefühlt, denen niemand so schnell auf die Schliche kam. Es gab aufregenden Sex am Strand. Und als Urlaubssouvenir gab es gratis einen schmerzhaften Sonnenbrand, weil keiner von ihnen an so was Vernünftiges wie Sonnencreme gedacht hatte. Irgendwann hatten sie ziemlich gestritten, weil Anna keine Lust mehr hatte auf den endlosen Sand in den Haaren. Sie wollte lieber in eine Pension ziehen und Simon fand sie deswegen schrecklich spießig.

Für ihren Weihnachtsurlaub brauchte Anna keinen Streit aus Mangel an Komfort zu fürchten. Simon hatte vorgeschlagen, ein Hotel in Paris zu buchen. Dann waren sie zu dem Entschluss gekommen, dass eine Reise in die Stadt der Liebe vielleicht doch zu klischeehaft war. Sie hatten sich schließlich für Barcelona und eine Ferienwohnung am Meer entschieden. Und weil es dort zur Weihnachtszeit ebenso gut kalt wie warm sein konnte, hatte Anna die Ausstattung für eine Sommerreise und für einen Winterurlaub zusammen in den Koffer gestopft.

Jetzt brauchte sie nur noch dringend ein Kleid, mit dem sie Simon beeindrucken konnte. Eines, das sexy war, aber trotzdem elegant. Sie öffnete die linke Schranktür und fuhr mit der Hand über die Kleiderbügel. Das schwarze Minikleid kam nicht in Frage, weil es zu kurz war und zu eng. Anna hatte in den letzten Wochen ein paar Kilo zugenommen, aber es störte sie nicht weiter. Simon konnte einfach zu gut kochen und sie hatte endlich wieder richtig viel Appetit. Das graue Strickkleid war hingegen zu weit und langweilig. Dann blieb Anna bei ihrem grünen Kleid hängen und auf einmal spürte sie, wie ihr Herz schneller schlug. Sie wusste sofort, wann sie dieses Outfit zum letzten Mal getragen hatte. Es war das Kleid, in dem Bernd ihr an Silvester den Heiratsantrag gemacht hatte. Wobei sie es eigentlich schon nicht mehr angehabt hatte, als endlich der Antrag kam. Sie stand damals im Bademantel vor dem Waschbecken, als das Überraschungsei auf der Oberfläche des Zahnputzbechers auftauchte. Und trotzdem war die Erinnerung an diesen Abend für immer mit dem flaschengrünen Cocktailkleid verknüpft, das sie zuvor nach langem Hin- und Herüberlegen ausgewählt hatte.

Anna holte das Kleidungsstück aus dem Schrank, legte es auf ihren Koffer und setzte sich daneben auf die Kante ihres nagelneuen Doppelbetts. Sie konnte sich noch so viele neue Möbel kaufen oder die Wände in anderen Farben streichen oder gleich ganz ausziehen – vor plötzlichen Erinnerungen war sie nie geschützt. Sie hatte diese Gedanken zuletzt erfolgreich verdrängt, doch jetzt stürmten sie mit ungebremster Geschwindigkeit auf sie ein. Ob Bernd schon eine neue Freundin hatte? Wo er wohl wohnte? Wie es ihm ging?

Seit ihrem Anruf in seiner Firma hatte sie nichts mehr von ihm gehört. So merkwürdig es ihr vorkam, wie ihr Vater versucht hatte, seine Trennung von Melanie zu verheimlichen, so wenig gefiel es ihr, dass sie zu Bernd überhaupt keinen Kontakt mehr hatte. Er war immerhin der Mann, den sie fast geheiratet hätte. Anna haderte nicht mehr damit, die Hochzeit abgesagt zu haben. Aber sie bedauerte, wie unwiderruflich Bernd aus ihrem Leben verschwunden war. Sie hatte sich viel über ihn geärgert – vor allem in den Wochen nach der Trennung. Aber ihre Wut war fast verflogen. Mittlerweile musste sie auch immer öfter an schöne Erlebnisse mit ihm denken: an ihre Filmabende oder an ihre Ausflüge zum Badesee.

Wie würde Bernd wohl dieses Jahr Weihnachten feiern?

Anna dachte daran, was Simon sie neulich gefragt hatte. Er hatte sie dabei beobachtet, wie sie Weihnachtskarten an ihre Freunde und ihre Kunden geschrieben hatte. Es waren die Karten mit den Sprüchen aus ihrem Kalender.

»Schreibst du auch eine Karte an Bernd?«, hatte Simon sie gefragt.

»Natürlich nicht«, hatte Anna entgeistert geantwortet.

Simon blieb hartnäckig. »Aber warum denn? Du willst doch gerne wissen, wie es ihm geht. Oder nicht?«

»Er will doch nichts mehr mit mir zu tun haben. Das letzte Mal hat er einfach den Hörer aufgelegt.«

Anna hätte das Gesprächsthema gerne beenden wollen, aber Simon hatte nicht lockergelassen. »Beim Schreiben kann dir so was nicht passieren. Da kann sich der andere in Ruhe überlegen, ob er antworten will oder nicht.« Und dann hatte er Anna geküsst und ihr unverschämt frech zugezwinkert. »Also, ich hab echt gute Erfahrungen mit Karten an die Ex gemacht.«

»Das kann man doch nicht vergleichen«, war Anna darauf nur noch als Antwort eingefallen. Und dann hatte sie noch lauthals protestiert. »Das ist doch was ganz anderes!«

Und jetzt saß sie auf ihrem Bett und grübelte darüber nach, warum man das eigentlich nicht vergleichen konnte. Simon hatte ihr mit seiner Hochzeitskarte damals immerhin einfach nur zeigen wollen, dass er an sie dachte. Nicht mehr und nicht weniger. Was danach zwischen ihnen beiden passiert war, hatte er beim Schreiben nicht im Kopf gehabt. Er wollte sich mit Anna aussöhnen und hatte deshalb ein paar Zeilen verfasst. Eigentlich war die Idee, eine Karte zu verschicken, gar nicht so dumm. Weihnachten war die perfekte Zeit dafür.

Aber wie konnte sie Bernd eine Karte schicken, wenn sie nicht mal seine Adresse hatte? Anna wollte sie jedenfalls nicht an seine Eltern versenden, damit sie ihm den Brief unter den Christbaum schoben und ihm womöglich die Feiertage vermiesten. Und welche Karte sollte sie ihm schicken? Eine mit einem ihrer Kalendersprüche? »Am Ende wird alles gut. Wenn es nicht gut ist, ist es nicht das Ende.« Anna wusste zu gut, dass es einige Situationen gab, in denen man gerne auf philosophische Weisheiten verzichten konnte. Dann stand sie auf und ging zum Esstisch, auf dem ihr Laptop lag.

Sie würde Bernd eine Mail schreiben. Wenn er sie nicht lesen wollte, konnte er sie löschen oder einfach für später aufheben. Anna wollte sich kurzfassen. Keine unnötigen Erklärungen und nichts, was irgendwie verletzend sein würde. Ein kurzes Hallo, das er erwidern konnte, wenn er wollte. Nur ein paar Zeilen – und trotzdem brauchte Anna fast eine ganze Stunde, ehe sie mit dem Text endlich zufrieden war.

Betreff: Weihnachtsgrüße
Gesendet am 17.12.2017, 19:52 Uhr

Lieber Bernd,
ich wünsche dir und deiner Familie von Herzen frohe Feiertage! Wenn du Lust dazu hast, würde ich mich sehr freuen, irgendwann mal wieder von dir zu hören.
Viele Grüße
Anna

Anna klickte auf »Senden« und klappte den Laptop zu. Sie wusste nicht, ob sie jemals eine Antwort bekommen würde. Aber sie hatte den ersten Schritt getan und das fühlte sich richtig an. Dann ging sie zurück ins Schlafzimmer, faltete behutsam das grüne Kleid und legte es in den Koffer. Das wunderschöne Kleidungsstück hatte es einfach nicht verdient, weiter ungetragen im Schrank zu hängen.

24. Dezember:
»Wenn alle Tage im Jahr gefeiert würden, wäre Spiel so lästig wie Arbeit.«

William Shakespeare

So hast du dir Weihnachten nicht vorgestellt, oder?«, fragte Simon zögerlich.

Er lief mit Anna unter einem Regenschirm am Strand entlang. Außer ihnen waren nur wenige andere Spaziergänger unterwegs. Es war schon abends. Die Fenster der Häuser waren hell erleuchtet – dahinter feierten unzählige Familien in gemütlichen Wohnzimmern den Heiligen Abend. Draußen war es indessen kühl und dünne Tropfen regneten vom Himmel. Sie waren mindestens zwei Stunden lang verzweifelt durch Barcelona geirrt auf der Suche nach einem Lokal, das geöffnet war und noch einen Platz freihatte. Anna fror mittlerweile in ihrem grünen Kleid. Aber es störte sie nicht. Sie fühlte sich völlig entspannt. Sie wickelte ihren Schal nochmal um den Hals, knöpfte ihre Lederjacke zu und trank einen Schluck aus der Colaflasche, die sie in der Hand hielt.

»Nein, so habe ich mir Weihnachten eigentlich nicht vorgestellt. Ich dachte immer, wir sitzen in einem zauberhaften Lokal, essen Tapas und trinken Sekt. Und jetzt gibt es lauwarme Cola und der Döner von eben liegt mir ziemlich im Magen«, sagte sie.

Simon blieb stehen und drehte sich zu ihr. Er sah bedrückt aus. »Es tut mir echt leid. Ich hätte es wissen müssen, dass man an Weihnachten einen Platz reservieren sollte. In deinem tollen Kleid hättest du etwas Besseres verdient als den türkischen

Imbiss. Es war eine Notlösung, damit wir nicht hungrig ins Hotel zurückgehen müssen. Aber ich hätte dir wirklich gerne ein echtes Candle-Light-Dinner geboten.«

Anna küsste Simon und lachte. »Quatsch, das war genau richtig. Der Imbiss war wunderbar und es war der beste Döner meines Lebens. Ich meinte ja vorhin nicht, dass ich mir Weihnachten besser vorgestellt hatte. Ich hatte es mir nur anders vorgestellt. Aber es ist viel besser gekommen als erwartet.«

Simon lächelte. Er wirkte erleichtert. »Ich bin echt froh, wenn du das so siehst. Unser erstes gemeinsames Weihnachten sollte ja keine Enttäuschung für dich sein.«

Anna schüttelte den Kopf. Sie standen noch immer an der Strandpromenade. Der Regen hatte aufgehört und auf den matten Steinplatten eine spiegelnde Oberfläche hinterlassen. »In diesem Jahr ist wirklich vieles anders gelaufen als erwartet. Einiges hat mich ziemlich durcheinandergebracht. Aber ich weiß jetzt auch, dass die unerwarteten Dinge meist die allerbesten sind. Mit dir hatte ich schließlich auch nicht gerechnet«, sagte Anna und grinste. »Nur in einer Sache hast du völlig unrecht.«

»Und das wäre?«, fragte Simon.

»Na, es ist nicht unser erstes Weihnachtsfest. Es ist unser drittes. Bei unserem ersten Weihnachtsfest hast du mir eine Kassette geschenkt, auf der du deine Lieblingssongs aufgenommen hattest. Weißt du nicht mehr?«

»Klar weiß ich das noch!! Ich hab wochenlang Radio gehört, bis die Lieder endlich gespielt wurden. Damals ging das noch nicht einfach mit ein paar Mausklicks am Computer«, sagte Simon und nahm Anna die Colaflasche aus der Hand, um den letzten Rest daraus zu trinken. Dann hielt er plötzlich die leere

Flasche nach oben. »Weißt du was? Ich hab eine Idee! Wir verschicken eine Flaschenpost!«

»Eine Flaschenpost? Ist das dein Ernst?«, erwiderte Anna erstaunt.

»Klar ist es mein Ernst. Wir stecken einen Zettel rein, auf dem steht: Diese Flasche wurde von Anna und Simon an ihrem dritten gemeinsamen Weihnachten getrunken. Sie hatten nichts außer Cola und Döner und waren trotzdem glücklich!«

Anna lachte. »Also, wenn ich jemals in meinem Leben eine Flaschenpost finden sollte und da steht dann nur so eine komische Nachricht drinnen, dann wäre ich ziemlich enttäuscht.«

Simon blickte erst auf die Flasche und dann zu Anna. »Du hast vielleicht recht. Wir stecken einfach einen Geldschein rein. Wer ihn findet, darf sich ein Weihnachtsgeschenk kaufen.«

Anna dachte kurz nach. Die Idee klang etwas verrückt. Aber sie war in der richtigen Laune für verrückte Ideen. »Dann sollten wir sie aber nicht ins Wasser werfen, sondern einfach in den Sand legen. Sonst treiben sie nur die Wellen davon und sie zerschellt irgendwo an einem Felsen.«

Statt zu antworten, nahm er Anna an der Hand. Anna versank mit ihren Pumps in der weichen Oberfläche. Simon nahm seinen Geldbeutel aus der Tasche, kramte einen Fünfzig-Euro-Schein hervor, rollte ihn zusammen und schob ihn durch den Flaschenhals.

»Hast du einen Zettel und einen Stift? Wir sollten was dazuschreiben, sonst versteht es niemand.«

Anna öffnete ihre Handtasche. Darin lagen nur ihr Handy, ein Päckchen Taschentücher und ein kleiner Spiegel. »Nein«, antwortete sie und blickte sich ratlos um. Dabei fiel ihr Blick auf die Spuren, die sie im Sand hinterlassen hatten. »Aber wir haben was Besseres«, sagte sie und begann mit ihrem Zeigefinger große Buchstaben in die körnige Oberfläche zu zeichnen. Durch den Regen, der inzwischen aufgehört hatte, klebte der Sand zusammen und die Worte waren gut zu lesen. Nach wenigen Augenblicken war sie fertig. »Merry Christmas« war in großen Buchstaben rund um die Flasche zu lesen.

Für eine Weile standen Simon und Anna davor und betrachteten ihr Werk.

»Und was machen wir jetzt?«, fragte Anna schließlich.

»Na, wir setzen uns dort hinten hin und beobachten, ob jemand die Flasche findet.« Er deutete in Richtung des Meeres, wo einige Liegen aufgeklappt waren. »Und zwischendurch können wir den Sternenhimmel betrachten. Oder hast du noch was anderes vor?«

Anna blickte nach oben. Der Himmel war noch etwas bewölkt, aber der Mond beleuchtete die feinen Wolken wie eine sanfte Laterne. Und dazwischen glaubte Anna erste Sterne blinken zu sehen. Sie dachte sich, dass ein Winterhimmel mindestens so schön war wie jede Weihnachtsbeleuchtung.

»Ganz und gar nicht«, sagte Anna, ohne ihren Blick vom Himmel abzuwenden.

31. Dezember: »Man kann das Leben nur rückwärts verstehen, aber man muss es vorwärts leben.«

Søren Kierkegaard

Zur Nach-Weihnachts-nach-Geburtstags-Silvester-Party gab es Orangen-Bowle, Cranberry-Muffins und Schokoladenkuchen. Auf dem Tisch standen zwei Etageren, die Anna abwechselnd mit schimmernden Christbaumkugeln und Teelichten in Glückskleeform geschmückt hatte. Im Laden zu feiern war eindeutig die beste Idee gewesen. Hier hatte sie einen richtig großen Tisch und mehr Deko, als sie brauchen konnte. Sogar das Bäumchen von Simon, das er ihr beim Besuch in ihrer Wohnung geschenkt hatte, fand hier einen Platz. Sie hatte seine Zweige für das heutige Fest mit Glückskeksen geschmückt.

Wegen der Reise nach Barcelona und dem großen Kundenandrang in der Vorweihnachtszeit hatte Anna den Termin für ihre nachgeholte Geburtstagsparty und das Weihnachtsfest einfach auf Silvester verschoben. Gründe zu feiern gab es am heutigen Tag also reichlich. Simon, Ute, Katja und Dave waren eingeladen – außerdem ihre Mutter, die mittlerweile fest zum Team gehörte. Und das war sicherlich eine der überraschendsten Wendungen, die dieses verrückte Jahr für Anna mit sich gebracht hatte. Noch vor ein paar Monaten hätte sie eher mit allen Mitteln verhindert, dass ihre Mutter den Laden betritt. Sie persönlich einzuladen wäre ihr damals nie in den Sinn gekommen. Sowieso schon gar nicht an Silvester! Vor genau einem Jahr, am 31. Dezember, hatte Anna scheinbar ganz genau gewusst, was auf sie in den nächsten zwölf Monaten zukommen würde: Erst der Heiratsantrag, dann die Hochzeit und dann das ewige Liebesglück mit Bernd. Doch über den verkorksten Heiratsantrag hinaus hatte sie alle Ziele verfehlt. Eine glatte Note sechs in punkto Vorhersehungsgabe – doch trotz aller Fehlschläge fühlte sich ihr Leben erstaunlich richtig an. Sie hatte Dinge erreicht, die sie nicht für möglich gehalten hätte: Sich mit ihrer Mutter zu versöhnen, einen kompletten Laden umzuziehen und die Rolle der gescheiterten Braut ohne Kompromisse durchzuziehen – und zwar ohne Antidepressiva oder Pläne, für immer auszuwandern. Sie hatte was viel Aufregenderes gefunden oder – besser gesagt – wiedergefunden. Vielleicht hatte sie sich auch finden lassen? Simon war zum Glück hartnäckig geblieben und sie war im entscheidenden Augenblick klug genug gewesen, ihm eine Chance zu geben.

Der neue Mann in ihrem Leben kam als Erster und hielt Anna freudestrahlend eine Tüte entgegen. Es verging kaum ein Treffen, bei dem Simon nicht irgendeine Überraschung mitbrachte. Selbst bei der gemeinsamen Reise nach Barcelona war es ihm irgendwie gelungen, zwischendurch in Läden zu verschwinden, um ihr abends eine muschelförmige Seife oder ein Tütchen mit katalanischem Konfekt auf ihr Kopfkissen zu legen. Anna war von so viel Aufmerksamkeit ziemlich überwältigt. Sie ahnte zwar schon, dass irgendwann so was wie Alltag eintreten würde, aber gerade war sie einfach sehr glücklich mit Simon. Ihre Beziehung war eine aufregende Mischung aus Vertrautheit und dem Abenteuer, sich noch mal neu kennenzulernen.

»Was ist das?«, fragte Anna nach einem stürmischen Kuss zur Begrüßung.

»Bleigießen. Das ist hier schließlich auch eine Silvester-Party. Wir müssen ja wissen, was das nächste Jahr bringt«, sagte Simon.

Anna blickte ratlos in die Tüte. »Bei mir bringt Bleigießen immer nur komische Stäbe mit kleinen Knubbeln dran und nie irgendwas Vorzeigbares.«

»Du musst den Stab mit den Knubbeln eben zu deuten wissen. Könnte ja eine Blume mit knubbeligen Knospen sein«, zwinkerte Simon ihr zu und Anna verzichtete auf weitere Einwände. Simon hatte die wunderbare Gabe, die Dinge positiv zu betrachten. Halbleere Gläser waren bei ihm fast voll, nur dass eben ein kleiner Schluck fehlte. Und das unerwartete Regenwetter während ihrer Weihnachtsreise hatte ihn zu einer Fotoserie inspiriert, bei der er sich und Anna im Spiegel der Regenpfützen aufgenommen hatte.

Nachdem auch Ute, Katja, Dave und ihre Mutter der Reihe nach eingetrudelt waren und sich die Bowleschüssel Tasse für Tasse leerte, mussten Anna und Simon ausführlich von ihrem Urlaub berichten. Dabei gab es gar nicht allzu viel zu erzählen. Es waren einfach nur wunderbare Tage gewesen. Sie hatten sich ganz bewusst nicht vorgenommen, irgendwelche Sehenswürdigkeiten abzuklappern. Sie waren lieber ewig im Bett liegen geblieben, hatten ausgiebig gefrühstückt und sich dann einfach ziellos durch die Stadt treiben lassen. Simon wollte möglichst alles über die Jahre wissen, die er in Annas Leben verpasst hatte. Es gab so vieles zu erzählen, dass die Tage in Barcelona wie im Flug vorbeirauschten.

Nachdem die Bowle fast leer war, stellte Simon schließlich die Schachteln mit den Bleigieß-Utensilien auf den Tisch. Katja war die Erste, die das flüssige Blei zischend in einen Becher voller Wasser kippte und ein Sortiment halb eckiger, halb runder Tropfen herauszog.

»Na toll, dank dir regnet es das ganze nächste Jahr, mein Kobold«, sagte Dave grinsend und streichelte über Katjas Haare, die sie seit einigen Tagen auberginefarben und raspelkurz trug.

Simon begutachtete das schimmernde Häufchen so aufmerksam wie ein Wissenschaftler einen seltenen Fund. »Das ist doch eindeutig eine Mäusefamilie. Mäuse sind Glückssymbole. Du kannst dich also aufs nächste Jahr freuen«, sagte er und legte die kleinen Tropfen behutsam auf einen Teller, der in der Mitte des Tisches stand.

Bald gesellte sich dort ein von Ute fabriziertes, plattgedrücktes Objekt hinzu. Simon bewertete es als Amulett, welches gutes Karma voraussagte. Und Daves eckiger Klumpen war seiner Meinung nach eindeutig ein nagelneues Auto.

Sogar Annas Mutter ließ sich dazu überreden, das flüssige Blei in ein Wasserglas zu schütten. Anfangs war es für Anna noch ungewohnt, dass sie sich auf einmal so oft sahen. Aber keine ihrer Befürchtungen, es könne vielleicht doch Meinungsverschiedenheiten oder sogar Streit geben, erwies sich als begründet. Sie hatte vielmehr das Gefühl, ihre Mutter ganz neu kennenzulernen – fast wie eine ältere, lebenserfahrene Freundin. Wobei sie ihr heute eher wie ein Teenager vorkam.

Kichernd und etwas aufgeregt hob sie ihr silbernes Kunstwerk aus dem Wasser. Anna fand, dass es aussah wie ein Teigklumpen, der auf den Boden gefallen war: unten platt gedrückt und oben etwas gewölbt.

»Oje, ein Berg. Das heißt bestimmt nichts Gutes«, vermutete Annas Mutter und warf einen verzweifelten Blick in die Runde.

Schon schnappte sich Simon den vermeintlichen Berg und setzte ihn auf den Kopf. »Das ist doch eindeutig ein Hut. Das bedeutet, ein elegant gekleideter Herr steht irgendwo schon parat.«

Annas Mutter bekam rote Wangen und kicherte etwas verlegen. Anna legte spontan den Arm um sie. »Darauf sollten wir anstoßen: auf die Liebe. Auch auf die, die noch kommen mag«, schlug sie vor und hielt ihr Glas nach oben.

Es klirrte laut, als alle Gläser sich über der Mitte des Tischs berührten. Utes Bowle schwappte leicht über. Lachend wischte sie sich die klebrige Hand an der Serviette ab. »Und jetzt seid ihr dran!«, forderte sie.

»Bei mir bleibt sowieso meistens das ganze Zeug am Löffel kleben«, sagte Anna.

»Lass dir zeigen, wie das der Profi macht«, wandte Simon ein. Er legte eines der Bleistücke auf den Löffel, reichte Anna den Stiel und schloss seine Hand um ihre. So hielten sie den Löffel eine Weile gemeinsam über die Kerze, ehe das Blei langsam schmolz.

»Und jetzt schnell und mit einem Ruck«, sagte Simon und drehte das flüssige Blei schwungvoll über das Glas.

Zischend fiel etwas auf den Grund, das sich beim Herausheben als ein wirkliches Geheimnis offenbarte. Es war eine runde, ungleichmäßige Form – auf der einen Seite glatt, auf der anderen Seite wie aus dünnen Silberfäden gewoben.

»Ich hab es doch gewusst. Bei mir kommt nichts Vernünftiges raus«, raunte Anna zu Simon, der immer noch ihre Hand mit dem Löffel umschlungen hielt.

»Nichts Besonderes?«, erwiderte er und blickte sie fassungslos aus. »Das ist eindeutig ein unentdeckter Planet, den du da gerade zum ersten Mal ans Tageslicht gebracht hast. Das wird durch die Presse gehen und irgendwann bist du die allererste Astronautin, die dort hinreist. Natürlich nimmst du mich dann mit und ich drehe einen Film darüber und wir werden beide ein weltberühmtes Paar – so wie Bonnie und Clyde.«

»Deine verrückten Ideen klingen eher nach Dick und Doof, würde ich sagen«, entgegnete Anna lachend. Dann löste sie ihre Hand aus der von Simon und legte den Löffel auf den Teller.

»Wenn unsere Zukunft schon voll durchgeplant ist, dann verrate mir doch bitte mal, was wir eigentlich um Mitternacht machen?«, sagte Anna. Sie deutete auf die Wanduhr. »Es ist gleich so weit. Sollen wir rausgehen und das Feuerwerk anschauen?«

Simon klopfte seine Hand gegen die Stirn. »Mist, Silvester. Das Naheliegende vergisst man manchmal. Aber mir fällt da bestimmt gleich noch was Aufregendes ein.«

»Halt!! Ich hab eine Bitte«, mischte sich Katja auf einmal ein. Ihre Wangen waren schon ganz rot von der Bowle und vom Lachen. »Eins müsst ihr mir versprechen. Es darf diesmal an Silvester keinen Heiratsantrag für Anna geben. Nach so einem turbulenten Jahr brauch ich erst mal eine Ruhepause.«

Anna nickte, ohne lange nachzudenken. Sie war wirklich froh darüber, dass sie es ganz genau so sah.

Annas Kalender

52 Wochen – 52 kluge Gedanken*

* Damit ihr all die schönen Sprüche inklusive einiger Infos zu den jeweiligen Autoren in Ruhe nachlesen könnt, findet ihr auf den nächsten Seiten den gesamten Kalender. Vielleicht gefällt euch ein Spruch besonders gut? Dann schreibt ihn auf einen Zettel und hängt ihn an die Pinnwand. Denn manchmal ist ein kluger Gedanke wie eine Tasse heiße Schokolade mit Schlagsahne: Er zaubert ein Lächeln auf die Lippen, wärmt von innen – und hat zum Glück überhaupt keine Kalorien …

1. Januar:
»Die größte Klugheit einer klugen Frau besteht darin, ihre Klugheit nicht zu zeigen.«

Virgina Woolf (1882-1941) war eine britische Verlegerin und Schriftstellerin. Mit ihren avantgardistischen Texten gilt sie als Vorreiterin der modernen Frauenliteratur.

8. Januar:
»Es gibt nichts Tröstlicheres als ein behagliches Zuhause.«

Jane Austen (1775–1817) war eine britische Schriftstellerin. Ihre Romane über die Irrungen und Wirrungen der Liebe haben weltweit eine riesige Fangemeinde.

15. Januar:
»Die Liebe lebt von liebenswürdigen Kleinigkeiten.«

Theodor Fontane (1819–1898) war ein deutscher Schriftsteller. Seine Gesellschaftsromane wie »Effi Briest« oder »Frau Jenny Treibel« sind heute beliebte Schullektüre.

22. Januar:
»Das Leben ist zu kurz, um Animositäten zu pflegen und sich auf das Schlechte zu konzentrieren.«

Charlotte Brontë (1816–1855) war eine britische Schriftstellerin. Ihr dramatischer Liebesroman »Jane Eyre« wurde vielfach verfilmt – zuletzt mit Michael Fassbender in einer der Hauptrollen.

29. Januar:
»Das Geheimnis des Könnens liegt im Wollen.«

Giuseppe Mazzini (1805–1872) war ein italienischer Freiheitskämpfer, dessen revolutionäre Ideen zur Unabhängigkeit seines Heimatlandes beitrugen.

5. Februar:
»Um klarzusehen, genügt ein Wechsel der Blickrichtung.«

Antoine de Saint-Exupéry (1900–1944) war ein französischer Schriftsteller und Pilot. Er schrieb den zeitlosen Kinderbuch-

Klassiker »Der kleine Prinz«, der in mehr als einhundert Sprachen übersetzt wurde.

12. Februar:
»Es gibt Augenblicke, da gelingt uns alles. Kein Grund zu erschrecken, das geht vorüber.«

Jules Renard (1864–1910) war ein französischer Roman- und Tagebuchautor mit besonderem Sinn für die Komik des Alltags.

19. Februar:
»Der Pessimist klagt über den Wind, der Optimist hofft, dass der Wind sich dreht, der Realist setzt die Segel!«

Adolphus William Ward (1837–1924) war ein britischer Historiker. Seine besondere Leidenschaft galt der Beschäftigung mit der deutschen Geschichte.

26. Februar:
»Ohne Frauen geht es nicht, das hat sogar Gott einsehen müssen.«

Eleonora Duse (1858–1924) war eine italienische Schauspielerin. Wegen ihres großen Bühnentalents bekam sie den Spitznamen »die Göttliche«.

5. März:
»Träume dir dein Leben schön und mach aus diesen Träumen eine Realität.«

Marie Curie (1867–1934) war eine polnisch-französische Physikerin. Sie ist bis heute die einzige Frau, die gleich zwei Nobelpreise für ihre Forschung erhalten hat.

12. März:
»Das Wunderbarste an den Wundern ist, dass sie manchmal wirklich geschehen.«

Gilbert Keith Chesterton (1874–1936) war ein britischer Krimi-Autor. Sein liebenswürdiger Hobbyschnüffler »Pfarrer Braun« bekam dank vielfacher Verfilmungen internationalen Kultstatus.

19. März:
»Das große Glück in der Liebe besteht darin, Ruhe in einem anderen Herzen zu finden.«

Julie de Lespinasse (1732–1776) war eine französische Salonnière, die in ihren Pariser Wohnräumen zu Intellektuellentreffen mit Literaten und Philosophen einlud.

26. März:
»Glück kommt nicht ungerufen,
man muss ihm entgegengehen.«

Ugo Foscolo (1788–1827) war ein italienischer Schriftsteller. Sein Roman »Letzte Briefe des Jacopo Ortis« über eine hoffnungslose Liebe wird oft mit Goethes »Die Leiden des jungen Werthers« verglichen.

2. April:
»Sicher ist, dass nichts sicher ist. Selbst das nicht.«

Joachim Ringelnatz (1883–1934) war ein deutscher Schriftsteller, Maler und Humorist. Sein fantasievoller Sinn für Sprachwitz inspiriert bis heute zahlreiche Literaten und Kabarettisten.

9. April:
»Festhalten kannst du den Frühling nicht,
aber ihn plündern.«

Friedrich Hebbel (1813–1863) war ein deutscher Dichter und Dramatiker. Er gilt als einer der wichtigsten Vertreter der Epoche des »poetischen Realismus«.

16. April:
»Ich rechne nie! Auf die Art kann's Schicksal mir auch nie einen Strich durch die Rechnung machen.«

Johann Nestroy (1801–1862) war ein österreichischer Bühnenkünstler und Dramatiker. Seine humorvollen Stücke in Dialektform sind bis heute ein Publikumsmagnet.

23. April:
»Ich glaube, der beste Weg, ein Problem zu lösen, ist, seine lustige Seite zu entdecken.«

Thomas Edison (1847–1931) war ein amerikanischer Erfinder und Vorreiter auf dem Gebiet der Elektrizität. Mit der Entwicklung der Glühlampe veränderte er die moderne Welt.

30. April:
»Gelassenheit ist eine anmutige Form des Selbstbewusstseins.«

Marie von Ebner-Eschenbach (1830–1916) absolvierte erst eine Ausbildung zur Uhrmacherin, bevor sie ihr literarisches Talent entdeckte. Sie gilt als eine der bedeutendsten Schriftstellerinnen Österreichs.

7. Mai:
»Pessimisten sind die wahren Lebenskünstler, sie erleben dauernd angenehme Überraschungen.«

Marcel Proust (1871–1922) war ein französischer Schriftsteller. Er widmete sich rund dreizehn Jahre lang der Arbeit an seinem umfangreichen Romanprojekt »Auf der Suche nach der verlorenen Zeit«.

14. Mai:
»Nichts ist kläglicher als Humor in zu engen Schuhen.«

Annette von Droste-Hülshoff (1797–1848) war eine deutsche Schriftstellerin und Komponistin. Ihr Porträt schmückte vor der Einführung des Euros den Zwanzig-DM-Schein.

21. Mai:
»Ein Fremder ist ein Freund, den man noch nicht kennt.«

Dieses Zitat zählt zum reichen Schatz der *irischen Sprichwörter* und Segenswünsche. Da viele Geschichten und Texte aus Irland nur mündlich überliefert wurden, gerieten die ursprünglichen Verfasser in Vergessenheit.

28. Mai:
»Die Überraschungen des Lebens haben schon die sichersten Reiter aus dem Sattel gehoben.«

Friedrich Schiller (1759–1805) war einer der wichtigsten und produktivsten Schriftsteller seiner Zeit. Der Legende nach hortete er faule Äpfel unter seinem Schreibtisch, da er ihren Geruch als anregend für seine Arbeit empfand.

4. Juni:
»Man muss immer tun, was man nicht lassen kann.«

Johann Wolfgang von Goethe (1749–1832) war Schillers Freund und gilt als einer der bedeutendsten Repräsentanten deutscher Dichtung. Das nach ihm benannte »Goethe-Institut« hat weltweit über 150 Niederlassungen.

11. Juni:
»Seit ich des Suchens müde ward, erlernte ich das Finden.«

Friedrich Nietzsche (1844–1900) war ein deutscher Philosoph, der mit seinen Schriften viele Künstler beeinflusste. Zu den Nietzsche-Bewunderern zählten zum Beispiel Thomas Mann, Hermann Hesse oder Richard Strauss.

18. Juni:
»Keine Angst vor deiner Fantasie: Kein Vogel kann zu hoch fliegen, wenn er seine eigenen Flügel benutzt.«

William Blake (1757–1827) war ein britischer Maler und Dichter. Lange nach seinem Tod wurde sein Werk von Musikern wie den Pet Shop Boys oder Joan Baez modern interpretiert.

25. Juni:
»Wahrer Reichtum besteht nicht im Besitz, sondern im Genießen.«

Ralph Waldo Emerson (1803–1882) war ein amerikanischer Philosoph und Schriftsteller. Als Führer der »Transzendentalisten« setzte er sich unter anderem für die Frauen- und Naturschutzbewegung ein.

2. Juli:
»Besser auf neuen Wegen etwas stolpern, als in alten Pfaden auf der Stelle zu treten.«

Chinesische Sprichwörter gibt es für beinah jede erdenkliche Lebensfrage. Sie haben eine jahrtausendealte Tradition und spiegeln die Erfahrung des chinesischen Volks wider.

9. Juli:
»Die höchste Form des Glücks ist ein Leben mit einem gewissen Grad an Verrücktheit.«

Erasmus von Rotterdam (ca. 1467–1536) war ein niederländisch-englisch-schweizerischer Gelehrter. Nach ihm ist das europäische »Erasmus-Programm« benannt, das der Förderung von studentischen Auslandsaufenthalten dient.

16. Juli:
»Verweile nicht in der Vergangenheit, träume nicht von der Zukunft. Konzentriere dich auf den gegenwärtigen Moment.«

Siddhartha Gautama (563–483 v. Chr.) war ein indischer Gelehrter – besser bekannt unter seinem Ehrennamen »Buddha«. Seine Lehre begründete die Weltreligion des Buddhismus.

23. Juli:
»Suche nicht nach Fehlern, suche nach Lösungen.«

Henry Ford (1863–1947) war einer der wichtigsten amerikanischen Impulsgeber der modernen Automobilherstellung. Er eröffnete die nach ihm benannte Fabrik »Ford Motor Company«.

30. Juli:
»Das Leben ist bezaubernd, man muss es nur durch die richtige Brille sehen.«

Alexandre Dumas der Jüngere (1824–1895) wird gerne mit seinem Vater Alexandre Dumas dem Älteren verwechselt. Beide lebten in Frankreich als Schriftsteller.

6. August:
»Eine mächtige Flamme entsteht aus einem winzigen Funken.«

Dante Alighieri (1265–1321) war ein italienischer Dichter und Philosoph. Mit seiner »Göttlichen Komödie« setzte sich die italienische Sprache als Literatursprache durch und löste das bis dahin gebräuchliche Latein ab.

13. August:
»Alles, was man mit Liebe betrachtet, ist schön.«

Christian Morgenstern(1871–1914) war ein deutscher Dichter, der vor allem für seine humoristische Poesie voller Sprachwitz gefeiert wurde.

20. August:
»Was machen Sie? Nichts.
Ich lasse das Leben auf mich regnen.«

Rahel Varnhagen von Ense (1771–1833) war eine Salonnière und Schriftstellerin. Heute sind vor allem ihre elegant geschriebenen Briefwechsel bekannt.

27. August:
»Denke immer daran, dass es nur eine wichtige Zeit gibt:
Heute. Hier. Jetzt.«

Leo Tolstoi (1828–1910) war ein russischer Schriftsteller. Sein berühmter Roman »Anna Karenina« wurde vor wenigen Jahren mit Keira Knightley und Jude Law in den Hauptrollen verfilmt.

3. September:
»Dumme Gedanken hat jeder.
Nur der Weise verschweigt sie.«

Wilhelm Busch (1832–1908) war ein deutscher Dichter, Humorist und Zeichner. Seine Lausbubengeschichte »Max und Moritz« gilt als Vorläufer des modernen Comics.

10. September:
»Schreiben ist leicht. Man muss nur die falschen Wörter weglassen.«

Mark Twain (1835–1910) war ein amerikanischer Schriftsteller. Mit Tom Sawyer und Huckleberry Finn schuf er zwei der weltweit beliebtesten Jugendbuch-Helden.

17. September:
»Am Ende wird alles gut. Wenn es nicht gut ist, ist es nicht das Ende.«

Oscar Wilde (1854–1900) war ein irischer Schriftsteller. Von ihm stammen so viele hintersinnige und kluge Sprüche, dass man Hunderte Kalender damit füllen könnte.

24. September:
»Das Schwierigste ist die Entscheidung zu handeln. Der Rest ist nur Hartnäckigkeit.«

Amelia Earhart (1897–1937) war eine legendäre amerikanische Pilotin. Sie überquerte als erste Frau den Atlantik im Alleinflug.

1. Oktober:
»Ich werde dorthin gehen, wohin meine Natur mich führt. Es widerstrebt mir, mich von jemand anderem führen zu lassen.«

Emily Brontë (1818–1848) war eine britische Schriftstellerin. Ihr einziger Roman »Sturmhöhe« ist heute ein Klassiker der Literaturgeschichte.

8. Oktober:
»Glaubt mir, die Welt wird euch nichts schenken. Wenn ihr ein Leben wollt, so stehlt es.«

Lou Andreas-Salomé (1861–1937) war eine Schriftstellerin und Intellektuelle aus einer russisch-deutschen Familie. Ihr Verehrer Friedrich Nietzsche charakterisierte sie als »scharfsinnig wie ein Adler und mutig wie ein Löwe«.

15. Oktober:
»Mancher Umweg ist keiner.«

Emil Gött (1864–1908) war ein deutscher Schriftsteller. Er schrieb vor allem Texte für Theaterbühnen – das Drama »Verbotene Früchte« war sein größter Erfolg.

22. Oktober:
»Eilen hilft nicht. Zur rechten Zeit aufbrechen ist die Hauptsache.«

Jean de La Fontaine (1621–1695) war ein französischer Schriftsteller. Gerade seine Fabeln von Fuchs, Löwe oder Maus sind noch heute jedem französischen Schulkind bekannt.

29. Oktober:
»Eine Idee muss wirklich werden können, sonst ist sie eine eitle Seifenblase.«

Berthold Auerbach (1812–1882) war ein deutscher Schriftsteller und Begründer der sogenannten »Dorfgeschichte« – eine Art literarischer Vorläufer zu Fernsehserien wie »Dahoam is Dahoam« oder »Forsthaus Falkenau«.

5. November:
»Manche Leute schlafen nur deshalb so gut, weil sie so langweilige Träume haben.«

Germaine de Staël (1766–1817) war eine französische Schriftstellerin. Ihr berühmtestes Werk »Über Deutschland« prägte lange das Deutschland-Bild in der französischen Öffentlichkeit.

12. November:
»Jeder Tag ist ein neuer Anfang.«

Die Britin *George Eliot* (1819–1880) war eine der erfolgreichsten Schriftstellerinnen ihrer Zeit. Sie wechselte mehrmals im Leben ihren Namen – getauft wurde sie als Mary Anne Evans.

19. November:
»Es ist erstaunlich, wie wenig Zeit es für sehr schöne Dinge braucht, um zu geschehen.«

Frances Hodgson Burnett (1849–1924) war eine britische Schriftstellerin. Die Verfilmung ihres Kinderbuchromans »Der kleine Lord« mit Ricky Schroder gehört heute fest zum Weihnachtsprogramm.

26. November:
»Ein neues Leben kann man nicht anfangen, aber täglich einen neuen Tag.«

Henry David Thoreau (1817–1862) war ein amerikanischer Schriftsteller. Er zog im Stil moderner Aussteiger in eine selbsterbaute Blockhütte, um das einfache Leben in der Natur zu genießen.

3. Dezember:
»Wer Freude genießen will, muss sie teilen. Das Glück wurde als Zwilling geboren.«

Lord Byron (1788–1824) war ein britischer Schriftsteller. Er gilt als Vertreter der sogenannten »schwarzen Romantik«, die eine Reihe düster-schauriger Texte hervorbrachte.

10. Dezember:
»Wer wagt, selbst zu denken, der wird auch selber handeln.«

Bettina von Arnim (1785–1859) war eine deutsche Schriftstellerin. Zu ihrem Bekanntenkreis gehörten beachtlich viele berühmte Namen wie Goethe, Beethoven oder die Gebrüder Grimm.

17. Dezember:
»Freude ist einfach eine gute Jahreszeit über dem Herzen.«

Rainer Maria Rilke (1875–1926) war einer der bedeutendsten deutschsprachigen Lyriker. Zu seinen Hunderten Gedichten gibt es unzählige Vertonungen.

24. Dezember:
»Wenn alle Tage im Jahr gefeiert würden, wäre Spiel so lästig wie Arbeit.«

William Shakespeare (1564–1616) war ein britischer Dramatiker. Ob auf der Bühne oder als Verfilmung auf der Kinoleinwand – seine Stücke sind weltweite Publikumslieblinge.

31. Dezember:
»Man kann das Leben nur rückwärts verstehen, aber man muss es vorwärts leben.«

Søren Kierkegaard (1813–1855) war ein dänischer Philosoph, Schriftsteller und Theologe. Er wird weithin als »Ahnherr« der Existenzphilosophie genannt – jener philosophischen Strömung, welche die Fragen nach der menschlichen Existenz in den Mittelpunkt stellt.